テレサリサ・メイデン
TERESALISA MAIDEN

召喚師 ココルコ・ルカ
"SUMMONER" COCOLCO LUKA

魔女と猟犬

Witch and Hound
– Preserved flower –

II

カミツキレイニー
Illust LAM

CHARACTER
登場人物

ロロ・デュベル	“黒犬”。キャンパスフェローの暗殺者
デリリウム・グレース	キャンパスフェローの姫
ブラッセリー	キャンパスフェローの宰相
ヴィクトリア・パブロ	キャンパスフェロー＜鉄火の騎士団＞の副団長
テレサリサ・メイデン	“鏡の魔女”。鏡の魔法を使う魔女
ホーリオ・ビェルケ	“雪王”。＜河岸の集落ギオ＞の首領
隊長フィヨルド	＜討伐隊＞を率いる戦士
“死にたがりの”スヴィン	＜討伐隊＞のメンバー
“女の敵”アッペルシーン	＜討伐隊＞のメンバー
“卑怯な”メルク	＜討伐隊＞のメンバー
“母なる”ビルベリー	＜討伐隊＞のメンバー
“夜目の”カイ	＜討伐隊＞のメンバー
“調達屋”ゲルダ	＜討伐隊＞のメンバー
雪の魔女	氷の魔法を使う魔女

湖城ビェルケ
NORTH SEA
LAKE CASTLE BJORKOE
HEROI
GIO
北の国
< NORTHLAND >
火と鉄の国
キャンパスフェロー
Campusfellow
WINTER PROOF
< CAMPUSFELLOW >
CAMPUSFELLOW
キャンパスフェロー城
BLOODY RIVER
ブラッディ・リバー
（血塗れ川）
< KINGDOM OF LOWE >
LOWNSTEIN CASTLE
レーヴェン
シュテイン城
騎士の国
レーヴェ
LADY AMELIAS CASTLE
< KINGDOM OF AMELIA >
レディ・アメリア城
KINGDOM OF AMELIA
竜と魔法の国
アメリア
WORLD
Witch and Hound

序章

灼熱の踊り子

1

かつての姉の美しさは、一輪の花に例えられた。北の雪原にありながら、情熱的に咲く赤い花だ。

姉は十五歳を迎えた年の〝灼熱の夜〟に、父の選んだ衣装で踊った。広場に組まれた演壇の上で。夜空に帆を大きく広げた、流線型のロングシップを背景にして。

踊る姉の姿を、私は演壇の下から見上げていた。その光景は、今でも鮮明に覚えている。ウエストから広がるスカートの色は赤だ。裾に向かって濃くなるグラデーション。うねるひだは、燃え上がる炎を連想させる。赤は〝戦女神スリエッダ〟を象徴する色だった。父は当然それを意識して、姉の着る衣装を決めていたはずだ。姉は戦女神の化身として、申し分ない神秘性と尊さを醸していた。

太鼓のリズムに、姉の細い身体が跳ねる。

その甘い吐息は凍てつく夜を焦がし、その物憂げな眼差しは男たちの胸を高鳴らせる。

ロングシップの両端には、色鮮やかな丸い木楯がいくつも並べ掛けられてある。その大きな船は、雪のちらつく広場の中央に組み立てられてあった。

船を取り囲む男たちの数は、優に千を超えている。ある者は顔いっぱいにひげを蓄え、またある者は長髪を三つ編みにして垂らしている。背格好や年齢は様々だ。しかしその誰もが、厳冬に耐える肉体を持つ屈強な戦士たちである。

鼻頭まで覆う兜を被り、戦斧や木楯を打ち鳴らす。剣を掲げ、松明を掲げて雄叫びを上げる。たくさんの吐息が、冷たい空気に滲んでいた。密集する男たちの汗は蒸気と化して、広場は白く靄がかっている。

吹きつける夜風に、松明の炎がばたばたと暴れた。

テンポを上げていく太鼓のリズムと、掻き鳴らされる弦のメロディ。高々と鳴り響くバグパイプの音色に合わせ、演壇の姉は裸足のまま、赤い羽衣を振って踊り続ける。

炎のスカートを翻し、白い脚をその根元まで覗かせて。ときに華奢な身体を折り、ときに小ぶりな胸を張り。腰をしならせ扇情的に、まるで祈るようにして、小さなあごを天に向ける。

開かれた右の目が、眼下の男たちを挑発的に見つめていた。演壇に灯された松明の火に、煌めくエメラルドグリーンの虹彩。ただし、開かれているのは右目のみ。踊る姉は常に、左目を瞑っている。戦士たちに見せるのは、右の瞳のみだ。

一般的なヴァーシア人の目の色は、薄いブルーである。だからこそ、エメラルドグリーンの瞳を持つ姉は特別だった。それからもう一点、姉の特徴として挙げられるのが、先の少し尖った耳だ。ヴァーシア人らしからぬその耳を、姉は〝灼熱の夜〟に限って髪をアップに束ね、人前に晒している。

やがて広場に熱気が満ちると、姉は躍動を小さくした。

演奏者たちが、踊り子の動きに合わせてボリュームを下げていく。ただ一定のリズムを刻む太鼓の音だけが、まるで心臓の鼓動のように、広場に響き渡っている。

ダン、ダン、ダン――。ダン、ダン、ダン――。

姉は演壇で脚を踏み鳴らす。男たちはその動きを真似る。姉の生み出すリズムに合わせ、溶けた雪の混じる泥土を、強く、強く踏み固める。

「オッ、オッ、オッ……! オッ、オッ、オッ……!」

ドォンッ――。一際大きな打音の後に、水を打ったような静寂。

集落の長である私の父が、集まった戦士たちへと叫んだ。

「船が出るぞ、火をくべろォォー!!」

大歓声が湧き上がり、姉が背にしたロングシップに向かって、次々と松明が投げ入れられる。音楽が再び奏でられ、姉は女神の踊りを再開した。

四方八方から投げ入れられる松明に、木造の船はすぐに燃え上がる。

船内には大量の藁の他に、毛長鹿やイノシシの獣肉、蜜酒やヤギのミルクなど、様々なご馳走が積まれてあった。加えて金の皿や銀の杯、鹿の角を削って作られた酒杯や剣に戦斧、それから首飾りなどの装飾品。どれもこれも、戦場で死んだ戦士たちへの贈り物だ。

濛々と立ち上る黒煙は、厚い雲に覆われた天へと昇っていく。

松明が投げ入れられるたび、船上に火の粉が弾けて舞い上がった。

煙に巻かれた帆が突風に暴れ、ごうと大きく燃え上がる。

炎はこの特別な夜を、煌々と明るく照らし出す。姉は両腕を大きく広げた。その顔は逆光となって陰っている。だが笑っている――それだけは、わかる。頬を紅潮させ、とろけた瞳で男たちを見つめ、汗を散らして踊り続ける。

激しさが増す。太鼓のリズムが加速していく。男たちが足を踏み鳴らす。

「オッ、オッ、オッ……！　オッ、オッ、オッ……！」

炎に包まれた帆柱が、メキメキと音を立てて倒れていき、広場を包み込む興奮は最高潮に達する。大歓声の中、大量の火の粉が夜空を焦がしていく。姉の踊りは終わらない。音楽は止まらない。演壇の上で飛び跳ねて、乾いた唇を舌先で濡らす。戦士たちを挑発し続ける。

――もっとだ、もっと！

演壇を見上げる戦士たちの誰もが、その声を聞いたはずだ。姉の声を。その意志を。

――もっと跳ねろッ！　もっと声を轟かせろッ！

「あはははははっ！」

燃え上がるロングシップを背に、エメラルドグリーンの瞳を煌めかせて、姉は笑った。

姉は死者に踊りを捧げる。戦女神スリエッダの化身として。あるいは、戦女神スリエッダそのものとして。死者だけでなく、彼女を見る誰をも、魅了していく。

かつての姉の美しさは、一輪の花に例えられた。

北の雪原にありながら、炎を帯びる華麗な花だ。

決して触れることは許されない。父にそう、作られたのだ。

〝灼熱の夜〟に披露された姉の舞いは、多くのヴァーシア人たちを虜にした。あの広場にいたヴァーシア・ヘロイたちの中で、姉に惚れなかった人間など、きっといない。しかしかの踊り子は、首領である父のものだった。誰も彼女に近づくことはできない。

父は姉を、過剰なまでに愛していた。

遠征先から帰ってきた男たちは、獲得した金品の一部を父に献上するのが常だったが、父は特に若い娘が喜びそうな品々を気に入った。無論、姉へと渡すためだ。父の機嫌を取りたい家来たちは、遠征先にて金貨やご馳走よりも先に、ティアラや女物の服などを我先にと略奪するようになったという。

父は、姉の欲しがる物なら何でも用意させたし、姉の身の回りの世話はすべて四人の侍女たちにさせた。姉が外へ出るには父の許可が必要だったが、その際は、この侍女たちのうち誰かが追従する決まりとなっていた。姉がどこへ行って何をしたか、誰とどんなやり取りをしたか。姉が外へ出るたびに、彼女たちが父に報告するのだ。

姉に自由はない。常に監視され、管理されている存在だった。だから姉に魅了され、彼女を知りたい者たちは、弟である私に尋ねるのだ。あの子の好きな食べものは？　好きな花は？　いつ町に下りて来るのか？　いったいどんな性格なんだ、と。尋ねられて私は少し考え、姉はよく笑う人だと答えるのだった。

姉との最も古い記憶は、ブランコの二人乗りだったように思う。姉がまだ幼かった頃、自由に城外へ出られない彼女のために、城内の白樺（しらかば）の木の枝に、四人の侍女たちが作って吊（つる）してくれたものだ。

新雪の降り積もった冷たい朝。代わりばんこの順番を待ちきれず、姉は私が座っているブランコに飛び乗ってきた。後ろからではなく、正面からだ。私の腰をくるぶしで挟むようにして立って、立ち漕（こ）ぎを始めたのだ。腰を落としてブランコを揺らし、膝（ひざ）を伸ばして勢いをつける。ぐんぐんとブランコはスピードを増して、高度を上げていった。飛び降りるタイミングを逸してしまった私は、必死にブランコのロープを握りしめていた。内臓の浮かび上がる感覚。吹き付ける風に耳先が痺（しび）れる。怖いよ、危ないよ、止めてくれと私は固く目を閉じて、姉にそう強く訴えたと思う。しかし私の知る限り、姉が私の意見を聞いてくれたことなど、一度もない。

――目を開けろ、弱虫。

姉は私を昔から〝弱虫〟と呼ぶ。

――怖いのは、見えないからだ。見ようとしないから怖いんだ。

嘲(あざけ)られて私は、目を開けた。恐る恐る見上げた先に姉の顔があった。

雲一つない真っ青な空を背景に、私を見下ろし笑っていた。

姉はブランコを加速させる。白い城壁の向こうに見える山々が、頭の後ろでひっくり返った。透徹の空に姉の長い髪が舞い踊り、尖(とが)った耳の先が覗(のぞ)く。

「あはははははっ！」

姉はいつだって笑っていた。人目も憚(はばか)らず、大口を開けて。その声は私の臆病を吹き飛ばしたし、私に勇気をくれた。〝弱虫〟な私を少しだけ、強くさせてくれたのだった。


多くの者たちから愛された姉とは対照的に、内向的な私は意気地がなく、弱かった。

美の化身のような姉のそばにいたからこそ、自分の醜(みにく)さに気づくのも早かった。

尖った鷲鼻(わしばな)とぎょろ目は、父親譲りだ。それなのに身体(からだ)は、大柄で逞(たくま)しき父とは違い、あばらの浮いた貧相なものだった。まるで生まれたての子鹿である。斧(おの)さえまともに振れない貧弱さは、ヴァーシアにおいて何より忌避されるもの。その醜さは、私の性格をより卑屈で臆病なものにしていく。

幼い頃から問題を起こすのは、決まってやんちゃな姉の方だった。

略奪ごっこと称して木剣を振り回す姉に、腕の骨を折られたことがある。冒険ごっこだと無理やり連れられ、森で迷子になったこともある。姉が規則を破るたびに、父に叱られる四人の侍女たちは気の毒であった。

姉が、毎週日曜に開催される露天市へ行きたいと言いだしたとき、私は父の許可を貰うべきだと止めた。だが姉は私の言葉を聞かない。結局、姉も四人の侍女たちも、そして巻き込まれた私までもが横並びに立たされ、怒鳴られることになる。そんなとき、姉は決まって私に罪を擦りつけた。私が森へ行きたいと言っただとか、私が露天市を見たいと言っただとか。

自分は弟に付き合ってやっただけだと、そう言い訳をした。内気な私は反論できず、いつだって父にぶん殴られた。姉はそれを横目に見て、くつくつとまた、意地悪に笑うのだった。

姉はいつか、この城を出たいと言っていた。ごっこなんかではなく、本当の冒険がしたいと言っていた。屈強な男たちを従え、ヴァーシアの大船団を率いて、大海原へと飛び出す姉の姿を、私はいとも簡単に想像することができた。

父の後を継いで王となるに相応しい人物は、きっと私ではなかった。快活さと人懐っこさに加え、大胆さや狡猾さを兼ね備えた姉こそが、父の後を継ぐべき存在だった。彼女にはその素質があった。私などよりも、確実に。

しかしそんな冒険が叶わぬ夢であったことは、当時の姉自身にもわかっていたはずだ。

姉には、我々ヴァーシア・ヘロイを率いることができない理由があった。姉は女王になるために生まれたのではない。父は姉を、戦女神スリエッタとして生ませたのだ。

〝戦女神スリエッダ〟は、ヴァーシア神話の中に登場する火の女神。勇敢な戦死者を天界の宮殿へと誘う役目を持つ。赤い羽衣をまとい、風に暴れる炎のように踊り狂うその姿は死者だけでなく、周りの神々をも魅了したといわれる恋多き女神である。

しかしこの戦女神スリエッダは、ヴァーシア神話に登場する女神でありながら、ヴァーシア人ではなかった。神話に語られる彼女の瞳の色は、エメラルドグリーンなのだ。そしてその耳の先は、尖っていた。それは断じてヴァーシア人の特徴ではない。〈北の国〉のさらに奥深くに住む、イルフ人を象徴するものである。戦女神スリエッダは、イルフ人だったのだ。

だからこそ父は、姉に木剣を振り回すことを禁じた。ヴァーシア人に生まれたのなら、男女関係なく幼い頃から冒険や略奪ごっこをして遊ぶものだが、それらも禁じた。

姉は。姉に限っては、ヴァーシア人のように荒々しくてはいけなかった。

姉にはイルフ人の血が混ざっていたから。姉は混血児だったから。

父はヴァーシア・ヘロイを率いる王として、戦士たちの尊崇を集めるために、意図的に女神を作ろうとしたのだ。そのために侵略したイルフ人を孕ませ、子を産ませた。男が生まれれば殺した。瞳の色が青くとも殺した。そうして産まれたのが、右の瞳だけがエメラルドグリーンの姉だった。

演壇で踊る際は、薄いブルーの左目を、決して開かないよう訓練されていた。もし迂闊にも左目を開き、その神話性を崩してしまったら。〝戦女神スリエッダ〟でなくなった姉は、父に殺されていたのかもしれない。

姉はあの夜、生きるか死ぬかの瀬戸際で踊っていたのだった。

2

〝灼熱の夜〟に姉が踊ったその年、私の母が死んだ。姉が十五歳、私が十歳のときだった。

かつて私の母は朗らかで、人情に厚く世話好きな、気っぷのいいヴァーシア人らしい女性だった。恰幅がいいだけあって身体が丈夫で、よく働いた。首領の妻なのだから人を使えばいいのに、薪が足りなくなれば自ら手斧を振り下ろし、手がかじかむのを物ともせず洗濯場に立った。家来たちには、気前よく手料理を振る舞っていた。それを見た侍女たちが、慌てて駆け寄り母を手伝う。母には人を集める才能があった。人が集まれば活気が生まれる。私たちの住む湖城ビェルケは、母を中心に回っていた。

誰にでも分け隔てなく接する人だったから、自分の血を分けた娘ではない姉に対しても、我が子のように接していた。ときに本気で叱り、愛情たっぷりに抱きしめる。そんな母を、姉も本当の母として愛していたはずだ。

ヴァーシアの女は、護られていてはいけない。母は姉によくそんなことを言った。

男たちに護られるのではなく、護る側にいるのだと。家を護り、生活を護り、男たちの帰る場所を護(まも)る。それがヴァーシア女の戦い方なのだと教えた。そしてその言葉どおり、母はいつでも働いていた。遠征に出た男たちの帰る故郷を、女たちと共に護り続けていた。

しかし、大陸全土を巻き込んだ四獣(しし)戦争が激化してくると、ヘロイの町にも暗澹(あんたん)とした気配が漂い始めた。トランスマーレ人を駆逐するため、海へ出た男たちの、帰ってくる数は明らかに減っていった。戻って来られたとしても、負傷した戦士たちの様子はどこか変だ。

恐れ知らずの屈強な戦士たちが、ひどく怯(おび)えた様子で震えている。彼らが私たち姉弟に語った戦争体験は、どれも凄惨(せいさん)なものばかりだった。騎士(ナイト)や兵士が平野を埋め尽くす大合戦。大陸を縦断する川には無数の死体が浮かび、その水面(みなも)は血で真っ赤に染まっていたという。

彼らの話の中には、数え切れないほどの人数で隊列を組む黄金の騎士団や、たった一人で一晩のうちに三百人を惨殺(ざんさつ)したという、怪物のような暗殺者(アサシン)が登場した。そして彼らが口を揃(そろ)え「勝てる気がしない」と恐れた相手は、アメリアの魔術師(ウイザード)たち。彼らの使う〝魔法〞だった。

私は彼らの戦争体験を、どこか遠くの物語のように感じていた。医療館に足繁く通っていたのも、彼らの語る摩訶不思議(まかふしぎ)な話を面白がっていたからだ。その恐怖を――危険さを実感として感じ取ることができていたなら、あんな悲劇を招くこともなかったのかもしれない。

母や女たちは、戦争から帰ってきた負傷者たちを献身的に看病し続けていた。

しかし戦争はいつまで経(た)っても終わらない。負傷者は増えていくばかりだ。夫を失い寂しいとむせび泣く女たちの声や、手足を失った男たちのうめき声を聞きながら、母は誰よりも働いた。そして疲労が溜まったせいか、やがて倒れることになる。

初めは私たちも、そして恐らくは母自身も、休んでいればすぐに良くなると思っていた。しかし母は、いつまでも病床から出てこなかった。身体(からだ)が重く、常に頭が痛いのだと訴える。食欲は減退し、恰幅(かっぷく)のよかった身体は徐々にやつれていった。それがいったい何の病なのか。毒か、あるいは呪いのなのか、原因も治療法もわからない。薬医によってありとあらゆる薬草が試されたが、日に日に母の容態は悪くなっていった。

一日の大半を寝床で過ごしているせいか、気持ちが鬱々(うつうつ)と沈み、何をするにしても気力がなくなってしまったようだった。見るからに情緒が不安定になっていた。突然人が変わったように泣きだしたり、怒り狂ったりした。見舞いに来た人へ物を投げつけたかと思えば、打って変わって優しくなり、私たちを強く抱きしめたりする。

衝動的に行動する母を、どう扱えばいいのか。父も家来たちも、母を慕っていた女たちでさえ、変わってしまった母を持て余していた。けれど私たち姉弟は、母の治癒を諦めなかった。母は故郷を護るため、戦い続けてこうなったのだ。そんな彼女が、私たちに捨て置かれていいはずがない。明るい母に戻って欲しかった。また声を上げて笑って欲しかった。

だから私たちは懸命に文献を調べたり、ヴァーシアの神々に祈りを捧げたりした。

だが祈りは届かなかった。

ある朝、母は寝床から忽然といなくなり、その遺体は雪の積もる崖の下で発見された。

ヴァーシア神話に登場する神々は、戦争や決闘で死ぬことを讃えている。

勇敢に死んだ者の魂は、戦女神スリエッダによって手を引かれ、天界へと昇り、神々の住む宮殿へと招かれる。そこで手厚い持てなしを受けて、さらなる戦いに備え訓練を繰り返す。それこそが戦士として誉れ高い、死後の過ごし方だ。逆に疾患や老衰による死亡者は、弱者として見なされる。血を流さずに死んだ彼らは天界ではなく、冥府へと堕とされるのだ。

ヴァーシアの神々は、弱い者が嫌いだ。特に自殺者に対する罰は容赦がない。

冥府に墜とされた弱き者は、その身体を杭に固定され、炎で炙られる。足の裏から順々に、身体を炎に焼かれていく。皮膚がただれ、肺腑が焼かれ、骨となっても冥府には、二つの首を持った〝双頭の犬〟がいる。そいつが一声遠吠えすると、消えゆく魂は再び罪人の身体へと舞い戻り、炎に焼かれる苦しみが、いつまでもいつまでも続くという。

天が厚い雲に覆われた雷雨の夜など、炎に焼かれる自殺者たちの怨嗟が、風の音となって聞こえてくることがある。幼少の頃はその声が恐ろしくて、姉と二人で身を寄せ合い、耳を塞いで震えていたものだが、それが愛する母の声だったなら。そう考えると恐怖よりも、悲しみが勝った。

どうして母は自ら身を投げたのだろう。恐らくそれも、故郷のためだったのだと私は思う。国を護るどころか、足手まといとなってしまった自分を、許せなかったのではないだろうか。

治療の経過を診にきた薬医に、殺して欲しいとつぶやいたのを、聞いたことがあった。

老衰や疾患、自殺して死んだ者たちの足には、靴が履かせられる。冥府へと続く道は果てしなく、険しいものとされているため、裸足では可哀想だという故人を偲ぶ想いから、遺体を燃やす直前に、底の厚い靴を履かせてあげるのだ。母は首領の妻なのだから、彼女を乗せて運ぶための荷車や、それを牽く毛長鹿を一緒に火にくべてもおかしくはなかった。

しかし父は「歩かせろ」と言った。

荷車どころか、靴さえ履かせずに焼くように言った。父は自殺した母を許さなかった。首領である自分の顔に泥を塗った母の遺体を、蔑んだ目で見ていた。火葬場に寝かされた母に舌打ちし、その身体が焼かれるのを、最後まで見届けることもなかった。

姉は、そんな父を強く、強く睨みつけていた。

3

母が死んですぐのことだ。姉と私は侍女たちの目を盗み、湖城ビェルケを抜け出した。

向かった先は、湖の裏手にある鬱蒼と茂った森である。以前、姉の冒険ごっこに付き合って入った針葉樹林だ。私たちはあのとき、迷い込んだ森の奥で偶然にも、朽ちた神殿を見つけていた。

簡素な石造りの小さな神殿である。集落一の物知りな爺に尋ねてみたところ、それはかつてこの土地がイルフ人のものだった頃、彼らによって造られた神殿なのだという。なぜ、このような森の奥深くに祭壇が設けられたのか。それは――。

「――霊験あらたかな場所だったから。確かに何だか、寒気がするね、姉様……」

神殿は樹木の切り開かれた広場に、ぽつねんと建っていた。

建物の入り口に円柱が並んでおり、緑の蔓が巻きついている。欠けてひび割れたいくつもの円柱によって、三角屋根の天井が支えられているような造りだ。いつ崩れてもおかしくないような気配を感じて、中に入るのが躊躇われる。

「寒気？　そのレイゲンアラタカってのは冷たいのか？　何も感じないが？」

しかし姉はおどろおどろしい雰囲気などものともせず、先に神殿へと入っていくのだった。

その華奢な背中には、武器庫から持ち出した片手剣を背負っていた。両腕には、母の骨壺を抱きかかえている。私は「待ってよ」と声を上げ、慌てて姉の背を追いかけた。

神殿はかつて、イルフの神官たちの共同生活の場でもあったらしい。そのため建物の奥は居住区となっている。しかし私たち姉弟の目的は、入り口から入ってすぐのメインフロアだ。人々が集い、祈りを捧げていた祭壇の間。

石壁に穴が空けられただけの窓から、陽の光が差し込んでいた。室内は冷たくほの暗い。

打ち捨てられた祭壇の間には、ほとんど何も置かれていない。壁に沿って机が一つと、フロアの奥に段々の飾り棚があるだけだ。棚には濃い赤のクロスが掛けられていて、その上に、割れた平皿や燭台が転がっていた。

私は背負っていた麻袋を、床石の上に降ろした。夜までにしなくてはならないことが、たくさんあった。姉が骨壺を飾り棚へ置くのを横目に見ながら、麻袋から魔術書を取り出す。

私がその書物を隠し持っていたのは、戦場からの帰還者たちが語った〝魔法〟とやらに興味を惹かれていたからだ。その力はもしかして、戦斧をまともに振れない貧弱な私にさえ、力を与えてくれるものかもしれなかった。だから、戦利品や略奪品が多く並べられる露天市でその魔術書を見つけたときは、飛び上がるほど喜んだ。

ページの黄ばんだ古い本だった。しかし古くとも革の装丁は立派だったし、書かれた文字や挿絵を見れば、丁寧に編纂されているように思えた。表紙には竜の紋章が描かれている。ずしりと重たいその分厚い本を、私は感覚的に本物だと信じていた。

他宗教の本だ。当然ながらトランスマーレ語で書かれており、内容を理解するのにはずいぶんと難儀したが、私は城の者に隠れて少しずつ、その内容を解読していった。その中に記載されていたのが、〝死者を蘇らせる魔獣〟の存在だ。

パールドラゴン――全身を白銀の鱗に覆われたその美しい竜は、煌めく宝石のような瞳と珊瑚のような角を持ち、甘い匂いで人を惹きつけるという。その柔らかい鳴き声には、治癒の力があると記載されていた。ひと鳴きで人々の傷を癒やし、ときに死者さえも蘇らせることができるのだと。

人々の傷を癒やす竜——敵国のその竜に頼れば、母の病気を治すことができたのかもしれない。当然、そのようなことも考えた。魔術書には、竜の召喚方法が書かれていたのだ。しかし私が召喚を実行しなかったのには——いや、できなかったのには、理由がある。

召喚するための材料が足りなかった。パールドラゴンを呼び出すためには、その竜の身体の一部が必要だったのだ。牙でも角でも鱗でも——パールドラゴンのものであれば何でもいい。爪の先ほどの量でもいい。たったそれだけの材料を見つけることができないまま、母は死んでしまったのだった。

そして母が火葬されたあの日。

自身の無力さに打ちひしがれ、泣きじゃくる私の背中を、姉は摩ってくれた。私は訴えた。母を助けられたかもしれなかった、なのに助けられなかったと。そしてとうとう、彼女に魔術書の存在を打ち明けたのだ。すると姉は激昂した。どうしてそれを、もっと早くに話してくれなかったのかと。

葬儀の正装のため、姉は首飾りを付けていた。銀色に光る貝殻のようなものが連なった、美しい首飾り。それは父からの譲渡品だった。父はその首飾りを、遠征先で得た収穫物として献上されていた。家来が首領である父に、ニセモノなど贈るだろうか。姉から首飾りを渡された私は、直感した。これは本物だ。私の探し求めていたパールドラゴンの鱗は、姉の首に飾られていたのだ。

やり方は間違っていないだろうか。母は本当に蘇るだろうか。魔術書に書いてあるとおりに、私はチョークで石畳に魔方陣を描き、いくつものロウソクに火を灯した。

儀式の準備をしている間中は、不安で胸がいっぱいだった。呼び出すのは敵国の竜だ。コントロールできるとは限らない。また母を冥府から連れ戻すなどということを、あの父が許してくれるとも思えない。このことがバレてしまったら、どれほどの罰を与えられるか。

夜が来て、いよいよ召喚を始めようというときになって「やっぱりもう少し準備しよう」と怖じ気づいた私を、姉は叱咤した。弱虫、お前はそれでもヴァーシアの男かと。

——今こうしている間にも、ママは冥府の炎で焼かれ続けているんだ。お前は耐えられるのか？　あの優しかったママが泣き叫んでいるのを、黙って見ていられるのか？

ヴァーシアの女は、護られていてはいけない。本当に大切なものは、自分の手で護りとおさなくてはならない。姉はすらりと剣を抜いた。もしも呼び出した竜が暴れた場合、姉が斬りかかって言うことを聞かせる。そのために用意した武器だ。

——あと少しだ、弱虫。お前に今、必要なのは勇気だよ。

確かに私は弱虫だった。卑屈で臆病者だった。だがあのとき、私のそばには、姉がいた。その声が私に勇気をくれる。灼熱の踊り子が、私を強くさせてくれる。

魔力の最も強くなる満月の夜を選んでいた。石壁に空いた窓からは、月明かりが差し込んでいる。耳を澄ませば聞こえてくる鈴虫の音色。フクロウの鳴き声。木々の梢が揺れる音。

私は、四小節からなる詩を繰り返しつぶやきながら、魔方陣を前に膝をついた。ブドウ酒をなみなみと注いだ銀の杯と、首飾りから外した銀の鱗を並べていく。

姉は剣を握っていない方の手で、骨壺を胸に抱いていた。魔方陣のそばに立ち、召喚の儀式を黙って見つめていた。

私がつぶやく詩は、トランスマーレ語である。内容はただただ竜を讃えて、敬うものだ。詩によれば、人はその超常的な存在に触れることで自身の醜悪さに気づき、傲慢を恥じるのだという。――この醜き心を、どうか哀れんでください。この穢れた身体を、浄化してください。

ひと目その姿を見せて欲しいと、私は祈り、懇願した。魔術書に書かれてあった、そのとおりに。

両手を合わせ、何度も何度も詩を繰り返す。神殿は静けさに満ちていた。

初めの変化は、ブドウ酒に現れた。黒い水面に波紋が生まれ、銀の杯の縁からつと流れ落ちる。銀の鱗が音もなく、てらてらと虹色に輝きだす。

「……来たか?」

姉がぽつりとつぶやいたが、私に応える余裕などなかった。

私は詩を口ずさみ続ける。その声が自然と大きくなる。瞬間、魔方陣の中央が発光し、あまりの眩しさに手を顔の前にかざした。異様な冷気が肌に触れ、ぞくりと身の毛がよだつ。

魔方陣の中央より噴き上がった蒸気によって、部屋のあちこちに置いていたロウソクの火が、ふっと掻き消えた。

祭壇の間は、濃い霧に包まれていく。

私は思わず立ち上がった。視界が悪くて何も見えない。姉の姿も、床に描いた魔方陣さえ確認できない。窓から差す月明かりに、濃い霧がゆったりとうねるのが見えるだけ。

と、霧の向こうに微かな声を聞いた。私はフロアの中央へ目をこらした。

——ヘレレレ……。ヘレレレ……。

今まで聞いたことのない、奇妙な鳴き声だった。まるで鳥のような高音を発する生き物が、魔方陣の上にいる。胸が高鳴る。自然と頰が緩む。召喚は成功した。私は異国のドラゴンを呼び寄せたのだ！　その姿を確認しようと、一歩、足を前に踏み出した——そのとき。

「ヘレレレレレレレレレッ!!」

霧を散らして、眼前に開かれた歯牙が迫った。

ガチン、と歯牙の閉じられた直後に、前へ伸ばしていた右手に熱を感じた。撥ねた液体が頰に触れ、温かさを覚える。私は驚きのあまり悲鳴を上げて、尻餅をついていた。

目の前に現れたのは、確かに竜だった。仔牛ほどの大きさの、子どもの竜だ。しかしそれが〝パールドラゴン〟だったのかは、わからない。私の召喚した仔竜は、腐っていた。

その生き物は四つん這いで、指の先に湾曲した爪があった。歩くたびにそれが床石に当たって、ガチャガチャと忙しく音を鳴らしている。前脚の腋には、コウモリのような羽が付いていた。その姿は、まるでトカゲだ。太くて長い首と、それ以上に長い尻尾。後頭部にはゴツゴツとしたイボがあり、〝珊瑚のよう〟と表現されていた四本の角は、ガタガタと歪んで歪なシルエットを形作っている。

その鱗は黄ばんでいた。それも動くたびに剝がれ落ち、ただれた肉を露出させる。〝宝石のよう〟と称された瞳は白く濁っていて、その目玉もまた眼窩からこぼれ落ちた。

そして仔竜は〝甘い匂い〟どころか、異臭を放っていた。浜辺に捨てられた魚の死骸のような――死ぬ間際の野良犬のような、とても耐えがたい死の臭いを。

直後に私は、右手の激痛に気がついた。薬指と小指がなくなり、血が噴き出している。霧の中から現れた仔竜に、嚙み千切られていたのだ。

口元や鼻の穴からどす黒い液体をまき散らしながら、仔竜は鳴いた。

「ヘレレレレレレッ……！」

「立て、弱虫っ！」

霧を散らして突進してきたのは、姉だ。振り下ろした剣で、仔竜を私の前から退ける。

姉は果敢にも、仔竜に剣を振り続けた。仔竜は攻撃に怯み、鳴いて姉を威嚇する。

繰り広げられる猛攻を前に、私は動けずにいた。失敗した、失敗した……！　召喚すること自体はできた。竜を呼び寄せることには成功した。ただ何が良くなかったのか、強制的に召喚された仔竜は、血みどろで腐ってしまっていた。

仔竜は怒りに震えていた。あるいは痛みに喘いでいた。大口を開け、その鋭い歯牙を姉に向ける。長い尻尾が、飾り棚を破砕した。かぎ爪の付いた前脚が落ちていた骨壺を踏みつけ、砕けた壺の中から、母の遺灰がこぼれる。

姉の剣は、仔竜の頭を叩くだけで、致命傷を与えることはできなかった。その細い身体を噛み砕こうとする鼻先にぶつかり、姉は魔方陣の上に倒れた。仰向けとなった姉の肩に、すかさず仔竜が前脚の爪を食い込ませる。

「ヘレレレレレレッ!!」

涎なのか、血液なのか。仔竜の顔面から流れる液体が、姉の頬や床石に撥ねた。姉は顔を背けた。その目が私を見ていた。薄いブルーと、エメラルドグリーンの特別な瞳が、この私を見つめていた。仔竜はその湾曲した爪で、姉の顔を摑んだ。鋭い爪先が姉の額に食い込み、じわりと血が溢れる。姉の甲高い悲鳴を、私はあのとき、初めて聞いた。

姉は叫んだ。私に向かって。

——助けて。

姉が殺されてしまう——魔方陣の外からその光景を眺めながら、私は自分が、夢を見ているのではないかと疑い始めていた。

そうでなければあの気丈な姉が、この臆病な私に「助けて」などと叫ぶだろうか？　灼熱の踊り子が——戦女神スリエッダが、この弱虫に手を伸ばし、目に涙を浮かべ、助けを請いなどするだろうか？

耐えがたい右手の痛み。耳をつんざく絶叫。腐れた生き物の発する死臭。廃墟と化した神殿の、霧に包まれた祭壇の間で、繰り広げられる血みどろの光景。あまりにも現実味がなくて、どこか遠い物語を見ているかのような感覚。私は早く目を覚ましたくて、耳を塞ぎ、固くまぶたを閉じた。この目に何も、映さないようにと。

だがあの日の出来事は、現実だった。

敵国の竜を召喚した私たちは、父の逆鱗に触れた。とりわけ竜に右目を裂かれ、〝戦女神スリエッダ〟としての美しさを失った姉を、父は決して許さなかった。どんな悪さも私のせいにしてきたくせに、姉はそのときばかりは私を庇い、口を閉ざして何も言わなかった。

磔にされた姉を見上げ、父は最後に問うた。

——お前は、何者だ？

女神のなり損ない。純血のヴァーシア人ではなく、イルフ人でもない。もはや何者でもないとなじられたが、姉は言葉を返さなかった。ぼんやりとただ、土の上に降り続く雪を見下ろしているだけ。首領である父の合図によって、縛られた姉の足元に、火がくべられた。

魔女と猟犬

Witch and Hound

– Preserved flower –

第一章
北へ（前編）

1

——「俺は魔女が欲しい。一人残らず、俺の前に連れてこい」

〈火と鉄の国キャンパスフェロー〉の領主バド・グレースは、ロロにそう命令した。

稲穂色した柔らかい長髪に、無精ひげを蓄えたこの男は、一国一城の主でありながら、その瞳に少年のような悪戯っぽさを湛えていた。退屈や堅い話が嫌いで、冗談やエールビールが好きで、そして他者を出し抜くことに長けていた。だからときに、試すような目で人を見る。

相手の心を見透かそうとするような、その視線がロロは苦手だった。

しかし苦手だろうが何だろうが、ロロの育ったデュベル家は、代々キャンパスフェローを治める領主グレース家に仕える暗殺者の一族だ。当代がバド・グレースなのであれば、犬はその命に従うまで。

遠征先の〈騎士の国レーヴェ〉ではバドの手足となり、〝鏡の魔女〟を奪うべく立ち回った。雨に佇む幽閉塔から、魔女テレサリサ・メイデンを連れ出した。バドの思惑はうまくいっていたはずだった。キャンパスフェローは〈竜と魔法の国アメリア〉や〈騎士の国レーヴェ〉を、出し抜いていたはずだった。しかしこの世はままならない。バドは、油断しているつもりなどなかった——だがあの誇り高き王国レーヴェが、王国アメリアの従属国となっていたことに気づけなかった。さらには心を許した重臣の裏切りを、見抜くことができなかった。バドは、展開を見誤った。

罠に嵌められたキャンパスフェローの一行は、〝獅子の根城〟と名高いレーヴェンシュテイン城にて虐殺される。燃え上がる城内の礼拝堂。触れるものすべてを溶かす魔術師。次々となだれ込んでくる金色の騎士たちに、キャンパスフェローの人々は、抵抗むなしく殺されていった。

ロロもまた、味方の騎士と並び立ち、負傷したバドを護るべく戦った。

しかしバドは命令する。——「お前が護るべきは俺じゃない」

主の下した命令は、彼の一人娘であるデリリウムを連れ、城からの脱出を果たすこと。当代ではなく、キャンパスフェローの未来の領主を護ること。

悔やまれる。バドを——我が主を救う手立ては本当になかったのか。命令に背いてでも、主を連れて逃げるべきではなかったか。

一匹の蠅が、広場に晒された首のこめかみ辺りに留まって、うろうろとしている。

晒されているのはバドの首だ。稲穂色した柔らかな長髪。彼がよく撫でていた無精ひげ。青白い頬には、血痕が撥ねていた。薄く開いたその瞳に光はない。かつての少年のような面影は、微塵も感じられない。

ふと蠅が飛び立った。虚空を見つめ、呆けたようなその表情が、悔しさと嘆きを湛えて歪んでいく。目尻から血が滲み、頬を伝った。虚ろだった瞳が、ロロを真っ直ぐに見つめる。首の前に立ち竦んだロロへ、口を開く。

——お前は、何をやっていた？

だが喋れども、こぽこぽと喉奥から溢れ出るどす黒い血液のせいで、その言葉は声にならない。しかしロロにはわかる。伝わってしまう。生首が何を言いたいのか。我が主人が、何を伝えたいのか。

——裏切り者さえ見つけることができず、何が猟犬だ？　情けない。

——主を救うことすらできず、城から逃げ出すので精一杯。あまりにも弱すぎる。

生首はロロをじっと見つめる。人を試すような、心を見透かそうとするような目で。

——もうしくじるな。いいか。

——キャンパスフェローの未来は、お前にかかっているんだ。

——頼んだ。

ガタンッ、と大きく荷台が跳ねて、ロロは飛び起きた。荷馬車は走り続けている。草原に伸びる一本道を、ただひたすら真っ直ぐに。

寝起きだからか、ひどい寒さを感じた。身震いを一つ。口元を拭い、よだれなど垂らしていないか確認しつつ、荷台から辺りを見回した。一本道の左右には、見渡す限りの草原が広がっている。草の枯れ始めた薄緑色の野っ原は地平線まで続き、遠くには、山々の稜線が望める。

　空はどんよりとした雲に覆われていて、灰色に濁っていた。冬の始まりを迎えたこの時季、草原から見上げる空は、いつだってこんな色をしている。色褪（いろあ）せた景色は見た目にも冷たい。〝鉄の草原〟と表現される、見慣れたキャンパスフェローらしい風景だ。故郷は近い。

　ロロは〝黒犬〟特有の黒装束ではなく、道中の宿駅で手に入れた、長袖の服と厚手のローブを羽織っていた。ただそれでも、〈北の国（ノース・ランド）〉のすぐ南にあるキャンパスフェローにおいてはまだ、薄着なほうだ。吐いた息は口元で白く滲み、流れる景色に掻（か）き消えていく。

　荷台の縁に背をもたれ、身体（からだ）を休ませているうちについ、眠ってしまったようだ。しまったとロロは毛先の緩くカールした黒髪を、クシャクシャに掻いた。あくびを一つ嚙（か）み殺す。

「……すみません、迂闊（うかつ）にも寝てしまいました」

「いーよ、迂闊にも寝てくれていても。あなた全然寝ていないでしょ？」

　御者台で馬の手綱を握るテレサリサが、荷台へと振り返った。

　紅い瞳が、緩く睨（にら）むようにロロを見つめる。ブラウンローブに身を包み、フードを深く被（かぶ）っている。ロロと同じように〝旅する行商人の娘〟に扮（ふん）してはいるが、彼女こそ〈騎士（ナイト）の国レーヴェ〉の元王妃にして、獅子（しし）王含む多くの重臣や騎士を殺害したとされる〝鏡の魔女〟だ。

赤紫色の舌を持ち、銀の大鎌を振り回して殺戮を楽しむ、血も涙もない邪悪な魔女。

……と、そのように語られてはいるが、それが口伝いに作られたイメージでしかないということを、ロロは知っている。よく見れば長いまつげに、ちゃんと血の気の感じられる頬。蠱惑的な紅い瞳は、妖しさと同時に、彼女の秘めたる天真爛漫な性質をも湛えている。

この魔女は甘いカヌレが好きだ。多くの女性が、そうであるように。

「……何？」

御者台のテレサリサが、ロロの視線に小首を傾げる。

「いえ……代わりましょう。今度は魔女様が休んでください」

「いいって、寝ときなさいってば」

立ち上がろうとしたロロだったが、テレサリサに制された。

「キャンパスフェローは、アメリアの手に落ちてるはずでしょ？　また戦闘があるかもしれない。なのにそんな状態じゃ戦えないわ。治す気がないと、怪我って治んないもんよ？」

「……すみません」

不甲斐なさにロロは目を伏せる。

服に隠れた右肩には、包帯が巻かれていた。宿駅で手に入れた塗り薬を塗りたくってはいるが、王国レーヴェで射られた傷は、未だ治ったとは言いがたい。加えて肋骨には、ヒビが入っているらしい。荷台に腰を下ろしただけで息が詰まった。

打ち身や擦過傷まで数えれば、王国レーヴェでの戦闘で負った傷は数知れない。

だが命ある自分が、このような怪我ごときで、弱音を吐いてはいけないと感じている。自分はまだ幸運なほうだ。〝鏡の魔女〟を手に入れるため、王国レーヴェの街門を潜った五十九名ものキャンパスフェローの人々は、そのほとんどが命を落としてしまったのだから。

ロロが唯一城から連れ出せたバドの娘、デリリウム・グレースは、荷台に敷かれた藁の上で、毛布に包まれて眠っている。柔らかな明るい稲穂色の髪は、バドの血筋であることを感じさせる。道中ロロは、彼女が目を覚ましたら、城での惨劇を、どう伝えればいいだろうと考えていた。バド・グレースを救えなかったこと、裏切り者を見つけられなかったことを、この新しい領主にどう謝罪すればいいだろうと。加えて自分たちの故郷であるキャンパスフェローも、王国アメリアの兵によって陥落していると聞いた。

この残酷な現状を、純真無垢な彼女にどう伝えればいいだろう。まだ十四歳の少女が受けるショックは、計り知れない。しかし伝えるのが、あの惨劇を生き残った自分の役目だと、ロロはデリリウムを傷つけてしまう覚悟を胸に、彼女が起きてくるのを今か今かと待っていた。

しかし、レーヴェの街を出てからこの三日間、デリリウムは一度も目を覚まさない。

疲労や怪我が原因だとしても異様すぎる。ロロは眠っているデリリウムに声を掛け、身体を揺すったが、それでも彼女は目を覚まさなかった。死んでいるわけでもないというのに。

「……失礼します」

寝息を立てるデリリウムにつぶやき、その額に手を触れる。

高熱を出しているわけではない。脈は正常に打っているし、呼吸で胸は上下している。眠り続けているのだから、当然飲まず食わずの状態が三日も続いているが、それでも彼女が衰弱している様子はない。一見して健康体。ただ眠っているだけのよう。

ただし一か所だけ、彼女の体には、明らかに重傷とわかる箇所がある。デリリウムの右手首は、まるで牛刀を振り下ろされたかのように、スパッと斬り落とされていた。その切断面は黒く、血が一滴も流れていない。今まで見たことのない摩訶不思議な傷口――〝魔法〟によるものであることは明白だった。しかしそれがどのような魔法なのか、魔女であるテレサリサでさえわからない。それだけ高度で複雑な魔法だということは確かだ。

いったいどうすれば目を覚ますのか。魔法の解き方がわからない。

「…………」

揺れでめくれたデリリウムの毛布を、その白い肩に掛け直す。ロロは自分の無力さを憎悪する。彼女が目を覚ましてくれなければ、ロロは謝罪する機会さえ得られないのだった。

〈火と鉄の国キャンパスフェロー〉一行が五日掛けて行進した道のりを、ロロとテレサリサは宿駅で馬を乗り継ぎ、できる限りの全速力で駆け戻っていた。

レーヴェ近くの宿駅を出発してから、三日目の午後だ。

テレサリサが繰る荷馬車は、すでにキャンパスフェローの領地へと入っている。

「……畑が荒らされてる」

御者台のテレサリサが、ぽつりとつぶやいた。

キャンパスフェローは王国レーヴェと違い、密集した街を街壁で囲むような造りをしていない。国境も曖昧な広大な大地に、点々と村や畑が存在している。特に、キャンパスフェロー城の西側には、農民によって耕された多くの田畑があった。

その畑に、たくさんの蹄（ひづめ）の跡が見て取れた。踏み荒らされた畑の近くには、石造りの簡素な家がある。この辺りの畑を所有する農民の家だろう。しかし辺りに人の気配はない。アメリア兵の侵攻を受けて逃げたか、または家の中に隠れているのか。あるいは、殺されてしまったか。

向かう先に、いよいよキャンパスフェロー城が見えてくる。

その石城は、小高い丘の上に建っていた。多くの鍛冶（かじ）職人たちが暮らし、武器や防具の製作をメイン産業としているだけあって、城下町には鍛冶場が多い。町の中には何本もの煙突が乱立し、常にいくつか煙が上がっているものだが、有事である今は様子が違う。

立ち上る黒煙は煙突からではなく、町の至るところから上がっていた。

「……侵攻はまだ続いているのかも」

黒煙を遠くに眺めながら、テレサリサが言った。

ロロは荷台から御者台へと移り、テレサリサのそばへと腰を下ろした。

「城はすでに陥落したと聞きましたから……今は残党狩りが行われているのかもしれません。

グレース家に仕える家々の忠義は厚いですから、まだ抵抗しているところがあるのかも」

「それで、どうするの？　その抵抗している家に加勢するつもり？」

「ええ。彼らに姫の無事を伝えれば、大きな力となりましょう。ただその前に……もっと情報が欲しいところです。城から脱出した者たちがいるはずですから、まずは彼らとの合流を果たしましょう」

ロロは手綱を受け取るため、テレサリサへと手を差し出した。

「そう」

テレサリサは素っ気なく言って、大人しく手綱を渡す。

ロロはその横顔に、わずかな憂いを感じ取った。

「……魔女様は、意外にお優しい」

「……何それ？」

テレサリサはフードの陰から、ロロを一瞥する。

「城から脱出できた者たちなんているのだろうかと……そうお考えなのでしょう？　宿駅で得た情報だと、キャンパスフェロー城はたった一晩で陥落したらしい――奇襲を受けて、あっという間に取り囲まれてしまった。その場合、城からの脱出は非常に困難ですからね。普通に考えれば、城内の者たちはすでに捕虜となっているか、殺されているか……」

「……そこまでわかっているのなら、当てはあるんでしょ？」

「あります。魔女様、キャンパスフェローの北には、どんな国があるかご存じですか？」

「もちろん。〈北の国（ノース・ランド）〉でしょ？」

「そのとおりです。ここは、トランスマーレ人の支配する大陸中部と、〈北の国〉との国境付近に当たります。辺境であるこの地に城が築かれたのは、〈北の国〉の蛮族たちが南下してくるのを防ぐためだったのだそうです。いつか起きると思われていた防衛戦のために、武器の生産が始まった。つまりキャンパスフェロー城は、砦（とりで）としての役割が大きい。だからこそ城には、もしものための抜け道があるのです」

「……へえ」

テレサリサは、紅い目をしばたたかせた。

「つまり城の脱出は、そう難しくないってことね？」

「ええ。城があっという間に囲まれたとしても、城下町までは出られるはずなんです。そして町にさえ出られれば、どこかに身を隠すことはできる。町にもまた、職人たちが作った古い〈隠れ処〉がいくつも存在していますから」

ロロは〝黒犬〟として、その場所をすべて教え込まれている。

「……ふぅん。やるじゃん、キャンパスフェロー」

「城が陥落してもう五日ですが、脱出した人たちがまだ隠れている可能性は充分にあります。〈隠れ処〉を一つ一つ捜していけば、何か情報を得られるかも。……ただ問題は、魔術師（ウィザード）ですね」

侵略してきたのが〈竜と魔法の国アメリア〉ならば、少なからず魔術師たちを従えているはずだ。彼らの使う〝魔法〟というのは、得体が知れない。遭遇を避けられるなら、それに越したことはない。

蹄の音を聞きながら、ロロは尋ねた。

「魔女様。魔術師って、見た目で区別できないものでしょうか？　例えば白いローブなどを着て、あからさまに魔法使いのような格好をしてくれればわかりますが、兵士のような格好をしているって可能性もありますよね」

「うーん……そうだね。私たち魔法使いは〝魔力〟を感じ取ることができるから、相手が魔法を使ってくれれば、わかりやすいんだけど。逆に魔法を使ってなければ、目の前に現れたって区別できないよ。つまり彼らは、意図的に魔術師じゃないフリをすることもできる」

テレサリサは、どこまでも続く〈鉄の草原〉を漫然と見つめている。

「……なるほど。逆に言えば、魔女様が顔を隠してキャンパスフェローの城下町を歩いたとしても、魔術師たちがその魔力を察知することはできない、ということですね」

「町中で魔法使って大鎌でも振り回さない限りね。そんなこと気にしてたの？」

テレサリサは、草原から視線をロロに移した。

「〝黒犬〟さんは、武器の使い方や暗殺術と一緒に、魔法について学んだりはしないの？」

「魔術師への対処法なら学びます。超自然的な力を使う異教徒集団——彼らとは極力戦うなと教えられました。〝魔法〟とやらは、俺たちの知っている自然の摂理や法則が当てはまりませんからね。彼らの前では、リンゴさえ地面に落ちるとは限らない」

「ふぅん。〝キャンパスフェローの猟犬〟でも、魔法って怖いんだね」

「そりゃあ怖いですよ、もちろん」

当たり前でしょう、ロロはそんな視線を向けたが、テレサリサはすまし顔だ。

「でも確かに、逃げるのが一番安全なのかも。魔法使い同士なら敵のまとう魔力が見えるけれど、魔法を扱わない人間からして見れば、透明なナイフを相手にしているようなものだもんね」

「透明なナイフなら戦えます。それが剣なのか弓矢なのか、それすらわからないから怖いのです。もしかしたら透明な蛇や獅子かもしれない。いったい何なんでしょう、魔力って」

ロロが拗ねるように言うので、テレサリサは可笑しくなった。

「魔力とはつまり、自然界に発生する〝マナ〟というエネルギーを体内に取り込んで、力に変換したものよ。この魔力を、練ったりこねたりして使う。その仕組みが〝魔法〟」

テレサリサはブラウンローブの隙間から、前に出した手のひらを上に返した。

ロロはその意味ありげな仕草を横目に見るが、何か変化している様子は見られない。

「……？」

「見えないでしょ、普通に魔力を発しても」

テレサリサは、手をローブの中に引っ込める。次に腕を出したとき、その手には白い手鏡が握られている。蛇の装飾が施されたその鏡には、裏に〝A.Fygi（エイプリル・フィジィ）〟と名前が彫られてある。テレサリサが物心つく前から持っている、大切な鏡だ。

「魔力に色を付けられたら、わかりやすいんだろうけど。私はそれ苦手だから」

テレサリサは、手鏡の鏡面を空に向けた。

すると鏡面が波打ち、波紋が生まれる。次にその鏡面が盛り上がり、液体のかたまりが現れる。まるで焼く前のパン種のように、ぐにゃぐにゃとしていて不思議な物体。鏡のように光沢を放ち、その湾曲した表面に、周囲の光景を映している。ロロはテレサリサがこの水銀のような液体を操って、大鎌や鳥の翼に変化させるのを目撃している。

「こうすれば見えるでしょ？　これは手鏡を介して、魔力を発現させているの。魔力が怖いのは、見えないからだよ。そして知らないから。知れば魔術師（ウィザード）相手にだって対策が取れる。魔力を使ってできることなんて、たったの六つしかないのよ？」

「……六つ。それだけ？」

「そう、それだけ。まとう魔力を変質させる。魔力で肉体を強化する。魔力でものを錬成する。ものを操作する。精神を侵食する。そして、魔獣を召喚する。……基本的な用途は、この六つだけ」

手鏡の鏡面に液体を戻し、テレサリサは続けた。

「魔法使いたちは、魔力をこの六つの用途で使用するの。けど普通は、そのすべての用途を一人で使いこなすことはできない。人によって得意不得意があるからね。例えば、私は手鏡から大鎌を作ることはできても、誰かの精神を侵食したり、魔物を召喚したりするなんてことはできない」

「得意不得意……ですか」

「そうつまり魔法使いは、魔力の使い方によって六つのタイプに分けられるってこと」

相手の型を読んで戦い方を考える。それが魔法戦だ。

「まず、普通に魔力を発現しているニュートラルな状態があるとするでしょ？　身体（からだ）にただ魔力をまとっている状態ね。その魔力をどうするか。腕とか脚とか体内に留めて、攻撃力や機動力を上げる――そんな使い方を得意とするなら、肉体を強化する〝強化型〟の魔法使いだと言える。彼らは肉弾戦を得意とするから、近づきたくはないよね」

わかりやすい接近戦タイプである。

「逆に、相手が魔力で道具を錬成する〝錬金型〟の魔術師なら、肉体強化の魔法はそう得意じゃないだろうから、接近戦に持ち込みたいところ」

ただし、とテレサリサは人差し指を立てる。

「肉体強化はシンプルであるがゆえにそう難しくないの。相手が錬金型だからといって、肉体をまったく強化していないとは限らない。私だって大鎌振るいながら、多かれ少なかれ、必要に応じて脚力強化したりもするしね」

ロロはあごに手を触れて、思考する。

「……けど相手が〝錬金型〟なら、錬成の魔法に魔力を大きく割いているはずだから、〝強化型〟ほど強化することはできない……といった感じでしょうか？」

「そう。飲み込みが早いじゃない」

「対峙する相手のタイプを見極めることが大事……なのですね」

「そ。魔力とはつまり武器。相手が弓使いなのか剣士なのか、はたまた鎧をまとった重騎兵なのかで戦略は変わるでしょ？　それと一緒だよ」

ロロは手綱を握りながら、「はい」と小さく挙手する。

「どうぞ」とテレサリサが発言を許した。

「相手のタイプを、どうやって見極めればいいのでしょうか？」

「いい質問です。それはそいつの使う、固有魔法からある程度、推測できる」

「固有魔法……？」

「そう。今言った六つの使い方を、それぞれ組み合わせて創作して使用するのが固有魔法。魔法使いの得意分野に依るから、それを知ればそいつのタイプが見えてくる。例えば、そうだね……レーヴェで戦った、あの火を熾すシスター。覚えてるでしょ？」

フェロカクタスの固有魔法〝悲観主義者の恋〟は、人や壁に付着させた魔力を、火種として発火させる。それも火種となった魔力が尽きるまで、じわじわと相手を燃やし続けるというものだった。

「あの子は、自分の魔力を燃える物質に変えていた。まとった魔力の属性を変える〝変質型〟の魔法使いってこと。固有魔法はその人の持つ個性やクセ、経験則なんかに基づいて発現されるの。だから、たとえ私が彼女と同じだけの魔力を持っていて、同じタイプだったとしても、同じように魔力を火種に発火させるなんてことはできない。彼女が鏡面から大鎌を作れないようにね」

「……なるほど」

「ちなみに、あのカツラの尋問官いたでしょ？　気持ち悪いヤツ。あいつも〝変質型〟だったわ」

触れたものを溶かす——ラッジーニの固有魔法〝ただ溶かすだけ（ジャスト・メルト）〟は、正確に言えば魔力をまとった手で触れたものを溶かす、だ。戦闘の終盤、追い込まれたラッジーニはそのコントロールを失い、触れれば溶ける魔力を周囲に発散させていたが、基本的に彼はその魔力を、両手のみにまとって使用していた。

「私が他に知っている魔術師（ウイザード）だと……肩に乗っけた小鳥を強化して戦わせる〝強化型〟だとか、次々と魔力で剣を錬成して戦う〝錬金型〟なんてものもいたわ。彼らは自分たちのタイプの弱点を克服するために、遠距離でも戦える〝強化型〟や、近距離でも戦える〝錬金型〟を目指したんだと思う。弱かったけど」

「……では、あの鳥の仮面の男は？」

大きなクチバシ付きの仮面で素顔を隠した、九使徒の一人〝錬金術師〟だ。そう名乗っているのだからそのタイプはわかりやすい。――「やはり〝錬金型〟でしょうか」

デリリウムの手首を切り落としたのは、ローブの中に無数の手首を忍ばせていた、あの魔術師である可能性が非常に高い。彼の魔法を少しでも理解できれば、デリリウムを目覚めさせるヒントになるのではと思ったのだ。しかしテレサリサは首を振った。

「……だとは思うけど、あいつの固有魔法は、よくわからない」

テレサリサは、唇に指を添えて考える。

「お姫様が目を覚まさないって現象は、いかにも精神に影響を及ぼす〝侵食型〟っぽくはあるんだけど……生かしたまま手首だけを奪っていく魔法なんて、複雑すぎてどの使い方が組み合わされているか読めない」

「……〝錬金型〟ではあるかもだけど、他のタイプの魔力も得意不得意なく使えるなら、対魔法使いの攻略法が通用しないってことでしょうか？」

「全ての型を得意とするなんて、そんなやつ、いないとは思うけどね……。そもそもタイプがそのまま肩書きになってるなんて、相手を舐めてるよ。自分の使う魔法の型は、普通知られたくない大切な情報なのに、隠す気がないのか、バレても問題ないのか……まさかブラフってことはないと思うけど」

「………」

九使徒とは、それだけ特別だということなのだろうか。

深刻な表情でうつむくロロの横顔を、テレサリサが覗き込む。

「ちなみに、私の型はわかる？　結構わかりやすいんだけど」

言ってにんまりと悪戯っぽく笑う。その口元に八重歯が覗いた。

「もし当てられたら、各タイプの特徴を、もう少し詳しく教えてあげてもいいよ？」

「それは有り難い。ぜひお願いします」

「その代わり、当てられなかったら、何か奢ってもらおうかな」

「いいですよ。魔女様が好きなものを、好きなだけでも」

「好きなだけ！　ホント？　カヌレでも？」

「もちろん、カヌレでも。ただし当てられなかったら、ですよ」

「約束よ？」

声を跳ねさせたテレサリサはフードを脱いで、長い髪を晒した。

そして再び手鏡を手にする。〝鏡よ、鏡〟――そう小さく唱えると、先ほどと同じように、鏡面から銀色の液体が溢れ出た。テレサリサは手鏡で頭上を扇いだ。すると銀色の液体が鏡面を離れ、テレサリサの頭部を覆い隠す。

「……おお」

その長い髪が煌(きら)めき、毛先がくるりとカールしていく。銀色の液体でコーティングされた髪の色は、次の瞬間には、明るい稲穂色へと変色している。

同時にテレサリサの顔が変貌していた。赤みを帯びた頬(ほお)に、ふっくらとした唇。幼さの残るあどけない顔立ちは、デリリウムのものだ。形のいい目を細め、ロロへと微笑(ほほえ)む。

「どうかしら？　黒犬っ。似ている？」

「似ているどころか……そのまま姫様です。これは、戸惑うな」

ロロは思わず荷台へと振り返った。本物のデリリウムは毛布に包まれた状態で、相変わらず静かな寝息を立てている。そばに座っているのは間違いなく、テレサリサの化けたニセモノのデリリウムである。

「これが私の固有魔法。手鏡を媒介して発現させた魔力を使って姿を変えたり、他の形に変化させたりする」

「あ、でも目の色が違います」

よく見ると、変身したデリリウムの虹彩は、テレサリサ自身のものである紅のままだ。

ニセモノのデリリウムが、不機嫌に唇を結ぶ。

「目の色まではわかんないよ。だって私は、起きてる姫様を見たことがないんだもの」

「なるほど。見たものを鏡のように写し取る……といった魔法でしょうか」

「そう。じゃあ型は何でしょうか？　変質型、強化型、錬金型、操作型、侵食型、召喚型。この六つの中から選んでください。どうぞ」

　ロロは「うーん」と唸（うな）った。

「姿を魔力で〝変える〟のだから〝変質型〟でしょうか……いや、大鎌や鳥の翼などを具現化して形作るなら、〝錬金型〟……？」

「いい線いってるけど、惜しいね。〝変質型〟が変質させるのは、まとう魔力の性質だけだよ。術者の姿まで変えられるわけじゃない。そして〝錬金型〟なら、鏡を通さなくたって、魔力それのみを練って物を作れる。私は鏡を媒体にしないと作れない。だから――」

「あ、待ってください、わかった。鍵は〝エイプリル〟ですね？」

　エイプリル――テレサリサが従える、銀色の裸婦だ。

　デリリウムは歯を覗（のぞ）かせて笑った。しししと笑うその笑い方は、テレサリサのものだ。再び手鏡を頭上で扇（あお）ぐ。鏡面から発生した薄い層が、銀色のカーテンのように下りて、彼女の上半身を覆い隠した。次にテレサリサが手鏡を振り上げ、カーテンが上がったときには、その姿は、元のテレサリサに戻っている。

「そのとおり。今やって見せた変身や大鎌の生成は、この子を介して行ってること」

　テレサリサの振り上げた銀色のカーテンが、ぐるぐると捻（ねじ）れて人型になっていく。小さな肩に、丸みを帯びたバスト。スタイルのいい女性の裸体を形作っていく。

　彼女こそ、全身が銀色の人形〝エイプリル〟だ。

「つまり魔女様は、鏡面からエイプリルを召喚している……〝召喚型〟だ」

エイプリルは、その下半身を座るテレサリサの身体に巻きつけたまま、ロロへと顔を向けた。彼女の頭部に髪はなく、目や鼻や口もない。首の上には、銀色に艶めく楕円形の卵が載っているだけのようだ。

ロロの回答を受けて、にやりとテレサリサは嬉しそうに笑った。

「残念、はずれっ。この子は召喚して呼び出したものじゃない。手鏡を媒体にして、私が作り出して操作しているものなの。操作してるんだからつまり――」

「……〝操作型〟ですか」

「もう遅いからね！　はずれだよ?」

テレサリサの背後で、エイプリルがロロへと人差し指を立てた。

「〝操作型〟は、何かを媒体にしてこそ、その魔力を満足に発揮できるの。その〝何か〟のことを〝アトリビュート〟といって、私の場合はこの手鏡がそう。そしてアトリビュートを使って生み出されるもののことを〝精霊〟と呼ぶの。私以外の操作型を、あなたはあの城の中庭で見ているはずよ」

「……黒いドレスの魔術師ですね？　顔のたくさん付いた怪物を従えていました」

「そう。あれは彼女自身の影。影が騎士たちを飲み込んで、その力を合算させパワーアップさせていた。彼女はそれを操作していただけ」

アネモネの固有魔法〝私の騎士様(マイ・ディア・ナイト)〟は、自身の影を媒体とする。影が独立して生きているのではなく、まるで生きているかのように操っていたのだった。

「つまりあの怪物は、彼女自身の影を〝アトリビュート〟にして生み出された精霊だったたってこと」

「……精霊。なるほど」

「実はね、〝操作型〟の見分け方ってすごく簡単なんだよ。隠すまでもないというか。こういう精霊を従えていたら、まず真っ先に操作型を疑ったほうがいい」

「〝召喚型〟ではなくて、ですか？」

「召喚は従えるんじゃなくて、自身の魔力を捧げて呼び寄せるの。ときに術者の力量をも超えた〝魔獣〟をね。精霊が〝生きているように動く武器〟だとしたら、魔獣は〝本当に生きている動物〟そのもの。生き物だからこそ、コントロールが難しいんだよ」

「精霊と魔獣とでは、まったく違うんですね」

「そ。だから、魔法のことを知れば戦えるとは言ったけれど、〝召喚型〟と戦うのはおすすめしないわ。魔獣なんて、相手にするもんじゃないよ」

「覚えておきます。……精霊を使うのは〝操作型〟、魔獣を呼び寄せるのは〝召喚型〟」

「おっと。私が勝ったのに、つい他のタイプについて掘り下げてしまったわ」

エイプリルがぐにゃりと歪(ゆが)んで液体となり、手鏡の中へ消えていく。

テレサリサは手鏡をローブの中に仕舞った。

「カヌレ、何個買ってもらおっかな」

「不服です。当てられないのは仕方ないですよ、操作型の説明を受けていなかったんだから」

「おや、〝黒犬〟も拗ねたりするのね？」

テレサリサが、愉快だと言わんばかりの笑顔を見せる。

ロロが反論しようとした、そのときだ。一本道の向こうから、馬に跨った騎士が二人、駆けてくるのが見えた。旗を掲げているわけではないが、彼らの装備している白い甲冑を見れば、王国アメリアの兵であることはわかる。

「アメリア兵が向かってきますね……。もしかして今、エイプリルを出したから、魔女様の存在が敵の魔術師に察知されてしまったのでしょうか？」

「まさか。町までまだ遠いのに、そんな広範囲で察知されるほどの魔力は持ってないよ」

「では残党狩りかもしれませんね」

「私、喋んなくていい？」

テレサリサは、フードを再び深く被り直した。

「もちろんです。俺に任せてください」

ロロは荷台へと振り返り、毛布に包まるデリリウムの身体の上に幌を被せた。

2

兵士二人はロロたちに荷馬車を止めさせ、馬を下りた。

若い兵士だ。二人とも腰に剣を携え、一人は槍（やり）を抱いている。着ている鎧（よろい）の胸元には、羽を広げた竜の紋章が描かれていた。金髪で目尻の下がった色白の兵が、御者台へと近づいてきてテレサリサを見上げる。

「行商人か？　どこから来た？」

「へェ、騎士様。エルダーの小せェ村からですが……」

兵士はテレサリサ側から声を掛けたが、答えたのはロロだった。

エルダー地方では、トランスマーレ語を使わない。だが大陸中央部に商品を仕入れる行商人であれば、この言語を習得していなければ商売にならない。ロロはトランスマーレ語に、エルダー地方の独特なイントネーションを混ぜて話した。見るからに兵士である彼らをあえて〝騎士様〟と呼称するのも、商人ならではの言い回しだ。

「エルダーの人間か？　ずいぶんと遠くから来たもんだな。だがキャンパスフェローはすでに女王アメリアのものとなった。町へは入れんぞ」

「そんな。じゃあ引き返すしかねェですかね」

ロロはテレサリサ越しに、至極（しごく）残念そうな表情を作る。

テレサリサはフードを深く被って背筋を伸ばし、まるで置物のようにじっとしていた。

その姿に、もう一人の兵士が興味を示す。尖ったあごの先にひげを生やした、背の高い男だ。長い黒髪を頭の後ろで括っている。胸に抱いた槍を支えにしたまま、御者台の下から無遠慮にテレサリサの顔を覗き込む。

「おい、この娘。行商女のくせになかなかの器量好しじゃねえか？　お前ら、夫婦か？」

値踏みするような視線を避けて、テレサリサはそっぽを向いた。ロロが答える。

「へェ、婚姻したばかりでして。勘弁してくだせえ、騎士様」

「ほぉ。若えくせにこんな別嬪さんもらえるんだからよォ、ずいぶんと稼いでるんだろうな？何を売って回ってるんだ？　悪いもんでも売ってんじゃないのか？」

槍の兵士は御者台を離れ、その興味を荷台へと移した。

荷台には幌を被せてある。一見して積載物が何かわかりはしないだろうが、めくられれば毛布に包まれたデリリウムが姿を現す。近づいて欲しくはない。ロロは立ち上がった。

「いえいえ、滅相もございません。形の悪いレモンバームの葉を、粉みじんにすり潰して売ってるんです。安物のハーブティーですよ」

「いいねえ、ハーブティーか！　趣味なんだよな、俺。一つ分けてくれよ」

ハーブティーと聞いて槍の兵士は、目を輝かせた。

ロロは、荷台へと回り込む兵士の動きを目で追いながら、御者台から荷台へと移った。ローブの中でさり気なく、腰に提げていたダガーナイフを鞘から抜き取る。

「町へは入れねえんだ。どうせ余っちまうんだから、いいだろ？」

兵士が幌をめくろうと、荷台の縁に手を掛けた。直後、その動きを制止するように、荷台にしゃがんだロロが、彼の手の甲に手を重ねた。

「……勘弁してくだせェ、騎士様。あっしらも、一応これで食ってるんで」

「……あ？　反抗的だな、お前」

ロロは、ローブの中で後ろ手にしたダガーナイフの柄を、強く握りしめた。

次の瞬間――槍の兵士の頭を、色白の兵士が小突く。

「バカやろう、追い剝ぎみたいな真似をするんじゃない」

「いてっ」と肩をすくめる槍の兵士。色白の兵士の方が格上なのか、「へいへい」と言われたとおりに、荷台の縁から手を離した。

「すまんな、悪く思わないでくれ」

槍の兵士を退けて、色白の兵士は、荷台のそばからロロを見上げた。

ロロはそっと息をつき、ナイフの柄から手を離す。余計な戦闘はしたくない。

だが色白の兵士が、思わぬ提案をしてきた。――「いくらだ？　一つ買おう」

言って小銭の入った小袋を取り出す。ロロは言葉を濁した。

「……いえ騎士様。うちのは質が悪い。お腹を壊してしまいますよ」

「はは、構わんよ。エルダーのレモンバームってのは、有名じゃないか？　一度飲んでみたかったんだよな。お前たちも町へ入れず、ハーブが売れなきゃ困るだろ？」

「……では、お言葉に甘えて」

ロロは観念した。後ろに回していた手を、色白の兵へと差し出す。

握られているのはダガーナイフではなく、手のひらサイズの小さな壺（つぼ）だ。色白の兵士はそれを受け取り、フタを開けた。香り立つ草のえぐみに顔をしかめる。中には、緑色をしたスライム状のかたまりが入っている。

「なかなか強烈な臭いだな、これは」

「レモンバームの葉を練り固めたものです。白湯に溶かせば、いい香りが立ちますよ」

槍（やり）を持つ兵士が横から小壺（こつぼ）に鼻を近づけ、おえ、と舌を出した。

色白の兵士は小壺にフタをして懐へしまい、ロロの提示した金額以上の銀貨を払った。

「騎士様（ナイト）。貰（もら）いすぎてます」

「いや、いいよ。新婚の二人に色を付けてやったんだ」

言って色白の兵はウインクをしてみせる。それから一歩、荷台に屈むロロに近づいた。

「……実は俺も新婚なんだ」と声を潜める。

「俺は愛する妻を故郷に残してきたからな……一緒に旅できるなんて羨（うらや）ましいよ。兵士なんて辞めて、俺も旅商人になるべきだったかな……なんてな」

自分で言った冗談に笑い、兵士は荷台から離れた。

「引き留めてすまなかったな」

ロロは御者台へと視線を送り、合図を出す。テレサリサが手綱を引いて、荷馬車をその場でUターンさせる。キャンパスフェローを後ろにして、今来た道を引き返していく。

後方に見える二人の兵士が小さくなってから、ロロは御者台に戻った。

テレサリサがくつくつと笑う。

「アメリアにも、気のいい人がいるのね」

「もう少しで、殺すところでしたけどね」

ロロは、テレサリサから手綱を受け取った。

「上手だね、エルダー地方のイントネーション」

「潜入も黒犬の仕事ですから。大陸中の言語や発音を覚えさせられました」

「ふーん。〝黒犬〟は、レモンバームなんて高級品を常に携帯してるもんなの？　それともあなた自身の趣味？」

「いいえ、どちらでもありません。あれは、宿駅で買った塗り薬です」

「……え？」

「ワセリンに、すり潰したアロエやら何やらが練り込まれてるやつですよ」

「……あいつら、軟膏（なんこう）を白湯に溶かして飲む気なの？」

「お腹壊すと、忠告はしておきましたけどね」

「あの槍の兵は気づかなかったのかしら？　ハーブティーが趣味だって言ってたのに」

「間違いなく嘘なのでしょう。綺麗な娘を娶った行商人が気に食わなくて、難癖を付けたかっただけじゃないかな。美人はそれだけで火種になる。難儀なものですね」

「……褒めてるの？　それ」

「もちろん、すごく褒めてます」

ロロはにこりと一度だけ笑う。

さて。町へは入るなと言われたが、当然従うつもりはない。

「町へ入るのに、荷馬車では目立ちすぎてしまいますね。荷台を捨てましょう」

3

ロロは毛布に包んだデリリウムを腕に抱いて、馬に跨がっていた。

その後ろに、テレサリサが身を寄せて腰掛けている。三人乗りは馬への負担が大きいが、城からの脱出者たちを見つけるまでの短い時間だ。馬には我慢してもらう。

ロロは〈鉄の草原〉の一本道を迂回して、馬をキャンパスフェローの北西へと走らせた。森や田畑の多い区域だ。とある畑に杭が打たれており、腐敗して骨が剝き出しになった、巨大なダイアウルフの頭部が突き刺さっている。それを横目にあぜ道を進み、城下町へ入っていく。

いつもなら活気のある市場は、閑散としていた。

品物を並べる飾り棚は、ことごとく破壊されている。収穫された野菜は地面に転がり、潰されていたり、腐っていたりする。パンはカゴごと泥土にぶちまけられており、それをニワトリがついばんでいた。これらもカゴから逃げた売り物だろう。

とある出店の幌（ほろ）は切り裂かれ、垂れている。飾り棚の向こうで馬の気配に驚いた猫が、逃げるように走っていった。猫のいた場所には、うつ伏せの遺体が転がっている。剝き出しの背中は、紫色に変色していた。

よく見れば、店に挟まれた路地や井戸の陰にも、遺体は横たわっている。

辺りには死臭が漂っている。

「……ひどい」

ロロは背後に、テレサリサのつぶやきを聞いた。

今ばかりは、デリリウムが眠り続けていることを有り難く思った。幼い頃から馴染（なじ）みのある市場だ。デリリウムに付き添い、歩き回ったこともある。この光景をデリリウムが見れば、どれだけ大きなショックを受けるだろう。

――甘かった。

道徳心の培（つちか）われた宗教国家による襲撃ならば、蛮族や盗賊によるものとは違い、町の略奪や無意味な虐殺は免れているのではないかと、そんな期待がわずかにあった。まったく甘い考えだった。

王国アメリアは宗教国家であると同時に、侵略国家でもあるのだ。その慈悲は自国民にのみ注がれる。優しい侵略など、あり得なかったのだ。

市場を抜けて、ロロは再び馬を走らせた。〈隠れ処〉は四獣(しし)戦争当時、キャンパスフェローの武具職人たちが、自分やその家族のために作ったものだ。だから彼らの暮らす〈職人街〉に多い。そこへと辿(たど)り着く前に、ロロはとある門の前で立ち止まった。

装飾の施された立派な門は、全開のまま放置されていた。敷地内にモザイクタイルの歩道が伸びていて、ロロは馬に跨(また)がったまま、その先を見つめた。一軒の、黒く焼け焦げた館が建っている。火はすでに消えているが、焦げ臭さが風に乗って漂ってくる。人気(ひとけ)はない。今や骨組みだけとなった館は、とても人の住めるようなところではなくなっていた。

「ここは……？」

ロロの背後から、テレサリサが顔を出した。

「デュベル家です。グレース家に仕える暗殺者(アサシン)一家のお屋敷」

「それって……あなたの？」

「ええ。覚悟はしていましたが、全焼とは」

病に伏せていた祖父や、古くからデュベル家に仕える者たちはどうなったのだろう。気にはなるが、姫を連れて火事場を探索するのも憚られた。ロロは城からの脱出者たちとの合流を優先し、再び馬を走らせた。

通常であれば、鍛冶屋の工房は、町の外側に作られるものだ。騒音問題や火を扱う業種であるため、火事を警戒しての配置である。しかしキャンパスフェローにあるいくつもの工房は、城下町の中心部に集中している。この国はまず、職人有りきなのだ。

丘の上に建つキャンパスフェロー城。その門扉へと続く表通りの両側には、いくつもの鍛冶場が軒を連ねていた。そのためこの通りには、祭日を除いてほぼ毎日、職人たちの振り下ろすハンマーの金属音が鳴り響いていた。彼らの活気と、ふいごによって吹き上がる熱波によって、冬の寒さが厳しい国でありながら、この辺りは年がら年中、暖かかった。

火炉は煌々と燃え盛り、町のあちこちにそびえる煙突からは、黒い煙が上り続ける。〝火と鉄の国〟と称されるキャンパスフェローを象徴する区画〈職人街〉だ。

それが今や、市場同様に閑散としている。

火炉は稼働していなかった。ドアが破壊され、窓が割れて荒らされている工房もあった。道の端には、息絶えた馬が横たわっている。そしてこの通りにも、いくつかの遺体が転がっていた。

「……人の気配が出てきましたね」

道の向こうに、アメリア兵の姿を見つけた。武装した彼らは、一軒一軒家を廻ったり、遺体を槍で突き刺したりしていた。ロロは残党狩りを避けて路地裏へと入った。馬上のテレサリサにデリリウムを預け、自分は馬を下りて手綱を引く。

表から外れた裏通りには、職人やその家族、弟子たちの暮らす家々が密集している。工房のすぐ裏にある区画なので、どれも火事に備えての石造りだ。冬になれば雪が積もるため、どの家も鋭利な三角屋根を有している。

路地裏にも、住民の姿は見えない。しかしその気配は濃厚に感じられた。彼らは隠れているのだ。二階建ての窓から、あるいは雨戸の隙間から、息を潜めてこちらの様子を窺っている。ロロはその怯えた視線を感じている。

見上げた先に、キャンパスフェロー城を臨む。この裏通りは丘の斜面に位置するため、狭い道のほとんどが坂道だった。ロロは石階段を上ったり、あるいは迂回したりして進んでいった。目指すは、この辺りにあるはずの〈隠れ処〉だ――。

「黒犬様……！　黒犬様ではございませんかっ」

突然、背後から声を掛けられ、振り返る。中年の男が駆け寄ってきた。

剃り整えられたちょびひげに、ふっくらとした両頰。腹もまた大きく膨れているせいか、手足が短く感じられる。頭のてっぺんに、洒落た四角い帽子を乗せていた。全体的に丸っこい商人である。見知った顔だ。ロロは警戒心を解いた。

「……盾屋のご主人。良かった、ご無事のようですね。ご家族の方は？」

「ええ、おかげさまで……。〈商店街〉は壊滅的ですが、私たち家族は、幸いにも被害の少ないこの辺りまで逃げて来られまして……」

盾屋の主人は、弱々しく目を伏せた。その顔色には、疲れが滲んでいる。

「行く当てもなく途方に暮れていたところを、鉄火の騎士様に見つけてもらえて、倉庫の隠れ処へ入れてもらえました……。お城の方々も多く避難されていらっしゃいますよ。案内いたしましょう。ささ、ブラッセリー様もそこにおられます」

宰相ブラッセリー。合流したい人物の一人だ。ロロは頷き、盾屋の主人の後に続いた。

4

〈北の国〉からの侵略に備え、辺境の地に城を築き、武器を生産し始めたキャンパスフェローだったが、結果的に〈北の国〉からの侵攻は一度としてなかった。

五十三年前、大陸中の家々や部族を巻き込んだ四獣戦争が勃発したときでさえ、キャンパスフェローが他国からの侵略を受けることはなかった。この国は辺境の地にありながら、奇跡的に平和の中にあったのだ。突如アメリア兵が攻めてきた、五日前の夜までは。

職人たちによって作られた〈隠れ処〉が、有事の際に使用されるのは初めてのことだった。

盾屋の主人は道すがら、饒舌にロロへ話し掛けた。

「うちは代々、キャンパスフェローで武器を売らしてもらってますがね？　騎士様に教えてもらうまで、この建物に隠れ部屋があったなんてこと、知りもしませんでしたよ」

盾屋の主人が案内してくれたのは、三角屋根の大きな倉庫だ。〝鉄火金属商会〟という、武具職人たちの労働組合が管理する建物。ロロの向かう予定にあった〈隠れ処〉の一つだ。

「しかし中の環境は、正直快適とは言いがたい。食べ物も水も、底を尽きかけています」

「町の外へは出ないのでしょうか？」

「逃げる先がないのです。アメリアの残党狩りはまだ終わっていません。やつらは今、城下町周りのグレース様に仕える家々や、村を襲撃して廻っているようなのです」

この辺りの家々は、そのほとんどがグレース家に仕える者たちだ。それらをアメリア兵が一つ一つ潰して廻っているというのなら、町の外へ出ても安全とは言いがたい。見通しのいい〈鉄の草原〉で騎馬兵にでも目を付けられたら、逃げおおせるのは困難だろう。

「これから寒くなってくるこの時季、森へ入るのも自殺行為ですしね。劣悪とはいえ、〈隠れ処〉の中でじっとしているのが、一番安全なのですよ」

倉庫の扉の内側には、若い職人の男が立っていた。カギの開け閉めを行う番人の役を担っているようだ。「お疲れ様です」と盾屋の主人は若者を労って微笑む。

若者はランタンを手に、一行を倉庫の奥へと案内する。先導する彼の後に、盾屋の主人が続いた。ロロは毛布に包んだデリリウムを背負って、そのやや後ろを歩く。テレサリサはフードを深く被ったまま、黙って一行の後をついてくる。

倉庫内は薄暗く、足元さえおぼつかない。頭上の明かり窓から差し込む陽の光が、たゆたう埃を煌めかせている。室内に充満するかび臭さ。並んだ棚に所狭しと置かれた品々には、蜘蛛の巣が張っていた。

そこは組合で使われなくなった資材を置いておく、保管庫だった。

錆びついたクワや熊手などの先端部分が、木の柄が装着されないまま、壁にいくつもぶら下がっている。ベコベコにへこんだ鎧や、千切れたチェーンメイル、車輪の外れた荷台など、どれも使い古され、壊れていて、ガラクタと言って差し支えないようなものばかりだ。しかしそんなガラクタも、職人たちの目から見れば貴重な資材に違いない。宝の山を保管する倉庫の出入り口には、普段から厳重にカギがかけられている。

盾屋の主人が歩みを遅め、隣に並んだロロを横目に見た。

「……グレース公は、ご無事でしょうか？」

ここまでの道中、ロロは、レーヴェでの惨劇を伏せていた。住処を失った町民に、これ以上の絶望を与えるのは不必要だと思ったし、何より話す気力がなかった。自分たちは一行とははぐれたのだと誤魔化し、後ろをついてくるテレサリサが魔女だということも明かしていない。しかし主人も商人だ。情報を欲しがり、しつこく聞いてくる。ロロは惚けた。

「さて。無事だといいのですが」

「……キャンパスフェローをも飲み込み、アメリアはいよいよ巨大国家となりますね。大陸中を支配する気なのでしょうか？　レーヴェもまたアメリアの属国となってしまったとか」

「……よくご存じですね」

驚いた。王国レーヴェがアメリアの属国となり、〝公国〟と名を改めたと発表されたのは、レーヴェでの惨劇(さんげき)があったその翌日のことである。まだ四日しか経(た)っていないというのに、商人の情報網がここまでとは。

「まったく。何が、ルーシー教でしょうね？　ただの侵略国家じゃないですか」

盾(たて)屋の主人は、眉間にしわを寄せて怒りを露わにする。

「魂の浄化だとか、竜の奇跡がとか何とか言って、やってることは侵略そのものだ。私たちからしてみれば、蛮族とそう何も変わりませんよ」

「ここに来るまでに〈商店街〉を通ってきました。酷(ひど)い有り様でしたね」

「ええ、私の店もヤツらにメチャクチャに荒らされて、変形武器も全部持って行かれてしまいましたよ……。ただ幸いにも、店が焼かれたわけじゃありません。ご先祖様から引き継いできた店を、ここで潰すわけにはいきませんからね……。また一から出直して、必ず再建してみせます。何を売ってでもね」

「……商人の鑑(かがみ)です」

先導する若い職人は、とある木箱の前で足を止めた。使われなくなったU字の蹄鉄が、大量に入れられている箱である。職人はにわかにその箱へと手を突っ込んで、蹄鉄をかき混ぜ始めた。中から一つを選んで掴み、引っ張る。それがレバーとなっているのだ。ガコン、と何かが動く音がして、壁沿いにある棚がわずかにスライドし、隙間ができる。

その後ろに扉が現れた。隠し扉だ。

「おっ……」

ずっと黙っていたテレサリサが、ここに来て初めて顔を上げた。〝変形武器〟の製作を得意とする、キャンパスフェローの職人らしい一風変わったギミックである。

若い職人が棚を横から押して、最後までスライドさせる。

その棚にいくつも並ぶ燭台から一つを手に取り、ランタンから火を移した。それを盾屋の主人に渡す。開いた扉の先は、石壁に左右を挟まれた、下り階段となっていた。あまりの暗さにその終わりが見えない。

「足元に気を付けてください、ささ」

若い職人の先導はここまでだ。ここからは、盾屋の主人が燭台を手に先を進む。

ロロは階段を一歩下りたが、その背中にテレサリサの声が掛かった。

「待って、黒犬」

「……？」

足を止め、振り返る。しかしテレサリサはロロを見つめたまま、何も言わない。

ロロは察して、デリリウムを背負ったまま、戸棚から燭台(しょくだい)を一つ手に取る。そうしてそれを、階段を数歩下りていた盾(たて)屋の主人へと差し出した。

「火種をいただけますか？　先に中へ入っていてください。すぐに向かいますので」

「承知いたしました」

主人はにこりと微笑(ほほえ)み、受け取った燭台に火を灯(とも)してロロに返した。

「階段をお下りの際は暗いので、どうぞ気を付けてください」

そう言って暗がりの中に消えていった。

ロロの背中で眠っているデリリウムを除けば、二人きり。辺りに人の気配がないことを確認してから、テレサリサは口を開いた。

「あなたのお仲間と合流する前に、二つだけ言っておきたいことがある」

ロロの持つロウソクの淡い灯火が、テレサリサの顔を下から照らしている。

「まず私は、魔女を集めることに賛成していない」

王国レーヴェからキャンパスフェローへの長い道中、ロロはテレサリサにバドの作戦を話していた。多くの魔術師(ウィザード)を抱える王国アメリアの侵略に抵抗するため、キャンパスフェローは〈北の国(ノース・ランド)〉のヴァーシア人と手を組んだということ。そして対魔法に備え、大陸中の魔女を集めようとしているということ。囚(とら)われた〝鏡の魔女〟テレサリサを引き取るべく、ロロたちが王国レーヴェに入ったのは、この作戦のためだった。それも伝えてある。

「確かに、魔術師相手に騎士やヴァーシアの戦士では分が悪いと思う。魔力には魔力で対抗するのが一番効果的。けど……私が言うのもなんだけど、魔女は危険だわ」

テレサリサは意外にも、バドの作戦に顔を青ざめさせた文官たちと、同じようなことを言った。

「私がまだ〝放浪の民〟のキャラバンで暮らしてた頃、とあるオークション会場で、自分以外の魔女と会ったことがある」

「え。大陸の南のほうで、ですか？」

「そう。数年前、イナテラの海を支配する海賊がいたことは知ってる？　荒くれ者たちを集めて、略奪の限りを尽くした黒ひげの船長〝ジョン・ボーンコレクター〟」

「聞いたことはあります。人骨をイヤリングや首飾りにして身にまとってたヤツですよね」

「うん。自分の殺した敵の骨をね。そいつの船長室には、今まで倒してきた船長や騎士なんかの骨一式が、死んだときと同じ格好で飾られてあったんだって。そうやって自分の戦果を誇らしげに眺めるんだよ。レーヴェの騎士が、シカの角を飾るみたいにね」

ジョン・ボーンコレクターの作品は、時々富豪や権力者を相手に行われる闇取引専門オークションに流されていた。頭蓋骨の杯や、大腿骨で組まれた悪趣味なオブジェなどだ。

ある日、それらの品々と並んで、若く美しい奴隷が〝放浪の民〟より出品された。大陸の南側では珍しい、白い肌の娘。メイドとしてよく働くという触れ込みで手枷（てかせ）を繋（つな）がれていたのは、十二歳のテレサリサだ。

当時テレサリサには、買われた先の館で〝放浪の民（ドリフター）〟の親方たちを夜のうちに招き入れ、その略奪を手引きするという役割があった。親方は、身に危険が迫ったときに限り、テレサリサに魔法の使用を許していたが、その頻度が増してきた時期でもあった。

十二歳を迎えたテレサリサを、購入した主たちは、奴隷や給仕としてではなく性的な対象として見るようになっていたのだ。新しい主人の寝屋へ呼ばれるたびに、テレサリサは病気を装い、魔法で赤紫色（マゼンタ）に変色させた舌を見せた。追い出されるのはまだいいほうで、最悪、殺されかけて、殺してしまう。奥方の嫉妬を買い、魔女の嫌疑をかけられて魔術師（ウィザード）を呼ばれたこともあった。

その日、ステージ上に立たされたテレサリサは、座席に居並ぶ富豪たちに見定められ、一人の男に落札された。熾烈（しれつ）な競（せ）り合いに勝ったその富豪は、下卑（げび）た笑みを浮かべていた。

——ああ、今夜私は、あの男を殺すことになるかもしれない。

落札後ステージの袖に下がりながら、テレサリサは暗澹（あんたん）とした気持ちを抱え、ため息をついた。

「……けど、そうはならなかった」

舞台袖に連れていかれるテレサリサは、舞台上で一人の女とすれ違った。

出品者としてステージに立ったその女は、〝ブルハ〟と呼ばれていた。

三人の男たちを引き連れていたが、その中でも女が一番若い。見た目は二十代前半。肩口やへそ、太ももなど、南の女らしい健康的な褐色肌を惜しげもなく晒していた。意志の強そうな太い眉に、つんと持ち上がった鼻先。片方の鼻の穴に、リングのピアスをしている。ちりちりと捻れた大量の毛髪が、頭の上で爆発したようなシルエットを作っていた。

彼女たちは、後ろ手に縛られた人物を一人連れていた。頭に袋を被せられたそいつが商品らしい。上半身は脱がされており、毛深く、でっぷりとしたお腹がステージ脇からも見て取れた。

〝ブルハ〟が半裸男の肩を掴み、座る客たちにその背を向けさせる。

――あたしの出品物は、みんな大好き〝ジョン・ボーンコレクター〟さ。

オークション会場がざわついた。半裸男の背中に彫られたドクロのタトゥーは、確かにイナテラの海で暴れ回る海賊王ジョン・ボーンコレクターのものだった。

袋が脱がされ、晒された顔には目隠しがされていたが、その口元には確かに、彼の特徴の一つである黒ひげを蓄えている。半裸男は見えないながらも、しゃがれ声で周囲を恫喝していた。ふざけるな、この俺が誰だかわかっているのか、ただで済むと思うなよ――。

本人なのか……？　会場中の誰もがそう思っただろう。黒ひげも体格も背中のタトゥーも、まがい物を作れないことはない。だが会場中の誰もが息を呑み、その可能性に震えた。

……もしも本物だったとしたら。

イナテラ海の沿岸に住む富豪や権力者たちの中で、ジョン・ボーンコレクターに恨みを持たない人間はいない。彼らの持つ資産や町や土地や商売は、この横暴な海賊によってことごとく破壊され、奪われ、蹂躙されてきたのだから。

さあ、競りを始めよう。

――まずは耳からいこうか。〝ブルハ〟はステージ上で声を上げた。

「……耳が、商品なのですか？」

ロロは静かに尋ねた。

「始めがね。それから右手の指、左手首、鼻、舌、目玉、睾丸。彼女が競りに出したのは、ジョン・ボーンコレクターの身体の一部。競り落とされるたびにその場で切り落として、ホルマリン漬けにしていったわ」

「その場で……？」

「その場で。ダガーナイフを使って、ジョン・ボーンコレクターをじっくりと苦しませながら、彼女は拷問をショーにしたの。堂々と大勢の前で、ゆっくりと殺していった」

あまりに残酷なその光景に、席を立つ者もいた。

だが多くの富豪たちは熱狂し、会場は異様な熱気に包まれていた。

商品は、有名すぎる海賊の身体の一部だ。手に入れれば、一生自慢できるコレクションとなるだろう。しかも、それが生み出される瞬間に立ち会うことができるのだ。そのライブ感が心を高ぶらせ、所有欲を刺激する。本物か、ニセモノか。確かめるのは競り落としてからでもいい。制限を度外視した金額が飛び交った。

〝ブルハ〟は、頬に跳ねた海賊王の鮮血を拭った。満足げに笑い、声を上げる。

――さあ！　次はイチオシ商品だ。背中に描かれたドクロの彫物。こいつを目の前で剝いで出品しよう。暖炉の上に飾って眺めるも良し、テーブルクロスにして敷くも良し。泥土を拭う玄関マットにしたっていい。〝ジョン・ボーンコレクター〟を象徴する海賊旗だよ。お前ら、いくら出す？

「……ちょっと、想像を絶しますね」

「でもね、競りは唐突に終わった。オークション会場に、海賊王の部下たちがなだれ込んできたの。まあそのことが、半裸男が本物であることの証明にもなったんだけどね」

〝ブルハ〟は残念そうに肩をすくめ、「これにて終了」と海賊王の喉を裂いた。

テレサリサが、彼女から滲み出る魔力に気づいたのは、彼女が会場から逃げるべく、舞台袖まで戻って来たときだ。血で濡れた両手をハンカチで拭いながら、近づいてきた〝ブルハ〟の魔力を感じて、テレサリサはつい「あ」と小さく声を漏らした。

「……あんなにも冷酷な真似を平然とできるような人なんだから、私はてっきり彼女が冷血な人物なのかと思っていた。人の心を捨てたみたいな、冷たい目をしているんだろうなって」

しかし、繫がれたテレサリサに向けられた黒い瞳は、まったく別の印象を帯びていた。

　彼女の目はギラついていて、熱を帯び、生命力に満ち溢れていた。生きることに貪欲な目だ。それが、テレサリサを見つけて細くなった。

「……へえ。あんた、珍しいね？」

〝ブルハ〟が足を止めたので、彼女の連れていた男の一人も立ち止まり、目を眇めてテレサリサの顔を覗き込んだ。

「ほう、確かに。この辺りで白い肌の奴隷は見ねえな」

「いや、それだけじゃない。あんた、魔法が使えるのに、何で奴隷なんかに身を落としているのさ？」

「……何だと？　じゃあこいつも、魔女なのか」

　テレサリサは何も応えなかった。応えられなかった。魔法が使えることは誰にも言ってはいけないと、親方にそう口止めされていたからだ。そのときのテレサリサにはただ、俯いてこの恐ろしい魔女が去っていくのを、願うことしかできなかった。

「滑稽だね。口も利けないのかい」

「魔女ならこのガキ、連れてくか？」

「やだよ。弱いヤツは嫌いなんだ。奴隷として生きる魔女とか、絶対に仲良くなれないね」

　彼女は唾棄するように言い捨てて、その場を去っていった。

「――そいつがイナテラの〝海の魔女〟よ。何でも願いを叶えてくれる代わりに、その人の大切なものを奪っていく魔女。あなたの持っている羊皮紙に書かれているでしょ？」

ロロは頷(うなず)く。〝海の魔女〟は、集めるべき七人の魔女のうちの一人だ。

「私が会ったことがあるのは、その魔女一人だけど。他にも、村人をお菓子に変えて食べてしまった魔女とか、城一つをまるごと氷漬けにした魔女とか……話の通じる相手だとは思えないけど」

「……〝鏡の魔女〟様は、話の通じる相手でした」

「それは……たまたま一人目である私が、理解あったってだけだわ。最初が私でラッキーだったと思いなさい？」

テレサリサは、十三歳を迎える前に親方の元から逃げ出した。奴隷として館へ侵入し、強奪を強いられる生き方に嫌気が差したのだ。〝ブルハ〟の言うところの〝奴隷として生きる〟魔女をやめ、キャラバンを抜け出した。

「私はずっと、魔女であることを隠して旅してきた。それは魔女であることの不都合を知っているから。魔女がどれだけ人に嫌われて、恐れられているかを知っているから」

テレサリサは視線を逸(そ)らす。その顔半分がフードの陰に隠れている。

「人が魔女を恐れる気持ちは理解できる。私自身、私以外の魔女を恐れているもの。得体(えたい)が知れないぶん、魔術師(ウィザード)たちよりも不気味かもしれない。でもね、得体が知れないのは、人間だって同じなんだよ」

「…………」

「どんなに優しくしてくれた人たちだって、私が魔女であると知った途端に、その態度は一変するわ。親のように接してくれた人が、突然罪人を蔑(さげす)むような目で見てくるの。何もしてないのに。危害を与えるつもりなんてないのに。石を投げられて、口汚く罵られて。虫やドブネズミを見つけたときみたいに、悲鳴を上げて逃げていく。正体がバレてしまったら、人として扱われなくなるんだよ。そうでなかったのは……あの変な王様くらいね」

テレサリサは肩を竦(すく)ませ、小さく笑った。

「私にとって、人は裏切るもの。傷つけてくるもの。だから私は、初めから誰も信用しない。それが一番の防衛策だと思ってる。つまり、何が言いたいのかというと」

テレサリサは視線を戻した。ロウソクの火に揺れる紅い瞳が、ロロを刺すように見つめる。

「私が力を貸すのは、私を牢から出してくれたあなたと、バド・グレースにだけ。恩があるからね。そして目的が一致しているから。あなたがキャンパスフェローを諦めていないように、私もレーヴェを諦めていない。オムラを殺して、プリウス様の愛した〈騎士(ナイト)の国〉を取り戻す。そのために私は協力するの。キャンパスフェローの人たちとじゃない――」

テレサリサは真摯(しんし)な眼差(まなざ)しをロロに注ぐ。

「黒犬、あなたとね。それが二つ目の言っておきたいこと」

ロロは小さく身体(からだ)を跳ねさせて、デリリウムを背負い直した。

「……初めから誰も信用しない――確かにそれが、騙されない一番の方法ですね。俺もそういうふうに生きていれば、裏切り者を見つけられていたかもしれません」

――〝暗殺者は慟哭より生まれる〟

目を伏せて、幼い頃から言い聞かされてきた言葉を口にする。

「それがデュベル家のモットーです。その意味が、やっとわかった気がしています。深く悲しい経験は、人を強くする。怒りや衝動は、痛みに耐えるための力になる。裏切られれば慎重になるし、傷つけば次からは傷つけられないよう、立ち回るようになる」

「…………」

「……深い悲しみを乗り越えて、暗殺者が一人、誕生しました。ただ不幸なことに、彼を従える主はもういません。しかし不幸中の幸いなことに、主の命令は残っています」

ロロの脳裏には、常にバドの言葉が響いている。

――「俺は魔女が欲しい。一人残らず、俺の前に連れてこい」

「主の使命を全うする――バド様の挙げた七人の魔女を集める。俺の残りの人生は、それに尽きます。だから、魔女様に協力を拒まれたら困ってしまう。だから、ここで誓います」

ロロは顔を上げた。その深緑色の瞳に、テレサリサの顔が映った。

「俺はあなたに石を投げないし、罵らない。裏切らないし、騙さない。約束します。魔女としてのあなたを俺は、決して恐れたりなどしない」

「…………」

直後にロロはむず痒い顔をして、視線を泳がせた。

「……とはいえ、口だけなら何とでも言えるんですよね。……だからせめて」

ロロは再びテレサリサを見つめる。

「せめて死なないよう、努力します」

「……何それ」

その曖昧すぎる約束に、テレサリサは思わず口元を綻ばせた。

「ならまずは、カヌレ食べ放題の約束を果たしてよね」

テレサリサは歩き出しながら、すれ違いざまロロの手から燭台を奪った。隠し扉の向こうにある階段へと足を下ろす。

「その件はまだ納得がいっていないのですが……」

デリリウムを背負い直して、ロロもまたテレサリサの後に続く。

裏切られた傷はまだ癒えず、お互いを手放しに信用しきることなどできはしない。だが今は、信じられなくとも進んでいくしかない。

辺りはすぐに、お互いの顔さえ確認できないほどの暗闇に包まれる。見える光は、テレサリサの手の中で頼りなく揺れる灯火だけ。

二人は小さな火を頼りにして、暗がりに落ちていく階段を下っていった。

5

階段を下り、長く暗いトンネルを抜けると、広いフロアへと出た。

石壁はいつの間にか、剥き出しの土壁に変わっていた。崩落しないよう、木材で支柱が組まれてある。フロアのあちこちにロウソクが灯されているため、地下でありながら辺りはぼんやりと明るい。床に敷き詰められた花柄のタイルは、土で汚れていた。

隠れ処にはいくつもの小部屋があったが、出入り口に繋がるこのフロアが最も広かった。ロウソクの灯火では隅々まで見渡すことはできないが、一見して五十名以上の人々が肩を寄せ合うようにして、息を潜めている。辺りには、熱のこもった人のにおいが漂っていた。

ロロとテレサリサがフロアに姿を現すと、人々は顔を上げ、怯えたような視線を注いだ。

誰の顔にも、疲れの色が見える。ローブをまとっているのは文官や学匠など、政治に携わる者たちだろう。女中や料理人、庭師など、キャンパスフェロー城で働いていた者たちの姿も確認できる。

「おお無事だったか。ロロっ！」

フロアの奥にあるトンネルから、宰相ブラッセリーが現れた。

ロロの前へと駆け寄ってくる。いつもなら上向きにカールしている口ひげが、今はヘナヘナと萎れていた。しかしそれでもこのキャンパスフェローの宰相は、肩の尖った黒衣の制服を着ている。

ブラッセリーは、歴代宰相に引き継がれるその制服に誇りを持っていた。毎晩業務終わりには使用人にしわを伸ばさせ、香料を塗させていた。月に一度は仕立て屋に預け、金糸銀糸のほつれなどをチェックさせていた。それだけ大切に扱っていた制服が、今やあちこちが擦り切れ、土埃で汚れている。常に背筋を伸ばして礼儀正しく、秩序と清潔を重んじる男が、五日にもわたる避難生活のせいか、パンツの裾を膝下まで捲り上げている。

ブラッセリーは、ロロの背負うデリリウムに気づいて、声を震わせた。

「おお、デリリウム様……何とお労しい。疲れて眠っておられるのか?」

デリリウムはロロの肩で頬を潰し、すやすやと寝息を立てている。

「説明いたします。どこか横になれる場所はありますか?」

「もちろんだ。寝室に案内しよう」

ブラッセリーは頷き、ロロのやや後ろに立つ、ブラウンローブの女性を一瞥した。ロロの耳元へ声を潜める。

「……もしや彼女が?」

「はい。バド様の求めていた方です」

「何と……では交渉はうまくいったんだな」

ブラッセリーの表情が、にわかに明るくなった。気持ち、ひげがピンと立つ。

「それで……他の連中は？　皆どこにいる。バド様は無事か？」

ブラッセリーは、ロロの背後へと目をやった。ロロが連れているのは〝鏡の魔女〟とデリリウムだけ。共にキャンパスフェローを出発したはずの、多くの者たちが見当たらない。

「……バド様は」

ロロは言葉を飲み込んだ。フロアにいる城の者たちの前で、領主の死を迂闊に口にすることは憚られた。「説明は、寝室で」とだけ告げてブラッセリーを見返す。

その表情から何かを悟ったのか、ブラッセリーの表情が再び陰った。

ノックの後、「失礼します」と女騎士が燭台を手に部屋へ入ってくる。

「同席なさい」と宰相ブラッセリーに言われ、女騎士は静かにドアを閉めた。

室内のロロは女騎士へと会釈する。彼女もまた、声を発しないまま目を伏せて応えた。

ロロとテレサリサは、〈隠れ処〉の奥に設けられた小さな部屋に通されていた。

藁の敷かれたベッドが一つだけ置かれている狭い寝室だ。それでも木製のドアが付いていて個室な分だけ、フロアよりマシだろう。デリリウムは、藁の上に寝かされていた。

部屋には木箱が二つあり、その一つにブラッセリーが座っている。もう一つの木箱を、ロロはテレサリサに譲っている。女騎士は、ドアに背をもたれるようにして立っていた。

「……帰って来ることができたのは、デリリウム様と私のみです」

寝ているデリリウムと四人だけの部屋で、ロロは声を潜めて告げた。

「……バド様は王国レーヴェにて、処刑されました」

ブラッセリーは見る見るうちに顔を歪(ゆが)め、「おお……」と声を漏(も)らして、頭を抱えた。

〈騎士(ナイト)の国レーヴェ〉で何があったのか、ロロは自分の知る限りのことを報告した。

レーヴェでの交渉は決裂し、〝鏡の魔女〟を奪うべく移送中の荷馬車を襲ったことや、〝血の婚礼〟の真相が、王弟(おうてい)オムラによる謀反(むほん)だったということ。オムラは王国アメリアと繋(つな)がっていて、〈金獅子(きんじし)の騎士団〉と魔術師(ウィザード)たちによる虐殺が行われたということ。〈鉄火の騎士団〉団長のハートランドは主を護(まも)って魔術師に挑み、戦死したということ。

ロロは、女騎士の前に立った。

彼女の名前はヴィクトリアという。〈鉄火の騎士団〉の副団長だ。片目が隠れるほどの長い金髪はふんわりと肩に乗っていて、身なりを整えドレスアップすれば、深窓の令嬢と見まがう麗(うるわ)しさを誇る。だが彼女は、それを褒(ほ)め言葉とは受け取らない。剣に生きる彼女が髪を伸ばし始めたのは、ハートランドの好みであったからだ。

ヴィクトリアは、ハートランドの妻でもあった。

副団長だけあって、剣の腕は確かだ。細い身体(からだ)に銀の胸当てを装着し、左腕にアルマジロの甲羅(こうら)のような大きい手甲(てっこう)を嵌(は)めている。腰には片手剣の鞘(さや)を二本連ねて携えているが、剣が入っているのは下の鞘だけ。上の鞘は空の状態である。

ズボンに踵の高いブーツを合わせていた。動きやすいようロングスカートは前方を持ち上げ、ベルトで挟んで止めている。その視線は向かい合ったロロよりも、わずかに高い。

ロロは、大切に懐にしまっていたワッペンを、ヴィクトリアへと差し出した。あの夜、魔術師ラッジーニを倒した後、動かなくなったハートトランドの衣装から切り取ったものだ。

「……すみません。持って来られたのは、これだけで」

ヴィクトリアは厳かにそれを受け取った。血や雨に濡れ、ボロボロとなったそのワッペンには、彼の誇りでもある〈鉄火の騎士団〉の団章〝背中の燃えたハリネズミ（ファイヤー・ヘッジホッグ）〟が描かれている。

「……彼は、あの槍（やり）を握って死んだか」

「はい。最後は共に戦いました。あの人は背中を燃やされ、腹を貫かれても、絶対に槍を手放そうとしなかった。魔術師をあの槍で真っ二つにするまで、決して倒れはしなかった」

「そうか」

部屋に追悼の沈黙が生まれる。

木箱に腰掛けたブラッセリーが、改めて口を開いた。

「……つまり我々は〝鏡の魔女〟を手に入れることはできたが、それ以外をすべて失ってしまったというわけか。まさか、エーデルワイスが裏切っていたとは……」

「はい。信じられないでしょうが」

「いや、信じよう。あの男はここに来て長いが、元は別の国の生まれだった」

ブラッセリーはおもむろに木箱から腰を上げ、その表情を隠すように、ロロたちへ背を向けた。土壁を正面にして俯く。

「……それにヤツはどこか臆病で、現実主義なところがあったしな。バド様とは合わん」

「……はい」

「そしてやはり、状況は最悪か。王国レーヴェまでもが、アメリアの手に落ちたとは」

「今後レーヴェは、王国から公国となるそうです。バド様の処刑された日に発表され……」

ふと、ロロは言葉を飲んだ。頭を過ったのは、ほんの小さな嫌な予感。ブラッセリーはロロへと振り返り「何だ？」と尋ねた。だが確信を持てないロロは首を振る。

「……いえ、何でもありません」

ブラッセリーは努めて声を明るくした。

「しかしロロ。お前はよくやってくれた。デリリウム様が無事ならまだ、最悪とは――」

「いえ」と、ロロはブラッセリーが懸命に作った微笑みを、真摯に見つめる。

「実は、デリリウム様はここに戻ってくるまでの間、一度も目を覚ましておりません」

「……何だと？」

ロロはベッドのそばに屈み、デリリウムの毛布をめくってみせた。切り落とされた手首の断面は黒く、血が一滴も流れてはいない。しかしその光景は、あまりにも衝撃的だ。

「バカな……生きているのか、それで」

ブラッセリーは驚愕（きょうがく）に口を開く。そしてふらふらと、再び木箱へ腰を下ろした。

「生きてはいます。正常に呼吸をしているし、脈も打っています。水も食べ物も摂取していないはずなのに、姫のお身体（からだ）は健康体のまま。恐らく、何か魔法がかけられているのではないかと」

「また魔法か」

ブラッセリーは忌々しげにつぶやき頭を掻（か）いた。神経質な仕草だった。

「五日前のあの夜、城を脱出しようとした我々の前に立ち塞（ふさ）がったのもまた、魔法だった」

そうしてブラッセリーは、あの夜の出来事を語って聞かせた。

遠く離れたレーヴェにて、バドたち一行が燃える礼拝堂に閉じ込められていたときと同じ頃。キャンパスフェローには、王国アメリア兵の大軍が迫っていた。

その侵攻スピードは驚くほどに速かった。〈血塗れ川（ブラッディ・リバー）〉を北上してきたアメリア兵によって、河港はあっという間に制圧された。東に設けられていた関所が落とされたその夜のうちに、キャンパスフェロー城の東側に広がる草原は、アメリア兵によって掲げられた無数の松明（たいまつ）に埋め尽くされることとなる。

彼らの目標は明確だった。攻め入るは丘の上に立つキャンパスフェロー城、ただその一点のみ。城下町の周りに点在する家々は、ひとまず無視をする。

もしもグレース家に仕える家々の騎士(ナイト)や兵が奮い立ち、連携すれば、城下町へ入ったアメリア兵らを取り囲むことさえできたのかもしれない。しかし、戦慣(いくさ)れしたアメリア兵の奇襲スピードに加え、キャンパスフェロー城には、家臣を取りまとめる最重要人物――バド・グレースがいなかった。

住人たちが建物内に引きこもる中、アメリア兵たちはたくさんの松明(たいまつ)で夜を明るく照らし、竜の紋章が描かれた旗を翻した。そして喚声を上げ、丘の上のキャンパスフェロー城に向かって駆け上がっていく。

城の防衛は間に合わない。門扉はすぐに打ち破られて、敷地内になだれ込んできたアメリア兵たちと、キャンパスフェローの兵たちとの白兵戦が展開された。アメリア兵は敷地内にある厩舎(きゅうしゃ)や武器庫、矢倉などを次々と襲撃し、逃げ惑う城の者たちを斬(き)り捨てていく。白刃が松明の灯りに煌(きら)めき、撥(は)ねた鮮血が土を濡らす。

城を護(まも)るキャンパスフェローの兵たちに加え、〈鉄火の騎士団〉もまた各々〝変形武器〟を手に参戦した。だがどれだけ倒しても、アメリア兵たちは際限なく門扉よりやって来る。

「……我々には、まだ猶予があると思っていた」

木箱に座るブラッセリーは、その夜を思い返し、つぶやいた。

〈血塗れ川(ブラッディ・リバー)〉の南に水門を建設し、アメリア兵が川を実効支配し始めたのは、およそ三か月前のことだ。そこに駐留していた兵たちが、このタイミングで北上してくるとは思ってもみなかった。なぜなら王国アメリアとキャンパスフェローは、〈血塗れ川〉にかけられた関税を巡って交渉の最中にあるからだ。一方的に水門を建設し、理不尽極まりない苛税を課してきたアメリアに対し、キャンパスフェローは抗議の声を上げて交渉しているところだったのだ。

王国アメリアの要求は、グレース家よりも爵位の高い公族を、キャンパスフェローに迎え入れること。領土を渡せと言っているに等しいこの条件を、呑める領主がいるはずがない。つまりこの要求はグレース家の――キャンパスフェローの反抗を誘発するための要求。挑発である。

王国アメリアは待っていたはずなのだ。そのあまりの横柄に、グレース家が反旗を翻すのを。そうして初めてアメリアには、キャンパスフェローへと侵攻する理由ができる。先に攻撃を仕掛けてきたのはグレース家だと、心置きなく攻撃を加えることができる。

そうでなければ、王国アメリアには、キャンパスフェローを侵略する正当な理由がない。友好国として武具を輸出し、貿易関係にあるキャンパスフェローを一方的に攻撃するようなやり方は、いくら大陸を支配する〈竜と魔法の国アメリア〉とはいえ、友好的な周辺国家や属国の反感を買いかねない。

だからこそ、キャンパスフェローに対して、戦わざるを得ないような圧制を敷いていたはずなのに。キャンパスフェローが立ち上がるまで、侵略は始まらないはずだったのに。

しかしこのとき、ブラッセリーはまだ知らなかった。

キャンパスフェローが魔女を集め、戦争の準備をしていることはすでに、外務大臣エーデルワイスによってリークされていたことを。そしてその事実は、バドの処刑と共にいずれ世間に知れ渡る。王国アメリアには、キャンパスフェローを攻撃するための、正当な理由ができていたのだ。

「南の正門が破られたと聞いたとき、私たちは城からの脱出を決めた。ヴィクトリアと八人の〈鉄火の騎士〉たちが、私たちを護（まも）りながら城の地下へと先導してくれた……」

ブラッセリーを執務室から連れ出し、城に残る文官や学匠（メイスター）、給仕たちを集めたのはヴィクトリアだった。五十人以上もの人々を引き連れて、抜け道のある階下へと急ぐ。

他に八名の騎士（ナイト）が併走し、逃げる一行を護っていた。城外からは悲鳴や喚声、そして剣の打ち鳴らされる金属音が聞こえていた。

「……いつアメリア兵たちが城内へなだれ込んで来てもおかしくなかった。そして実際に、やつらは来た。抜け道まで今一歩のところで、我々は取り囲まれてしまった――」

八本の支柱に囲まれた、吹き抜けの一階フロアに差し掛かったときだった。

階上にある無数の窓から月明かりが差し込む、円形の明るいフロアである。そのフロアからはいくつもの廊下が延びていたが、どのルートからも、白い甲冑（かっちゅう）の兵士たちが喚声を上げて走ってくる。そして最悪なことに背後からも、敵兵の気配が近づきつつあった。

抜け道のある地下へは、どうしてもフロアを横切って行くしかない。迫り来る敵を蹴（け）散らして進むしかない。ヴィクトリアは向かう先の廊下を睨みつけながら、剣を抜くと同時に叫んだ。

——「一点突破しますッ！」

八人の騎士たちも次々と剣を構える。

ブラッセリーもまた、後れて護身用に抱いていた片手剣を抜いた。

「皆さん離れないで、私の後に続いてくださいっ！」

ヴィクトリアは一度振り返り、人々にそう叫びながら走りだした。

いったい何人が生き残れるだろうか。何人を護りきれるだろうか。ヴィクトリアを合わせた九人の騎士で、百人以上はいるであろう、アメリア兵を相手にしなければならない。状況は絶望的。だが最早、逃げ道すら防がれているのだ。前に進むしかない。

声を上げて迫り来るアメリア兵たちと、鉄火の騎士率いる一行が、吹き抜けのフロアにて衝突する——直前。音もなく、その男はフロアの中央へと降り立った。

ヴィクトリアは、影が落ちてきたのかと思った。進行方向に現れた人影に目を奪われ、思わず足を止める。他の騎士たちも、ヴィクトリアに続いていた人々も皆、それに倣って立ち止まった。

フロアへとなだれ込んできたアメリア兵たちもまた、急ブレーキを掛けていた。男が一人落ちてきた、ただそれだけで、喚声に満ちていたフロアが、水を打ったような静けさに包まれる。

フロアの中央で月明かりを浴びて、男はただ、佇んでいる。

漆黒の兜によって隠されたその顔は、窺うことができない。両腕を黒の手甲で覆い、手にはグローブを嵌めている。緩く開いたその指先は、鋭利に尖っていた。黒く塗りつぶした暗黒色のロングコートが、その存在を闇にぼかす。

その男からは、不思議と気配を感じない。

まるで幽霊のような佇まいに、ブラッセリーはその正体を連想した。

「――キャンパスフェローの宰相として、恥ずかしながら」

木箱に座りながらブラッセリーは、そのときの光景を回想する。

「〝黒犬〟の戦う姿を見たのは、初めてだった……」

話を聞いていたロロは、不意に袖口を引かれた。ここに来てから一言も発していないテレサリサが、不可解だという表情でロロを見上げている。黒犬と呼ばれるロロは、そのときレーヴェにいたはずだ。どうしてブラッセリーの回想に登場するのかと疑問を抱いたのだろう。

ロロは小さく笑って答えた。

「先代の〝黒犬〟……俺の祖父です。やっぱり、生きてたんだ」

6

「黒犬だ……」

驚嘆と畏怖を含んだそのつぶやきは、アメリア兵の口から漏れた。

〝キャンパスフェローの猟犬〟――通称、〝黒犬〟はグレース家に仕える暗殺者として、有名な存在だ。戦時中、一夜にして三百人の兵士を暗殺したという〝三百人殺し〟は、今なお彼の得体の知れない不気味さを象徴する逸話として語られている。

話に聞く黒犬が、今まさに目の前に降り立ったのだ。そしてゆらり、と身体を揺らした直後、その姿が掻き消える。次の瞬間、アメリア兵たちの中から悲鳴が上がった。

「つぎゃぁあぁァァアッ……!!」

と、ある兵士の肘から先が、握っていた剣ごとなくなっている。切断された腕から鮮血がほとばしり、周りにいたアメリア兵たちの白い甲冑に撥ねた。

急接近した黒犬に剣を振るう兵士たちの手首や腕が、いとも簡単に切断されていく。

悲鳴が次々と連なっていく。いったいどうして。なぜ振り上げた腕が落ちる？　いったい何が起こっているのか――兵士たちは黒い影を注視し、その攻撃手段を捜すが、黒犬は何も持っていないのだ。空手のまま腕を振り上げ、振り下ろし、あるいは振り払うと、兵士たちの首や四肢が飛ぶ。

兵士たちは必死になって、その黒い影を目で追い掛けた。

影が、兵士の間をすり抜けていく。直後、両脇の二人が確かに握っていたはずの剣が、消えている。右の兵士の剣は左の兵士の首に突き刺さり、反対に左の兵士が握っていた剣は、右の兵士の腹部に突き入れられている。

あまりの速さに、兵士たちは何が起こっているのかすら、理解できずに死んでいく。

兵たちの振り下ろす剣は当たらない。また仲間の数が多すぎて、人壁に消える影を目で追い続けられない。黒犬の姿を見失った者たちは動揺し、パニックに陥って絶叫を上げた。

その背に兵隊長が怒号を上げる。

「恐れるな！　相手はたった一人だ、取り囲めッ！　摑め、ヤツの足を止めろッ！」

黒犬に向かって振り下ろされた剣身が、空中で何かに弾かれる。いったい何に——？　と、兵が不可解に思った次の瞬間には、その兵士の手首が、ひとりでにねじ切れている。

黒犬とすれ違い、振り返った兵士の首が飛ぶ。黒い影が駆け抜けていったそばから順々に、手首が、腕が、足が飛ぶ。意味がわからない。不可解が兵士たちの心を蝕み、恐怖を助長させていく。

黒犬は鮮やかに人を殺す。その殺戮は止まらない。

気炎万丈の雄叫びは、やがて涙まじりの悲鳴へと変わっていった。


「……あなたのおじいさんは、魔法使いなの？」

木箱に座りブラッセリーの話を聞いていたテレサリサが、ここに来て初めて口を開いた。

触れもせず敵の首を飛ばすという不可解に、疑問を我慢できなくなったのだろう。

ロロは首を振った。

「いえ。〝キャンパスフェローの猟犬〟は、戦いを演出するのです」

残る敵の戦意を失わせ、動揺を誘って統率を乱すために。あえて敵の骨を砕き、腕を落として鼻を削ぐ（そぐ）。声を出す間もなく絶命させる方法を知っているのに、わざと悲鳴を上げさせる。それがロロの学んだ〝黒犬〟の一対多数での戦い方だった。

そして黒犬は、必ず何人かを生かして帰す。自身の恐ろしさを世に知らしめるために。

生き残った者がその凄惨（せいさん）さを語れば、〝黒犬〟という名前自体が大きな武器となる。黒犬の仕事は元来暗殺であり、戦うことではないのだ。その名を聞いて敵が勝手に恐れ、逃げてくれれば、それに越したことはない。

だから戦うときはより残酷に、ときにわざと血しぶきを浴び、戦闘狂を演じることさえある。だから先代黒犬は、好んでその暗器を使うのだ。

「祖父が使っていた武器は、手甲（てっこう）に仕込んだワイヤーロープです」

キャンパスフェローの針金職人（ワイヤースミス）が、銀を極限まで引き延ばして編み込んだワイヤーは非常に細く、それでいて簡単に切れることがない。そこに力とスピードが加われば、目にも留まらぬ速さで肉を裂き、骨を断つことさえ可能な代物となる。ただし、誰もが扱えるわけではない非常に扱いの難しい武器だ。

「……あの人、まだ戦えたんですね。家じゃあ猫と戯れてばっかでしたけど」

「ご隠居されてあの動きなのだから、戦争時はどれほどのものだったのか……」

ブラッセリーは、声を震わせて続けた。

恐怖に駆られたアメリア兵たちはもう、完全に統率を失っていた。暴れる者。呆ける者。逃げ出す者。泣き出す者。たった一人の存在が、勝ち戦に勢いづいていた彼らの心を壊してしまったのだ。

今のうちです、とヴィクトリアは再び城の人々を先導し、フロアを横切っていった。最後尾を走るブラッセリーは、廊下へと入る前に、今一度フロアへと振り返った。

そして月明かりに照らされたフロアの向こう側——今しがたブラッセリーたちが走ってきた廊下の奥からやって来る、白いローブや法衣をまとった魔術師たちを見たのだ。

「そうして次に現れたのは……魚だった」

ブラッセリーは回顧する。

フロアのタイルがざわざわと動いている——足元に奇妙な気配を感じた黒犬は、横に飛び退いた。直後、タイルから大口開けて宙に飛び上がったのは、成人男性の身長さえ超える巨大な魚だった。丸い目玉に鋭いヒレを有し、大きく開いた口からはギザギザの歯が覗いている。細長いフォルムが特徴的なその魚は、海水魚〝メルルーサ〟——その砂人形だ。身体を覆う鱗もヒレも、そのすべてが黄土色の砂を固めて作られた造形品である。

砂のメルルーサは、黒犬の頭上で砂を散らしながら放物線を描き、タイルに頭を打ちつけた。まるでタイルを水面に見立てているかのように、砂で作られた水しぶきが上がる。

水面に波紋が広がるように、フロアのタイルに散らばった砂は、メルルーサの着水地点を中心に広がり、消えていった。

「………」

明らかな異様。辺りを警戒した黒犬の前に、スキンヘッドの男が迫った。白い法衣に裸足。その身体は見上げるほど大きく、のしのしと足音を立ててフロアを駆けてくる。

その男の姿形もまた、異様である。太い首に法衣を盛り上げる胸筋。目を引くのは異常に発達した、その両腕だ。丸太のように太い腕。広げた五指は、人一人の胴体を握り潰すこともできそうなほどに巨大。

スキンヘッドの男は、走りながら握りしめた両拳を、叩き合わせた。倒れた兵士を踏みつけ、あるいは蹴（け）り飛ばして黒犬に迫る。そして両腕を大きく広げ、飛び跳ねた。

いかにも摑（つか）もうとする動きである。黒犬は身体を低くして、その握撃を避ける。

「……いかん、魔術師だっ」

ブラッセリーは廊下とフロアの間で、思わず立ち止まっていた。

いくら〝キャンパスフェローの猟犬〟とはいえ、複数の魔術師たちを同時に相手して、無事でいられようか。フロアに現れた魔術師は三人だ。赤髪短髪の若い男と、長い黒髪で片目を隠した女。そして黒犬に襲いかかった、筋肉の異様に発達したスキンヘッドの男。

黒犬はスキンヘッドの巨大な手のひらを避け続けるが、男の攻撃は執拗に続く。その動きは、巨体ながらも俊敏だ。踏み込んだ足でタイルを踏み抜き、振るった拳で支柱を破砕させる。

黒犬は劣勢に見えた。誰かが加勢に行かねば、とブラッセリーは焦った。

その背後から、三人の鉄火の騎士たちが飛び出し、フロアへと駆けていく。魔術師たちの登場に気づき、勇ましくも加勢すべく戻ってきたのだ。だが――。

スキンヘッド男の拳を、一人の騎士は剣身を盾にして受けた。しかしこれは悪手だった。黒犬のように避けるべきだった。騎士は厚い両手剣ごと殴り飛ばされ、柱に背中を叩きつけられた。激しい破砕音と共に吐血し、膝をつく。

また別の騎士は、片目を隠した黒髪の女と対峙していた。

果敢にも剣を振るうが、女はバックステップで剣の軌道を避け続ける。ひらり、ひらりとローブの裾を摘んで、舞うように。女は不意に距離を詰め、騎士の頭を左右から挟むようにして掴んだ。二秒、三秒と間があって、騎士が女の顔を見おろし絶叫する。

突如、女を恐れ始めた騎士は、暴れて彼女を振り解いた。逃げるように後退り、次に視線を向けた先は、赤髪短髪の男と対峙している、仲間の騎士である。

魔法にかけられた騎士の様子は、明らかにおかしくなっていた。またも絶叫し、息を荒らげて、仲間の騎士に向かって剣を振り上げ走りだす。

「くっ、うあああぁッ……！」

そして、仲間であるはずの騎士の背中を斬りつけた。

驚愕の声を上げたのは、襲われた騎士だ。味方に背中を斬られ、「何をする」と怯んだところに、追撃で腹部を裂かれた。同士討ちだ。次いで襲ったほうの騎士は奇声を上げて、赤髪短髪の男へと剣を振り上げた――が。その足元から、再び砂の魚が跳ね上がる。

「あああぁぁぁあッ……!!」

騎士の片足から胴にかけて嚙みついたまま、魚は宙で弧を描き、タイルの上へと着水する。魚はタイルで砂粒となって弾け飛び、姿を消した。だが叩きつけられた騎士の身体は、タイルの上に転がったまま。その手足は、あらぬ方向を向いている。

「……なっ。何と」

ブラッセリーは息を吞んだ。

フロアに飛び出した三人の騎士は、あっという間に倒されてしまった。それも理解の及ばない、摩訶不思議な力によって。そして、黒犬もまた――。

黒犬はスキンヘッドの男を正面にし、ブラッセリーの立つ廊下を背にしていた。ブラッセリーがまだ残っていることに気づいたのか、三人の魔術師たちを牽制しながら、腰の後ろに回した指先でしっしっと小さく、追い払うような仕草を見せる。

直後、赤髪短髪の魔術師が、指をパチンと弾きながら、黒犬を指差した。するとその人差し指の先から放たれた小さな火球が、まるで流れ星のように尾を引いて、黒犬へと迫る。

黒犬はコートの裾を翻し、きりもみ回転してそれを避けた——が、避けたはずの火球は黒犬の背後で不自然に軌道を変え、戻ってくる。

背中に熱を察知した黒犬は、それをもステップで難なくかわした。

だが火球の猛攻は終わらない。パチン、パチンと赤髪短髪の魔術師は指を鳴らし、その度に追尾型の火球が黒犬の周りを飛び交った。そのすべてを避け切ることができず、ついに黒犬の脇腹を捉えた火球は、着弾と同時に大きく燃え上がる。

怯んだ黒犬の身体に、残りの火球が次々と命中していく。

フロアを遠巻きに取り囲んでいたアメリア兵たちから、わっと歓声が上がった。

「くっ、黒犬殿……！」

前に出たブラッセリーの肩を、ヴィクトリアが摑んだ。城から脱出する一行を先導していたはずが、ブラッセリーの不在に気づいて戻ってきたのだ。

「何をしているのです、ブラッセリー様ッ。我々は逃げ延びねば。彼らの犠牲がムダになります……！」

「……すまん。お前の言うとおりだ」

ブラッセリーは踵を返し、フロアを背にして走り出した。

「……私たちはがむしゃらに地下まで走って、抜け道を使い城を出た。身を挺(てい)して護(まも)ってくれた彼らに救われたのだ……」

ブラッセリーは、唸(うな)るような声を上げた。

「先代黒犬殿の姿は、あれ以降見ていない。安否もわからぬままだ。最後に見たのは、全身を炎に包まれた姿だった……。もしかするとあのまま……」

「いいえ、おそらく祖父は生きています」

ロロは言った。慰めや希望的観測ではなく、本当にそう思うのだった。

「あの人は化け物ですよ。全身を炎に包まれたくらいで死ぬとは思えません。それに暗殺者(アサシン)は騎士(ナイト)と違い、基本的に敵と戦おうとはしません。まず真っ先に逃げることを考えます。ブラッセリー様たちが無事フロアを抜けたのなら、祖父もすぐにその場を離れたかと」

と、ここまで言いながら、ロロは腕を組んだ。

「……あ、でも魔法の炎か。消えないのかな」

王国レーヴェで対峙(たいじ)した修道女(シスター)、フェロカクタスの魔法を思い返す。彼女の魔法〝悲観主義者の恋(ペシミスティック・ラブ)〟によって発火した者は、付着させられた魔力が消えるまで燃え続けた。ハートランドの背中も雨の下で燃え続け、テレサリサの魔力を押しつけることによって、ようやく鎮火したのだった。

「〝火が消えない〟ってのは、あくまでも、あのシスターの固有魔法だよ」

木箱に座るテレサリサが顔を上げた。

「炎を使う魔術師（ウィザード）の火すべてが消えないわけじゃない。あなたの祖父を襲った炎とは違うわ」

「安心しました」

ロロはブラッセリーへと向き直る。

「火が消せるなら、大丈夫ですよ、きっと」

「……そうであって欲しいと願う。彼には礼を言わねばならんしな」

ブラッセリーは腕を組み、天井を仰いだ。ひどく、くたびれた様子だった。

「無事脱出することのできた城の者たちは、私を含めて六十四名だ。加えて生き残った〈鉄火の騎士〉が六人。それから、この隠れ処に避難してきた職人やその家族など、町の人々を含めれば……ええと、何人になったかな」

「九十二名です」と、ヴィクトリアが短く応える。

「今現在、ここに身を潜めているのは、九十二名。そして今朝〈冬への備え（ウインター・プルーフ）〉から、また新たに二人の兵士がやってきた。アメリア兵北上の知らせを聞き、居ても立っても居られず、この故郷まで馬を走らせてきたようだ」

「〈冬への備え〉から……？　では、関所はまだ生きているのですか」

〈冬への備え〉は、〈血塗れ川（ブラッディ・リバー）〉の上部に建設されたキャンパスフェローが所有する小さな関所だ。〈北の国（ノース・ランド）〉との境にあって、北上する船が停泊することもできる砦（とりで）となっている。

「ああ、まだ敵の手には落ちていないようだ。時間の問題かもしれんがな。私はこれを僥倖(ぎょうこう)と見ている。いよいよ、キャンパスフェローを去るときが来たのだ」

「………」

「いつ見つかってしまうかもわからんこの場所で、残党狩りの終わりを待ち続けるわけにもいくまい。だが南や東の河港には、アメリア兵がいる。南西のレーヴェもアメリアの属国に堕ち、北西の森に隠れて越冬できるとも思えん。なら我々が向かうべきは、北しかないだろう。バド様がすでに、その道を作ってくださっている」

「ヴァーシア人との同盟、ですね……」

「そうだ。〈北の国〉のヴァーシア人が、我々の味方になってくれるはずだ」

〈血塗れ川〉を北上した先に、雪王ホーリオの治める集落がある。大陸中央部を支配するトランスマーレ人たちが、蛮族と呼んで恐れるヴァーシア人の一族だ。

　生活環境の厳しい雪国で、限りある資源を奪い合っているせいか、ヴァーシア人たちは気性が荒く、戦闘に長(た)けていると言われている。優れた造船技術を持ち、浅瀬や入り江にも侵入可能な流線型のロングシップを造る。四獣(しし)戦争の始まる前は大船団で北海に繰り出し、近隣諸国の港を荒らし回っていたという。

　大陸中が四つの陣営に分かれて戦った四獣戦争では、多数の種族で構成される〈東ドリシア連合〉の中心となった種族だ。王国アメリアや王国レーヴェに住まうトランスマーレ人たちにとっては、言語も宗教も自分たちとは違う、未開な人種という認識がされている。

だが、武器貿易がメイン産業であるキャンパスフェローにとって、彼らは今や歴としたお得意様だ。王国アメリアの侵略が日に日に現実味を増してきた時期、バドが真っ先に頼った相手こそ、戦後より交流を重ねてきたヴァーシア人だった。〈血塗れ川〉を北上した先に集落を築く〝ヴァーシア・ヘロイ〟と呼ばれる一族だ。

彼らヴァーシア人たちにとっても、異教の侵略国家である王国アメリアは脅威であるはずだ。キャンパスフェロー城が陥落すれば、アメリアはさらに北上してくるかもしれない。キャンパスフェローとの同盟は、自国を護るためにも有効だったのだ。

「バド様はこれまでに四度〈河岸の集落ギオ〉に足を運んでおられる。雪王との友情を育み、今や懇意の仲だ。きっと我々を助けてくれるだろう……と、信じたい」

ブラッセリーの言葉は歯切れが悪い。果たして彼らヴァーシア人が、失墜したキャンパスフェローに力を貸してくれるかどうか……。政治的な確信が持てないのだ。

ロロはあごを摩って考えた。

「……我々キャンパスフェローにはもう、兵力も変形武器もほとんど残っていない。雪王が私たちと組むメリットがありません。同盟はまだ生きているのでしょうか……？」

「違いをやる暇などないのだ。直接行って確かめるしかあるまい。だがなに、私はうまくいくと確信している。北の関所が無事とわかり、〈北の国〉への道が開けたその日にデリリウム様が帰ってこられたのだ。運命としか思えん。あるいは――」

　ブラッセリーは、ベッドで寝息を立てるデリリウムを、優しく見つめる。

「バド様が行けと、そうおっしゃっているような気がしてならんよ」

「………」

　領主と領土を失ったブラッセリーたち家臣が、たとえ雪王との謁見を果たせたとしても、何のメリットもないヴァーシアが、助けてくれるとは限らない。だが領主バドの血を継ぐデリリウムが一緒ならば、話は別だ。グレース家はまだ終わっていない、キャンパスフェローは再建しうるとそう示すことができたなら、ヴァーシアも同盟の維持を考えてくれるかもしれない。雪王とバドとの間に友情があるのなら、バドの娘に温情を与えてくれるかもしれない。

「我々はこれより、姫の安全を何よりも優先して行動する。日が落ちたら、宵闇にまぎれて城下町を出よう。まずは〈冬への備え（ウィンター・プルーフ）〉と向かうのだ」

　ヴィクトリアが顔を上げた。

「ここにいる人々はどうしますか」

「姫が民を見捨ててはいかん。連れて行こう。幸いにもここは〈職人街〉だ。彼らを運ぶための荷馬車は用意できるだろう。だが……集団だとそれだけで危険が増すな。念のため、姫とは別行動を取るか……」

「ちょっと、よろしいでしょうか」

ロロが控えめに手を挙げる。上の者の決定に異を唱えるつもりはない。だがどうしても、確認しておきたいことがあった。

「〈冬への備え〉が無事であることは、ここにいる人々に話しましたか？」

「全員に話したわけではないが、広まっているだろう。今朝〈冬への備え〉から来た兵士たちから聞いているはずだ」

「今夜キャンパスフェローを発ち、関所へ向かうことは、直前まで誰にも告げないほうがいいかもしれません。特に盾屋の主人には……もしかしたら彼は、裏切っているかもしれない」

「何？　どういうことだ？」

ロロの懸念は、ブラッセリーにレーヴェでのことを報告したときに感じた、嫌な予感だ。

「……この隠れ処へは、ご主人の案内で来ました。彼は、王国レーヴェがアメリアの従属国になったことを知っていました。商人の情報網には驚かされますが……考えてみればレーヴェの属国化が発表されたのは、バド様が処刑されたそのときです。この二つの情報は、セットであるはず。彼は、バド様が処刑されていることをすでに知っているかもしれない」

なのにロロにその安否を尋ねた。情報の信憑性を精査しようとしたのか。何にせよ信用のならない行動である。

「外で会ったご主人は、帽子を被っておりました。口ひげが整えられておりました。避難中にしては、商人らしい小綺麗な格好をされていた。ではその客とは？　もちろん、私たちではないでしょう〝何を売ってでも店を再建させる〟――ご主人はそう語っていた」

何を売ってでも。彼の再建は、もうすでに始まっているのかもしれない。店を破壊され「何がルーシー教だ」と、彼が口にした怒りや憎しみは本物だと感じた。だがときに、憎む相手とさえ商売を行えるのが商人であろう。

「最悪、取り扱っているのは、我々の情報かもしれません」

「まさか」

「確定事項ではありません。思い過ごしかもしれない。けどレーヴェでの惨劇を経験した今、私は物事を楽観的に捉えられません。もう裏切られるのは御免です」

「……話してしまった」ブラッセリーの顔は青ざめている。「もしかしたら今夜にでも、〈冬への備え〉に行くかもしれんと。荷馬車は用意できるか、ヤツに相談してしまったぞ」

ロロはヴィクトリアに尋ねた。

「盾屋のご主人がご家族とこの隠れ処へ来たのは、いつのことでしょうか」

「昨日の夕方だ。町の様子を見に行った騎士が、しつこく付きまとわれて仕方なく連れてきたらしいが……いや待て。家族と言ったか？」

ヴィクトリアは怪訝に眉根を寄せる。

「盾屋の主人は一人だ。ここへは一人で来ているはずだぞ」

確かに彼は言っていたはずだ。家族でこの〈職人街〉まで逃げて来たのだと。なのに家族はここにいない。ここと は別に、隠れ処を持っているのかもしれない。

ロロは部屋を飛び出して、人々の集うフロアへと向かった。

身を寄せ合う人たちの視線が集まる。だが辺りを見渡しても、さっきまでいたはずの主人の姿が見えない。ロロは、声を上げた。

「誰か、盾（たて）屋のご主人を見ませんでしたか？」

「今さっき、出て行ったわ」

立ち上がって答えたのは、恰幅（かっぷく）のいい大柄な貴婦人。ブラッセリーの妻である。

「行き先を聞いた者はいませんか？」

夫人は人々へ振り返るが、みな黙って首を横に振る。

一足遅く、ブラッセリーとヴィクトリアがフロアへと駆けてくる。

「盾屋の主人は、いるか？」

「……いいえ。どうやら夜を待つ余裕はなさそうですね」

魔女と猟犬

Witch and Hound

– Preserved flower –

第二章

北へ（後編）

1

灰色の空から、ぽつりぽつりと雨が降り始めた。

フードを被(かぶ)ったテレサリサは、乗り込むために開かれた、荷台の後ろに腰掛けていた。

頬杖(ほおづえ)をつき、人々が荷馬車に乗り込んでいくのを眺めている。上を向けた手のひらに雨粒が落ちた。どんよりとした空を見上げてみれば、厚い雲が広がっている。これから本降りとなるかもしれない。

幌(ほろ)のない荷馬車が九台。集められたのは〈隠れ処〉の倉庫から少し歩いた馬屋の前だった。

大きな四輪の荷馬車が七台と、それより一回り小さな二輪の荷馬車が二台。それぞれの荷台に、隠れ処で身を潜めていた人々が乗り込んでいく。

「急いで！　もっと詰めてください。馬を繰れる人は、御者台へお願いします」

ロロを始め、鉄火の騎士や関所から来た兵士二名が、人々を荷馬車へと誘導していた。

「……何だか〝放浪の民(ドリフター)〟時代のキャラバンを思い出すわ」

テレサリサのつぶやきに、人々を荷台へ誘導していたロロが振り返った。

「荷馬車での移動が続いてしまい、恐縮です」

「別にいいよ、旅は嫌いじゃないしね。冬の雨だけは勘弁してほしいけど」

荷馬車に乗る人々の数は、隠れ処にいたときよりも二十人強減っていた。家族と未だ合流を果たせず、故郷を捨てることのできない者たちが、キャンパスフェローに残ることを選択したのだ。その中には、レーヴェへ遠征に向かったまま、帰ってきていない者の家族もいた。

レーヴェでの惨劇は、ブラッセリーの口から皆に説明されていた。

しかしその言葉を、信じられない者たちもいる。自分の大切な人に限っては惨劇を免れ、まだ生きていると信じたい者たちがいる。生き延びた者たちが帰ってくる場所は、このキャンパスフェローに違いないのだ。〈北の国〉へは行かずここに留まり、彼らの帰りを待つ選択をした者たちを、ブラッセリーたちが無理に連れて行くことなどできなかった。

眠ったままのデリリウムは、またも荷台に敷かれた藁の上に寝かされていた。その荷台には宰相ブラッセリーが同乗し、寝たきりの姫を護る。他にもこの荷馬車には、盾を構えた若い学匠たちや、ブラッセリー夫人が乗っていた。

〈鉄火の騎士〉副団長のヴィクトリアは、先頭の荷台に同乗する。その他の騎士たちとロロ、そして関所から来た二名の兵士は、おのおの馬に跨がって列に併走する予定である。

追っ手がついて戦闘になるかもしれない。騎士たちは、変形武器を携えている。

テレサリサの腰掛ける荷馬車の後方に立ち、ロロは人々を荷台へと乗り込ませていた。

「あの。……あのっ」

そのロロのそばに、一人のメイドが大股で歩いてきた。

うねった艶めく黒髪を、肩の上まで伸ばした若いメイドだった。髪の色と同じシックで黒いロングスカートに、リボンの付いたホワイトブリムを頭に載せている。有事の最中なのだから外してもよさそうなのに、まるでそれが自身の矜持だと言わんばかりの頑なさで、メイドらしくあろうとしている。

怒り肩でロロに話し掛けた彼女の腕を、また別のぽっちゃりとしたメイドが引っ張っている。

「ちょっと、やめたほうがいいよぉ、イネディットってば」

「離しなさい、コナ。黒犬様に、お伺いしたいことがあるのです。カプチノのことで！」

イネディットと呼ばれたメイドは、その吊り目でロロを睨みつけ、一歩前に出る。

ロロは彼女を正面に見た。

「カプチノはっ、姫と共にいたはずなんです。あの子は、あのお姫様が大好きですから、絶対にそのそばを離れなかったはずなんです！　見ませんでしたか？　私の、妹をっ」

「見ました」

ロロは包み隠さず、自分の知っている限りを伝えた。

「最後に見たのは城の中だった。俺の知る限り、カプチノは死んでいません。一度は全身を炎に巻かれたけれど、魔女様が助けてくれました」

「炎に……巻かれて？　嘘……」

イネディットの目が見開く。震える口元を、手のひらで押さえる。

「どうして？　死んでないのに、どうして敵の城に置いてきたんですか？　そんな大ケガした状態で、放って帰って来たんですか？　あんまりじゃないですか。あんまりです」

「……すまない。魔術師（ウィザード）を相手に、カプチノを連れ出せるほどの余裕がなかった」

ロロはイネディットに頭を下げた。

「デリリウム様をお護（まも）りするのに精一杯で――」

「そんなはずないわっ。だって、あなたは〝黒犬〟なんでしょ!?」

イネディットは、ロロに摑（つか）みかかる。

友人のメイド・コナが引き剝（は）がそうとするが、イネディットは抵抗し、ロロに詰めより責め立て続ける。その騒動に、周りの者たちが何事かと作業の手を止め、視線を向けた。

「黒犬様は強いんじゃないんですか？　キャンパスフェローを護ってくれる暗殺者（アサシン）なんじゃないんですか？　じゃあカプチノを助けてくださいっ！　あの子あれで結構泣き虫なんです。きっと泣いてる。今も、可哀想（かわいそう）に、今だって、敵の城で泣いてるわっ……！」

イネディットは悲痛に顔を歪（ゆが）ませた。やるせない思いを、ロロにぶつける。涙がこぼれ落ちそうになり、目元を拭った。――「助けてよ、ちゃんと」

「………」

ロロは何も言えなかった。責任を痛感しているからこそ、どんな言葉も出てこなかった。

「しっかりしてよ。黒犬ならちゃんと、私たちを助けてよ！」

と、そのときだ。

――〝鏡（ミラー）よ、鏡（ミラー）〟。

迫る殺気に気がついて、ロロは反射的に腰のダガーナイフを抜き取った。

「え、ちょっ……」

ロロはイネディットを抱き寄せると同時に、横薙（よこな）ぎに振られた大鎌の刃を、逆手に握ったダガーナイフで受け止める。キィインと金属音が響いた直後、イネディットが悲鳴を上げた。

声を上げたのはイネディットだけではなかった。荷台の上の人々や、これから荷台に乗り込もうとしていた人々が、突如現れた大鎌に驚嘆の声を上げる。

イネディットのすぐそばにいたコナは、驚きのあまり地面に尻餅（しりもち）をついていた。

「魔女様……あまり皆を驚かさないでください」

「イヤよ。だってこいつ、何かムカつくわ」

テレサリサは、ロロの鼻先に吠えるように言う。

「あなたはなぜ黙っていられるの？　こいつは、〝私は弱いから戦わないけど、強いあなたは死ぬ気で私たちを護（まも）れ〟って言ってんのよ？　甘えすぎじゃない？」

「いいえ、彼女の言葉は間違っていません。彼女たちには彼女たちの仕事がある。そしてそれを護るのが、俺や騎士（ナイト）や、兵士の役目。俺はそれを……全うできなかった」

「あなた、背負いすぎだわ」

テレサリサの紅い瞳が、いっそう強くロロを睨みつける。

「この世界は、助かって当たり前じゃない。護られて当たり前じゃない。みな自分自身を護るのに精一杯なんだ。誰かの命を気に掛けたその一瞬で、こちらの命も危うくなる。その子は、自分の大切なものを他人に預けるその傲慢さに気づくべきだわ」

テレサリサはロロを見つめている。

だがその言葉は、ロロが腕に抱くイネディットに向けられている。

「本当に大切な人なら、その安否を他人に委ねるべきじゃない。妹を護れなかったのはあなたじゃない、その子だよ。妹の危機にそばにいてやれなかった、その子自身だよ」

「そばになんて、いてやれるわけないじゃないっ……！」

思わず、といった調子で、涙目のイネディットが声を上げた。

「だって。だって私は、そのとき、キャンパスフェローにいて……」

テレサリサは、イネディットへと視線を落とした。

「そう。だからあなたに、彼を責める資格なんてない。文句があるのなら、その腕の中から出て、あなたも戦場に立ってから言いなさい……！」

「っ……」

シュタッ――と突然、ぬかるんだ泥土に矢が突き立った。

アメリア兵を警戒し、町の鐘楼塔に登って周囲を見張っていた、鉄火の騎士からの合図だ。

ロロが鐘楼塔を見上げると、弓を持った騎士（ナイト）が、大きな鐘のそばで腕を回していた。早く出発しろと言っているのだ。ロロはイネディットの肩から手を離し、ダガーナイフをしまう。

「出発です、皆さん！　馬を出してください。追っ手が来ます」

辺りにいななきが連なる。荷馬車が泥を撥（は）ねさせて、次々と走りだした。

テレサリサは大鎌を手鏡の中へと搔（か）き消し、動き始めた荷馬車の荷台へと飛び乗った。

ロロは、イネディットに尋ねた。

「ここで待っていれば、カプチノは戻って来るかもしれない。ただ俺は、それをただ待つつもりはありません。こちらから見つけ出して、必ず再会を果たす。あなたは、どうしますか？」

「……行く。行きますっ、一緒に」

「魔女様！」と走りだした荷馬車へと振り返った。連なる荷馬車の最後尾だ。荷台には、テレサリサが立っている。「彼女も連れていってもらえますか！」

「……荷物が増えるだけだと思うけど」

荷台の上でテレサリサは、手鏡を振るった。鏡面から伸びた銀色の紐（ひも）の先端が、イネディットの胴体へと巻きつく。イネディットは悲鳴を上げながら、荷台へと釣り上げられる。

ロロは足元に座り込むもう一人のメイド、コナを抱き起こした。

「あなたも行くんですよね？　立てますか？」

「行きますっ。けど、腰が……」

ぽっちゃりしたメイドのコナは、涙で目を濡らしながらロロを見上げた。テレサリサの大鎌に驚き尻餅（しりもち）をついた拍子に、腰を抜かしてしまったようだ。ロロは彼女を抱きかかえた。

「……う、ぐっ」

怪我を忘れて力んだことで、包帯を巻いている右肩に激痛が走る。

「ごごごめんなさい、私、ちょっと重たくて」

「……重い？　全然。ここだけの話、姫様のほうがよっぽど重いよ」

ロロはコナを抱きかかえたまま、用意された自分の馬へと向かった。馬へと近づく前に、泥土に突き刺さった矢を回収する。矢羽には、赤い線が二本入っていた。〝報（しら）せ矢〟とは、線の色とその数によって、より詳細に情報を伝えることができるもの。最初に決めておくのだ。線の色が黄色であれば、迫り来るアメリア兵は十名程度。線が青であれば三十名程度で、赤色はそれ以上であることを教えている。

そして二本目の線は、そこに魔術師（ウィザード）が加わっていることを示していた。

2

夜雨に濡れた大通りを、九台の荷馬車が猛スピードで駆け抜けていく。

キャンパスフェロー城の北東側は、町一番の繁華街である。貿易の盛んな王国レーヴェほど栄えてはいないが、それでも酒店や食事処、小さな劇場までが軒を連ねていた。有事の今となっては閑散とし、白い甲冑を着たアメリア兵たちが、我が物顔で闊歩している姿がちらほらと見られる。

雨降る町に活気はないが、商魂たくましい酒店には、ランタンが灯されている。その軒下ではテーブル代わりに酒樽を囲み、エールビールを煽る数名のアメリア兵たちがいた。

街角には兵を相手に銀貨を稼ごうと、ボロボロのドレスをまとった女たちが立っている。また雨よけの下では、薄汚れた少年が戦争孤児を演じていた。同情したアメリア兵が、あぐらを掻いたその足元のコップに、銅貨を投げ入れる。

城下町の外では、グレース家傘下の家々が、未だ侵略に対する抵抗を続けているはずだ。だが住民たちにとっては、飢えや生活の瓦解のほうがアメリア兵以上に恐ろしいのだ。稼げなければ生きてはいけない。人間とは、かくもたくましい。

デリリウムの眠る荷馬車を中心に、前後に展開した九台の荷馬車は、城下町を出るべく繁華街を駆けていく。蹄は強く石畳を蹴って、荷馬車はスピードを上げていく。一行を先導するのは、関所よりやって来た二人の兵だ。その長い荷馬車の列と併走して、三人の〈鉄火の騎士〉が、それぞれ馬を走らせていた。

ロロは、最後尾の荷馬車に馬を近づけた。

腕に抱いているコナに、併走する荷台へ飛び移れるか尋ねる。

「え？　無理ですっ。ムリムリ、絶対無理だからっ」

「わかりました。魔女様！　受け止めてもらえますか！」

ロロは、コナを荷台へと放り投げた。悲鳴を上げるメイドを、テレサリサが銀色の液体をカーテンのように広げて受け止める。

「あのさ、魔女をなんでも屋みたいに使わないでくれる？」

「すいません。助かってます！」

ロロは背後に、無数の蹄の音を聞いた。いよいよアメリア兵たちが追いついてきたのだ。振り返ったロロの視界に、日の落ちた雨の町を照らす、たくさんの松明（たいまつ）が見えた。

後方より放たれた矢が、シュッと風切り音を発し、最後尾を走る荷台の縁に突き刺さる。イネディットに慰められていたコナが、すぐそばの縁に矢が尽き立ったことに驚いて、涙を引っ込めた。次いで放たれた二の矢を、銀色のムチがたたき落とした。

「魔女様！　俺は迎撃に向かいます。魔術師（ウィザード）が現れたら、よろしくお願いします」

「それはいいけど……あなた、武器は？」

テレサリサは荷台から、馬で併走するロロに声を上げた。ローブを風になびかせているロロが懐に忍ばせているのは、ダガーナイフだけのはず。リーチの短いナイフ一本で、騎馬の軍勢を迎え撃つつもりなのか。

「大丈夫です。あります！」

ロロが掲げて見せたのは、矢羽に赤い線が入った報せ矢だ。先ほど拾ったやつである。

「……矢だけ持っててもしょうがなくない？」

「何とかなります」

それよりも、深刻なのは未だ治らない身体の怪我だった。右腕の可動域を制限する肩の傷と、動く度に軋み続ける肋骨のヒビ。ロロは深く息を吸い、矢を横にして口に咥えた。そして、痛みに耐える覚悟を決める。

――パシィン、と強く手綱を引いて、ロロは馬に急ブレーキを掛けた。

高々といななないた馬は、その場で大きく前脚を上げる。ロロは手綱を操って馬をコントロールし、後ろ脚を軸に半回転させた。馬首をアメリア騎馬兵の軍勢に向けて、再び前脚を下ろしたその腹を、あぶみで叩いて前進させる。

ロロは馬を走らせながら、器用に鞍の上に立った。そして騎馬の軍勢とすれ違った瞬間、そのうちの一騎へと飛び移る。

「何だ、こいつァ!?　離せっ……！」

馬上の弓兵は、飛び乗ってきたロロを振り落とそうと身体を捻った。

ロロはするりと彼の背後に回り込んで座った。無理やりに二人乗りの状態となる。そうして口に咥えていた報せ矢を手に取り、彼の太ももへと突き刺した。

「つぎゃあっ……！」

その激痛に絶叫を上げる弓兵。

ロロは怯（ひる）んだ彼の両腋（わき）から両腕を差し込み、彼の持っていた弓を構えた。彼の担いでいた矢筒から一本、矢を取り出して、二人羽織の状態のまま、隣を併走するアメリアの騎馬へと矢尻を向ける。

シュッと放った矢は、狙いどおりに、騎馬兵の肩へと突き刺さった。馬から転げ落ちた兵士が、悲鳴を上げて後方へと消えていく。

「弓を引けッ！　誰か射止めろッ！」「回り込めッ！」「囲め、囲め、囲めッ……！」

ロロに乗っ取られた騎馬を警戒し、周りの馬たちが距離を開ける。馬上のロロに向かって、次々と矢が放たれた。ロロの腕の中にはまだ、彼らの仲間である弓兵が跨（また）がっているというのに。

「おっ……と」

ロロは右斜め後方からの矢を、腕の中にいる弓兵ごと、背中を後ろに倒して避けた。

同時に、彼の太ももに突き刺さったままだった報せ矢を抜き取る。

「っ……！　ぬあああっ！」

弓兵は再び絶叫を上げた。

ロロは彼の背中から腕を回したまま、先ほどと同じように報せ矢で弓を引いて、騎馬を射た。腕を射られた騎馬兵たちは落馬し、あえなく石畳を転がっていく。

ロロの腕の中で、弓兵が暴れる。

「くそッ、ふざけるな、貴様ッ。いい加減にっ――」

真横から放たれた矢を、ロロはこの弓兵を盾にして防いだ。

「んごっ」――と胸に矢を突き立てた弓兵は脱力し、鞍の上から滑り落ちる。ロロは、彼が腰に携えた剣の柄を摑んだ。弓兵が落馬すると同時に、シュラッと剣を抜き取る。

馬と剣を奪ったロロは、敵の騎馬兵たちと並んで走りながら、着実にその数を減らしていった。追い抜きざま、すれ違う兵の太ももを裂き、頭上へ振り下ろされた剣を弾いて、その兵士の腋を斬る。

だが騎馬兵の数はあまりに多い。そして荷馬車の列を追う騎馬が全員、ロロを相手にしてくれるわけでなかった。手の届かない騎馬の何騎かが、ロロを追い越して前方の荷馬車へと追っていく。

「黒犬様ッ……！」

馬を繰るロロの背後から、白の甲冑ではない二人の騎士が、それぞれの変形武器を手に、馬に乗って現れた。鐘楼塔で見張りをしていた鉄火の騎士たちが追いついたのだ。

「敵の何人かが前に行ってしまいました。撃退よろしくお願いします！」

「承知しましたッ！」

二人の騎士はロロを追い抜き、先を行く九台の荷馬車を追いかける。

石畳を叩く蹄(ひづめ)の音が、土の上を走るものに変わった。

荷馬車の行列は繁華街を抜けて、河港へと続く〈流通街道〉へと入っていく。それは、針葉樹林帯を切り開いて作られた森の中の道だった。

街道の両脇には、背の高いアカマツが鬱蒼(うっそう)と茂り、左右から伸びた枝葉が頭上の空を狭くしている。街中に比べ、辺りはだいぶ暗くなった。だが流通に使用される街道だけあって道幅は広く、地面は踏み固められていて走りやすい。強風がざわざわと辺りの梢(こずえ)を揺らしていた。

道なりに森を進めば河港へと到着するが、港はアメリア兵に押さえられているはずだ。目指すは港ではなく、〈血塗れ川(ブラッディ・リバー)〉上部に位置する関所。途中から〈流通街道〉を逸(そ)れて、北上する予定である。

「……追っ手は黒犬が食い止めているのか」

先頭を走る荷馬車の荷台で、ヴィクトリアは縁に手を置いて立っていた。

後ろに連なる荷馬車の列へと目を凝らす。城下町を抜けるまでに、荷馬車同士の間隔は広がっていた。森を包む暗がりの中、最後尾まで確認することはできない。各々荷馬車の御者台に提げたランタンの灯りが一列に連なり、頼りなく揺れていた。

眠り続けるデリリウムは、五台後方の荷台にいる。先頭からは確認できないが、姫の傍らでは、宰相(さいしょう)ブラッセリーが片手剣〝毒蛇のひと噛み(バイパー・バイト)〟を胸に抱いて彼女を護(まも)っているはずだ。

「副団長様ッ！」

先頭を馬で駆ける兵士が、声を震わせながら振り返った。

街道の両脇に茂る針葉樹林の中に、ポツポツと松明の灯りが浮かんでいる。それらは荷馬車の列と併走し、徐々に街道へと近づいてきていた。

「……やはり待ち伏せていたか。アメリアめ」

直後、左右の暗い森の中から枝葉を散らし、合わせて十五騎ほどの騎馬が街道へと飛び出してきた。白い兜に白い甲冑。騎馬の多くは二人乗りで、後ろに跨がる騎士が松明を掲げている。

ヴィクトリアは抜剣し、先頭を走る二人の騎馬兵と、馬を繰る御者を鼓舞した。

「剣を抜けっ！　戦闘になるぞ」

「私たちが止まれば、列が止まる。何があっても走らせ続けろっ！」

そして荷台の人々には、身を低くするよう指示を出した。

列を先導する兵二人の他に、荷馬車を護って併走するのは三騎の〈鉄火の騎士〉たちだ。

〈鉄火の騎士〉たちとアメリア騎馬兵の戦いは、すでに始まっていた。三騎の騎士たちはそれぞれ馬上で抜剣し、アメリアを荷台へ近づけないよう牽制する。だが敵の数が多すぎる。

急接近してくるアメリアの騎馬から、松明を掲げた騎士たちが、次々と荷台へと飛び移っている。人々の悲鳴と絶叫が、雨降る街道の暗がりに響き渡る。

先頭を走るヴィクトリアの荷馬車には、四騎の敵騎が近づいてきた。

荷台の両脇から、二人の騎士が飛び移ってくる。ヴィクトリアは剣を振るった。

敵の剣撃を弾いて返したその刃で、背後から迫る剣身を受け止める。激しい金属音が、雨の中に打ち鳴らされる。取り落とされた敵の松明が床板に転がり、火の粉を散らすと、荷台の隅で頭を抱えた人々が悲鳴を上げた。

ヴィクトリアの使う片手剣の刃は、ノコギリの歯のようにギザギザとしている。打ち合わせた敵の剣を引っ掛け、荷台の外に剣の軌道を外し、背を向けたその尻を蹴り飛ばす。アメリアの騎士は間抜けな悲鳴を上げて、荷台の縁から転げ落ちる。

するとまた別の騎馬から、入れ替わりに新たな騎士が二人、飛び乗ってくる。

狭い荷台で三人の騎士に囲まれながら、ヴィクトリアは彼らに剣先を向ける。焦れていた。このままでは荷台を一台、護るのがやっとだ。九台すべての荷馬車を同時に護ることができずにいる——。

荷台の列と併走する三人の鉄火の騎士たちもまた、焦燥の中にあった。護るべき荷馬車は九台。敵は十騎以上。対するこちらの兵力が圧倒的に足りない。荷台へと飛び移っていくアメリアの騎士たちを阻止できない。

そしていよいよ先頭より五台目、最も重要なデリリウムの眠る荷台に、騎士が二人飛び乗ってしまう。盾を構えた学匠たちは次々と蹴散らされ、荷台から転落。ブラッセリー夫人がデリリウムを護るべく、その身体に覆い被さった。妻と姫を護るため、ブラッセリーは抜剣し、彼女たちを背に立ち塞がった。

状況は刻々と悪化している。先頭を走る二人の騎馬兵もまた、迫るアメリア騎馬兵と剣を打ち鳴らしている。その怯えた叫び声が、雨音に混じってヴィクトリアの耳にも届いていた。

先頭の荷台から、動けないのがもどかしい。ヴィクトリアは剣を鞘に収めた。腰に二本携えたうち、上のほうの鞘に。向かい合う三人のアメリア騎士たちは、その行動を見てあざ笑う。

「おいおい、何だ？　諦めたのか？」「賢明だな」「投降するなら荷馬車を止めろ」

ヴィクトリアは、背後の御者へと改めて指示を出した。

「オーダー変更だ、御者！　私が合図をしたらブレーキを。そしてすぐにまた、走りだせ」

一方、列の最後尾では、未だアメリアの騎馬たちが、ロロの繰る馬を取り囲んでいた。

雨の打つ〈流通街道〉を猛スピードで駆け抜けながら、ロロ対騎馬兵の猛攻が続く。

放たれた矢や、伸びてくる槍をかわしながら、ロロは馬を敵の騎馬に寄せる。手にする武器は剣だ。しかし奪った両手剣は重く、馬を繰りながら片手で扱うには不利な代物である。

「……奪うんなら、弓のほうだったかな」

長くは振り続けられない。馬上の敵に当たっても、斬りつけられるだけの力が入らない。

そのとき、放たれた矢がロロの乗る馬に当たり、前方に滑るようにして倒れ込んだ。ロロは反射的に鞍の上に立ち、前を走っていた騎馬へと飛び移った。両手剣を捨て、宙に跳ねながら腰からダガーナイフを抜き取る。

その気配に気づいた馬上の兵が振り返り、松明を横に倒してロロのナイフを受け止めた。

パッと散る火の粉。燃える炎がお互いの顔を照らし出す。口を開いたのは馬上の兵だ。

「ちょ……っと待て、お前、どっかで」

「………」

尖ったあごの先に、ひげを生やした兵士だった。兜は被っておらず、長い黒髪を頭の後ろで括っている。キャンパスフェローに入る直前、〈鉄の草原〉で出会った残党狩りの兵だ。

ロロはナイフを握る手に力を込めて、松明を斬り落とした。

地面に落ちた先端が、火の粉を散らして後方に消える。ロロは素早く切り返したナイフで、兵の首を裂こうとした――が、ピタリとその刃は、彼の首の皮一枚を裂いて止まった。

「……ひっ、やめっ」

制止したロロの手首を、あごひげの兵が咄嗟に摑まえる。

併走する馬から声が上がった。

「お前……まさか、あのときの行商人か!?」

剣を片手に手綱を握っているのは、金髪で目尻の下がった、白い肌のアメリア兵。レモンバームと偽った軟膏を買ってくれた、あの男だ。

ロロはその姿を一瞥し、あごひげ男の胸ぐらを摑んで、馬から振り落とす。男は悲鳴を上げて土の上を転がっていく。殺しはしなかった。殺す必要がなかった。

奪った馬の手綱を握る。見知った顔と再会し、思わず動揺してしまったことは確かだ。

――本当にそうか？

――まだ俺は……。人を殺すのが怖いのか？

あまりの不甲斐なさに歯噛みする。躊躇いながらも倒せたのは、ただの幸運だった。相手がそう強くなかったから良かったものの、戦闘においては、その一瞬が命取りになる――。

ふと、ロロはぞわぞわと怖気立つ気配を感じ、顔を上げた。

手綱を握る手元が陰る。雨に混じり、パラパラと頭上より降りかかったのは、砂だ。気配は前方や左右じゃない。真上。振り返ったロロの頭上に、口を開けた巨大な魚が跳ねていた。

「っ……!?」

その着地点はロロの背中――。ロロは素早く手綱を引いて、馬を横に滑らせた。地面に頭をぶつけた魚は、大量の砂粒となって弾ける。

――来た。魔術師だ。

ロロは振り返った。後方を走る騎馬兵たちに、二頭の馬と荷馬車が追いついてきていた。

闇夜に浮かぶ白い法衣。馬に跨がっているのは、スキンヘッドの男だ。そして同じような白いローブを着た、赤髪短髪の男。祖父がキャンパスフェロー城で遭遇した三人の魔術師だろう。ただしスキンヘッドのほうは話に聞いていたほど、筋肉隆々というわけではなかったが

――。もう一人、長い黒髪の女は、荷馬車の荷台の縁に腰掛けていた。

ロロはあぶみで馬の腹を叩き、走るスピードを上げる。

「魔女様っ……!!」

叫んだ先の荷台では、フードを被(かぶ)ったテレサリサが、ブラウンローブをなびかせながら立っている。現れた魔術師たちに紅い瞳を細め、ローブの隙間(すきま)から手鏡を取り出した。

3

男でさえあれば、そう言われて育ってきた。

騎士(ナイト)の家系に生まれたヴィクトリア・リガは、物心ついた頃から剣を振るっていた。すぐに非凡な才能を発揮し、次々と大人たちを打ち負かしていくヴィクトリアを、リガ家の騎士たちは「さすがだ」「立派だ」と褒(ほ)めそやした。そして幼い彼女の頭を撫(な)で、「お前が男だったらなあ」と残念そうに笑うのだ。

年頃になると無理を言って騎士学校へ入り、剣の腕を磨いた。いつしか男たちの誰も、彼女に勝てる者はいなくなっていた。非凡な剣の才能は、やがて彼女を孤立させていく。

強すぎる女――その存在は、名声を重んじる騎士たちにとっては脅威だった。たとえお遊びだろうが模擬試合だろうが、国や家を護(まも)る騎士が女に負けていいはずがない。そう考えられていたから、腕の立つヴィクトリアに挑む者はいなくなっていった。彼女に負けることは男たちにとって、何よりも耐えがたい屈辱であったのだ。

それなのに手加減を知らず、対峙(たいじ)する者を完膚(かんぷ)なきまでに叩くヴィクトリアを、男たちは腫(は)れ物のように扱った。学友たちも教師でさえも、彼女の才能を認めているからこそ、離れていくのだ。戦わずして勝ったつもりになれるのか、ヴィクトリアのいないところで彼らは剣ではなく、陰口を振るった。――「分をわきまえない女だ」「器量好しなのにもったいない」「男でさえあれば、良かったのに」と。

自分は、女だ。それを嫌というほど思い知らされた。金髪を短く刈り上げて、手のひらを潰れた血豆で汚していても、彼らから見れば女なのだ。くだらない。ヴィクトリアは陰口など聞こえない振りをして、一人剣を振り続けた。騎士(ナイト)とは、かように情けない者たちだったのか。見栄や体裁を気にするあまり、女を恐れて近寄れない。かように弱い者たちだったのか。ヴィクトリアは孤独だった。強すぎるが故、誰も彼女に近づけない。

――一人のバカを除いては。

ハートランド・パブロの剣は身体(からだ)が大きい分、力があり迫力があった。豪腕で知られる大男が、女であるヴィクトリアの剣先にいなされ、倒される様は情けなく、不格好で見ていられない。それでもハートランドは、毎日懲(こ)りずに模擬試合を申し込んできた。

ある日、いつものようにボコボコに打ち負かした後、地面に倒れたハートランドに、ヴィクトリアは尋ねたことがあった。

「なぜお前は、毎日毎日懲りずにやって来るんだ。バカなのか？」

ただでさえ、パブロ家は騎士の家系の名門なのだ。キャンパスフェローの抱える〈鉄火の騎士団〉の団長も、代々パブロ家が継いでいる。

「お前もいずれ団長になるんだろう？　それが、リガ家の女に負け続けているとなると、これ以上の恥はあるまい。家の名声を傷つけるつもりか？」

「……傷つけたくないから、挑んでいるのだ。強い者から学ぶ。それになんの躊躇いもない」

身体を起こしたハートトランドは、コブで腫れ上がった後頭部を摩りながら言った。

「笑いたい者には笑わせておけばいい。ただその誰もが、あなたに勝てないのだから滑稽だ」

「…………」

滑稽だ。確かに。この男以外の騎士は。ヴィクトリアは笑った。

「……お前は剣に向かない。大振りで力が入りすぎ。極めるなら槍にしろよ」

「……向かないッ!?」

数年後、ハートトランドは歴代のパブロ家長男がそうであるように、〈鉄火の騎士団〉団長に就任した。その祝賀パーティーで、ヴィクトリアは神妙な顔をした彼に言われた。

「俺は、あなたこそ団長に相応しいと思っている」

「バカを言え」とヴィクトリアは応えた。人望あるお前がなるべきだ、と。

「それに私は、騎士(ナイト)というものに失望している。お前以外の騎士に興味はないよ」

――だがお前の愛した騎士団くらい、継いでやってもいい。

「今だ、止めろッ！」

ヴィクトリアは背後の御者へと叫んだ。同時に腰の鞘(さや)から、速やかに抜剣する。

ヴィクトリアは鞘を二本、腰に携えているが、その一つは常にカラだ。剣を収めるのに使用するのは下の鞘だけで、上の鞘の内部には、油が塗(まぶ)されてある。ヴィクトリアはそこから抜き取った剣身の根元を、左の手甲(てっこう)に添えた。

そして一気に、剣を引く。油に濡れたノコギリ状の刃が手甲を擦(こす)り、ギリギリギリッ――と火花が散った。瞬間、その剣身が轟(ごう)と大きく燃え上がり、周囲を明るく照らし出す。

その変形武器の名は――〝背中の燃えたハリネズミ(ファイヤー・ヘッジホッグ)〟。

〈鉄火の騎士団〉の軍旗と同じ名を持つ、剣身に炎をまとう剣。

「……なっ!?　何――」

御者のブレーキでよろめいた三人のアメリカ兵の頭上に、炎が振り下ろされた。

その肩口が切り裂かれると同時に炎上し、その腕が切り落とされると同時に燃え上がる。荷台にうずくまる人々が悲鳴を上げる中、三人を斬(き)り捨てたヴィクトリアは、荷台の後方へと駆け抜けた。

先頭の荷馬車がブレーキを掛けたことで、連なる荷馬車との距離が縮まる。二台目の荷馬車が近づいてくる。その馬が、先頭との衝突を恐れて、横に逸（そ）れた。荷台の縁に脚を掛けたヴィクトリアは、近づいてきた二台目の御者台へとジャンプする。

炎を揺らして剣を振り回し、御者台の上から、荷台に立つアメリアの騎士の首を刎（は）ねた。揺れる荷台を駆け抜けながら、次々と白い騎士を炎上させ、次の馬車へと飛び移る。

その炎は、暗がりを走る荷馬車の列を、煌々（こうこう）と明るく照らした。

四台目の荷馬車へと駆けながら、ヴィクトリアは声を荒らげる。

「反撃のときだ、鉄火の騎士ッ！　馬を捨てて荷台に飛び移れッ！」

「おうッ！」

三人の騎士たちもまた、それに応える。敵の騎馬を荷馬車へ近づけさせないようにするのを諦め、それぞれが荷台へと飛び移り、〝変形武器〟を展開する。

キャンパスフェローの武器は、クセが強い。ある騎士の振るう太い牛刀の剣身には、三本の溝が彫られている。これは打ち合った敵の剣を絡め取るためのもの。手ぶらとなったアメリア兵の頭部へ、容赦なく牛刀の一撃を食らわせる。

また別の騎士が持つ剣身は、刃が二枚、重なるようにして並んでいる。この歪（いびつ）な両手剣は、戦況に合わせて割って切り離し、片手剣二本となる。またもう一人の騎士が振るう剣には、矢が仕込まれていた。荷台の上から併走するアメリアの騎馬を狙い、矢を放つ。

五台目の荷台では、眠るデリリウムを護(まも)って、宰相(さいしょう)ブラッセリーがアメリアの騎士(ナイト)二人と対峙(たいじ)していた。お互いが牽制(けんせい)し、剣先を向け合っている。

「動かぬほうが身のためだ。この〝毒蛇のひと噛み(バイパー・バイト)〟の餌食になりたくなければなッ！」

ブラッセリーの構える剣は針のように細く、突きに特化した片手剣だ。大したダメージを与えることはできなさそうに見えるが、ブラッセリーの叫んだ剣の名が、アメリアの騎士たちの足を止めさせていた。

毒蛇のひと噛(か)み――鍔(つば)に牙(きば)を剝(む)いた毒蛇の装飾がされたその剣は、いかにも猛毒が仕込まれていそうである。二人がかりでブラッセリーを切り伏せることは容易(たやす)くとも、わずかにもその剣身にかすれば命が危ういのではないか――そう考えると、迂闊(うかつ)に前に出ることができない。

にやり、とブラッセリーは不敵に笑ってみせた。この剣、突くことで剣身が伸縮し、剣速を速める。確かに突きに特化した剣ではあるが、その最も特徴的な仕掛けは、名前にあった。そもそも、毒を扱う武器は情報を開示しないほうが当てやすい。この剣に毒はない。ただそれっぽいだけの、伸びる剣であった。

アメリアの騎士が攻撃を躊躇(ためら)っているうちに、その背後から、列を挟んで二つの騎馬が駆けてくる。最後尾を護るロロを通りすぎた、鐘楼塔で見張りをしていた、二人の騎士だ。それぞれが変形武器を手に構えている。

列の右側から駆けてくる騎士は、三つに折りたたんだ剣身をすべて展開させて、その形を長剣へと変形させてる。そしてその反対側――列の左側を駆けてくる騎士は剣の柄を伸ばし、槍にしていた。どちらも馬上で有利な、リーチのある武器である。

荷台でブラッセリーと向かい合っていたアメリアの騎士二人が、迫る馬の足音に気づいて振り返った――その直後、列の左右から走ってきた鉄火の騎士の変形武器によって、二人の騎士は同時に首を刎ねられる。

鮮血が撥ね、ブラッセリーは目を閉じた。顔を拭いながら、ほうと肩の力を抜く。

「来るのが遅いぞ……まったく」

背後に感じた熱に振り返れば、四台目の荷台でヴィクトリアが燃え上がる剣を振るい、荷台に残った最後のアメリアの騎士を切り伏せているところだった。

その荷台を左右から、変形武器を構えた二人の騎馬が追い越していく。先頭で列を先導しながら戦う、二人の兵士を助けに向かったのだ。

鬱蒼とした森を行く〈流通街道〉が、今はヴィクトリアの灯す明るい炎に照らされていた。

4

――暗殺者は慟哭より生まれる。

テレサリサはロロが口にした、デュベル家のモットーを思い返した。深く悲しい経験を重ねるほど、人は強くなれる。怒りや衝動は力になる。なるほど、そのとおりかもしれない。

「……それじゃあ私たち、結構強いかもね、〝エイプリル〟」

走る荷台から後方を見据え、テレサリサはフードを脱いだ。風に長い髪が舞い踊る。

視線の先にロロがいる。

馬に跨(また)がり、列の最後尾であるこの荷台へ向かって走っている。

その向こうから追い掛けてくるのが、アメリアの騎士(ナイト)たち。〈流通街道〉へと入ったキャンパスフェローの一行を、アメリアの騎馬兵たちはしつこく追い掛け続けている。

魔術師(ウィザード)たちは騎馬兵を従えるようにして、街道の中央を走ってくる。馬に跨がったスキンヘッドの男と赤髪短髪の男が先頭を走り、長い黒髪の女がその後ろの荷台の縁に腰掛けている。

魔術師の数は三人——いや。

「……四人だね」

テレサリサは手鏡を振った。

——〝鏡よ、鏡(ミラー・ミラー)〟

鏡面より放たれた銀色の液体が、瞬時に人の形となる。長くしなやかな手足と、形のいい胸にくびれた腹部。全身が銀色の裸婦、エイプリルだ。その両手には、大鎌を構えていた。銀色のアーチに、蔓(つる)や葉の絡み合うきめ細かなレリーフ。エイプリルの肌と同じく銀色に光り輝くそれは、テレサリサが愛用するものと同じ鎌だ。

荷台から飛び跳ねたエイプリルは、荷台のすぐ後方を走っていたロロの頭上へと跳躍した。空中で片腕を触手のように伸ばし、ロロの腹部に巻きつける。

「ぅおっ……！」

触手を縮ませロロの胴を摑み所にして、エイプリルが膝を曲げて着地したのは、ロロの繰る馬の尻だ。荷台のテレサリサが声を上げた。

「特別に教えてあげるわ、黒犬。魔法についての授業、第二回」

エイプリルの発現を警戒したのか、スキンヘッドの魔術師が夜空に向かって吠えた。

「ンオオオオオオオッ……!!」

するとその胸筋や両腕が、みるみるうちに大きく膨らんでいく。明らかな異様。魔法だ。

「彼は、ぱっと見てわかるでしょ、どんなタイプの魔術師か。六つのタイプ、覚えてる？」

「胸筋と腕を……特に腕かな。筋肉を魔力で強化している……」

顔を上げたロロは、蹄の音に搔き消されないよう荷台に叫んだ。

「強化型の魔術師でしょうか！」

「正解！　典型的な攻撃力強化の魔法だわ。あんなにパンパンに腕膨らましてんだから、殴ってくるんでしょうね。握力にも自信ありそうだし、摑まれたら逃げられなさそう」

「つまり、摑まれないよう戦えばいいんですね！」

「っていうか、相手が強化型なら――」

荷台の上のテレサリサは、大きく腕を横に振るった。

その動きに呼応して、ロロにしがみついていたエイプリルが、その体勢のまま大鎌を振るう。エイプリルの腕や大鎌は、銀色の液体が硬化したものだ。鎌の形をしていながら、まるでムチのように長く伸びて、スキンヘッドの乗る馬の前脚を――刈り取った。

「――近づかないのが一番だよ」

「ええっ……！」

ロロは目を丸くする。

前脚を失った馬は、前のめりになって倒れる。当然、スキンヘッドの魔術師も落馬し、雄叫びを上げながら地面を転がっていく――「ンオオオオオオオッ……!!」

馬のスピードを上げ、ロロの背後に迫ってきた赤髪短髪の魔術師が、指を鳴らした。

パチンと鳴らして指差した先は、ロロの背後にしがみつくエイプリルだ。直後に指先から火球が放たれる。まさか、とロロは青ざめた。宰相ブラッセリーの話と照らし合わせれば、あれは祖父を燃やした魔術師だ。放たれた火球は追尾する。

「魔女様、あいつは……！」

魔術師はさらに指を鳴らした。二つ目の火球が指先から放たれる。

流星のように宙を滑る火球が、ロロの繰る馬の背後に迫った。その火の玉が届く前に、エイプリルがロロの背中から飛び跳ねる。二度、三度と地面をバウンドし、赤髪短髪の魔術師へと迫る。

　二つの火球はやはり不自然な角度で弧を描き、エイプリルの姿を追いかけた。

「私たち魔法使いには、魔力が見える。けどあなたたちには見えない。だから不可解に思えるだけ。あなたの祖父が、わざと暗器を使って敵を驚かすのとおんなじだよ。恐ろしいのは見えないからだわ――」

　テレサリサは荷台の上で、エイプリルを操りながらロロに解説した。

「あいつは変質型の魔術師。魔力を紐（ひも）状に細長くして飛ばして、その先端を攻撃対象にくっつけてんの。そうして指を弾いて、紐状となった魔力を燃やしている。それが火球に見えるってだけ！」

　エイプリルは、赤髪短髪の魔術師の頭上へと飛び跳ねた。その姿を追って二つの火球は上昇し、大鎌を振りかぶった銀色の裸体へと着弾する。

「火球は紐を伝って、勝手に攻撃対象者へ届く。だから必中。けどそう知ってしまえば別に、脅威でもないでしょ？　その魔力の紐を断ち切ってしまえばいい。エイプリルを狙ってるんなら、そんな必要もないけれど」

　着弾と同時に燃え上がったエイプリルだったが、炎はすぐに搔（か）き消えた。

「笑っちゃうねえ。鏡から生まれたエイプリルに、炎なんて効かないのにさっ」

　テレサリサは、尖（とが）った八重歯を覗（のぞ）かせた。

赤髪短髪の頭上できりもみ状に回転したエイプリルは、まるで踊るようにして華麗に大鎌を振った。その鋭利な刃が、赤髪短髪の首を刎ねる。

彼の馬に着地したエイプリルは、首のない死体を突き落とし、馬を奪った。

「魔法だって暗器のようなもの。種を知ってしまえば、どうってことないわ」

「……勉強になります」

「てかラッキーだね。たぶんあいつら、どれも追撃戦には向かない魔術師たちだよ。地の利を使えば、もっと効果的な魔法の使い方がありそうなのに」

ザザザザザ――ロロは自分の繰る馬の足元に、砂が集まってきていることに気づいた。地面が水面のように動いている。慌てて手綱を引き、馬を横移動させる。直後、馬のいた場所からザパッと飛び上がったのは、例の巨大な砂の魚――。

「召喚型だッ！」

「違う。魔獣の魔力はもっとエグいよ。これは精霊――ただの砂の寄せ集め」

ロロに食らいつき損ねた魚は、再び地面に着水して弾けた。だが再び現れる気配がする。

「じゃ操作型っ!?　あの黒髪の女が術者ですね。あいつを倒さないと――」

「それも違う。普通、操作型や召喚型の魔法使いは、簡単に敵の前に姿を現さない。まず真っ先に術者が狙われるからね。けど普通、魔術師の〝精霊〟を操れる範囲って、実はそう広くない。目で見なきゃ操作もできないしね。だから大抵、近くにいるはず。例えば……騎馬兵に紛れて隠れるとかしてね――」

テレサリサは、松明を手に追いかけてくる騎馬たちへ視線を送る。

「――でも、精霊を繰りながら魔力を抑えて気配を消すのって、かなりムズい」

ロロの前方で、砂の魚が再び大きく飛び跳ねた。大口を開けた先は、テレサリサの立つ荷台の上だ。イネディットやコナをはじめ、荷台でうずくまる人々が悲鳴を上げる。

「――下手なヤツはすぐわかる」

テレサリサはフードを被った。

そうして腕を前に突き出す。同時に馬上のエイプリルが、銀色の腕を前に出した。伸びた腕が突き刺したのは、黒髪の女の乗る荷馬車の、御者の心臓。うっとうめき声を上げて前屈みに倒れ込んだ。次の瞬間、術者を失った砂の魚が、荷台の上空で一瞬のうちに弾け飛ぶ。

砂の雨が荷台に降り注ぎ、砂まみれとなった人々がまたも声を上げる。

荷台に立ち上がった黒髪の女が、周囲に声を荒らげた。指差す先はテレサリサだ。

「早く、あいつを捕らえなさいッ！　あれは恐ろしい魔女よ！　厄災よ！　そこにいるだけで世を乱す邪悪な存在。生かしてはおけないわッ！」

「言いたい放題ね……」

テレサリサは、再びフードを脱いだ。さらさらと砂がこぼれ落ちる。

「あなたたちには、ルーシー様のご加護がついているわ。さあ、竜の御心のままに！　アメリア兵の勇ましさを、ルーシー様に証明してごらんなさいッ……！」

魔術師（ウイザード）に檄（げき）を飛ばされ、馬上のアメリア兵たちが次々と松明（たいまつ）を捨てて抜剣する。喚声と共に馬のスピードを上げて、一気にキャンパスフェローの荷馬車の列へと攻め上がってきた。

テレサリサは、両腕を前に出す。指先を曲げ、操るのは馬上のエイプリルだ。テレサリサが腕を振り上げると同時に飛び跳ねたエイプリルは、大鎌を振るってアメリアの騎馬へと襲いかかった。

列の最後尾を追い掛ける位置にいるロロもまた、ダガーナイフを手に構えた。

「……そう言えば。魔女様も操作型なのに、隠れないんですね」

ロロは馬の手綱を握りながら、ふとした疑問をテレサリサにぶつけてみる。

レーヴェンシュテイン城で共闘したテレサリサは、エイプリルの大鎌を手に、自ら戦っていた。操作型の術者は身を隠し、精霊に戦わせるのが普通だと言ったのに。

「エイプリルは小っちゃい頃から一緒にいた〝友だち〟なの。使うっていう感覚じゃない」

〝放浪の民（ドリフター）〟時代、友人のいなかったテレサリサが、手鏡を相手に生み出した話し相手。テレサリサの本名を与えられた、イマジナリーフレンド。それが〝エイプリル〟だ。

「それに私、魔術師じゃないんだから、修道院なんて行ってない。戦い方は独学なのよ」

テレサリサは、前衛で戦うエイプリルから視線を外さず、その動きを操作しながら言う。腕を振り上げる、振り下ろす。指先を回す、跳ねさせる。それはまるで、指揮者のように。

　エイプリルはテレサリサの意思に応え、次々と敵を落馬させていく。

「……なるほど」

　これこそが遠距離戦闘を得意とする、操作型の本来の戦い方なのだ。

　エイプリルの猛攻をくぐり抜けた騎馬が何騎か、荷台の最後尾へと近づいてきた。ロロが迎え撃つべく馬のスピードを落とす。並んだ騎馬兵から振り下ろされたその剣身を、ダガーナイフで受け止めて、剣を奪う。

　ロロは奪い取った剣で、次々と騎馬たちへと襲いかかった。動くたびに右肩やヒビの入った肋骨が痛んだが、横目に見るエイプリルの動きを一瞥すれば、身体がうずいた。その銀色の裸婦はまるで、美しき曲芸師だ。馬から馬へと飛び移り、振るった大鎌で鮮やかに敵の首を刎ねる。

　――負けられない。

　ロロもまた、馬から馬へと飛び移り、騎馬の数を減らしていく。

「何をしているのッ、使えない。使えないわ、あなたたちッ!!」

　長い黒髪を掻き乱して、荷台の魔術師は見るからに焦っていた。

　その荷台に着地したロロは、剣を構えて魔術師を牽制する。彼女は手に何も持っていない。それどころかロロの接近に怯え、荷台の端へと距離を取る。斬りかかればすぐにでも倒せそうだが、相手は魔術師なのだから、迂闊に飛び込んだりはしない。

〝魔術師（ウィザード）の魔法は、暗器のようなもの〟――テレサリサの言葉を思い返す。

ならばこの魔術師は、どんなタイプの魔法を使うのか。

「……近寄ってこないところを見ると、強化型ではないのか……？」

ロロの背後に、エイプリルが着地した。

「正解。宰相（さいしょう）さんの話を聞いた限り、こいつは侵食型じゃないかな」

「侵食型……それはまだ教えてもら、ええ？」

振り返ったロロは、驚きのあまり言葉を飲み込んだ。

聞こえたのはテレサリサの声ではあったが、そこに立っていたのはエイプリルだ。その、つるつるとした銀色の頭部に口が形成されていて、声はそこから発せられていた。

「びっくりした……。喋れるんですね」

「別に。耳と口と喉（のど）を作っただけだわ」

エイプリルは腰に手を当てて、気だるげに応えた。

「侵食型は、五感を通して攻撃対象の精神に干渉してくる。回りくどい、ねちねちした戦い方を好むの。霧状に魔力を散布したり、食べ物に混ぜたりしてね。だからこうして前線にまで出てくるなんて、こいつが本当に侵食型なら、バカとしか言いようがない」

長い黒髪の魔術師は、垂らした前髪の隙間（すきま）から、ぎょろりと二人を睨（にら）みつけた。

「陰湿で不気味な術者が多いから、他の魔術師たちからも嫌われてるタイプっぽいよ？」

ぎり、と歯を食いしばり、爪を立てて襲いかかった相手はロロだった。

「キィィイイッ……!!」

「ダメ、こいつに触れるのは……あ、一回くらい試してみる？」

「えっ……」

迎え撃とうと剣を構えたロロの腕を、エイプリルが不意に摑んだ。

怯んだロロの胸に、頭一つ背の低い魔術師が飛び込んでくる。ぎゅっと背中に腕を回され、抱きつかれた直後。灰色の雲に覆われていた夜空が瞬間的に発光し、真っ赤に染まった。

キィーンと耳鳴りがして顔をしかめる。突如迫り上がる吐き気に、口元を押さえる。

揺れ続ける荷馬車に足元がふらついた。どこか夢の中にいるような感覚を覚える。

荷馬車の周りを馬で併走するアメリア兵たちが、みなじっとこちらを見ている。

どの顔面にもぽっかりと大きな穴が空いていて、流れる背景の森が見通せる。

誰も彼も黙りロロを見ていた。そばに立つエイプリルの顔面も空いている。

いったい何が起こっている？　抱きつく魔術師の女がやおら顔を上げる。

その顔にもやはり穴が空いていて、後頭部に垂れる黒髪が覗いている。

ロロは戦慄した。女はロロの両耳に爪を立て、ぐいと身体を寄せる。

顔面にぽっかり空いた穴を、徐々にロロの鼻先へと近づけてくる。

その穴に、呑まれてしまいそうな感覚に陥り、ロロは小さな悲鳴を上げた——次の瞬間。

パッと悪夢は唐突に終わった。ロロの頭を両手で挟むように掴み、鼻先で顔を覗き込んでいたのは、テレサリサだった。手を放し、紅い瞳を細くして悪戯っぽい笑みを浮かべる。

「……え？　魔女様？」

「どうだった？　何見せられてたの？」

「……穴女、みたいな」

「何それ、こーわ」

テレサリサは踵を返した。空の色は、真っ赤から厚い雲に覆われた灰色へと戻っている。ここは街道を走る荷台の上。元の場所だ。馬で併走するアメリア兵たちの顔にも、穴が空いているというわけではない。

「……夢を、見せられてたんでしょうか、俺」

「さぁて夢か幻か、現実ではない何か、だよ」

「退け……退けぇ！」

隊長らしき人物が声を上げ、彼らの馬がスピードを落としていく。

ロロはハッとして荷台を見渡し、剣を構えた。

「魔術師がいませんっ。逃げたのか……？」

「落としたわ」とテレサリサが指を差した荷台の縁は、外側に砕けて壊れていた。

「侵食型の攻略法は、複数で戦うことね。魔法を掛けられたのが私だったら、解く人がいなくて終わりでしょ」

「……なるほど。あ、もしかして俺、囮にされてました？」

「正解。四つのタイプの魔法を体感できたね。知れば怖くないものでしょ？　魔法も案外」

「確かに……追いかけてくる魔術師たちの誰よりも、魔女様が一番恐ろしかったです」

「おい。隠れ処の前で恐れないって約束したの何だったの」

じろり、とロロを責めるように睨みつけたテレサリサの全身が、銀色に変わった。

「……えっ！」

「魔法について教えてあげたんだから、カヌレ食べ放題の約束はちゃんと守ってよね！」

銀色のテレサリサはそう言った直後に液体へと変わり、足元から崩れ落ちて消えていく。

その姿は、エイプリルが変身したものであったようだ。荷馬車の列の最後尾を見ると、その荷台に本物のテレサリサが立っていた。彼女は結局最後まで、あの場所から一歩も動くことなく、四人の魔術師を撃破してみせたのだった。

ロロも前方の列に追い付くべく、握っていた剣を捨てて、荷馬車を牽く馬を奪おうとした。

――と、そのとき。荷台に飛び移ったアメリア兵が一人駆けてきて、ロロの背中に剣を振り下ろした。すんでの所でロロは気配に気づき、振り返った。

迂闊にも、剣をすでに手放していたせいで、振り下ろされた剣身を受け止めることができない。ロロは咄嗟に剣の鍔を摑んだが、勢いに負けて、荷台の床板へと押し倒される形となった。

「ふっ、ふっ、ふっ……！」

ロロの鼻先で、兵は息を荒らげていた。金髪で目尻の垂れた、白肌の兵だ。レモンバームと偽った軟膏を買ってくれた兵士——愛する妻を故郷に残してきたという、あの男である。

眉間にしわが寄っている。彼は怒りで目を血走らせ、押し倒したままロロをキツく睨みつけていたが、やがてその鼻の穴や口元から、つと赤い血が垂れた。呼吸の間隔が長くなっていき、その瞳から表情が消えていく。

「ふっ、ふう……。ふうっ……」

やがて力なく倒れ込んできた兵士を、ロロは横にどかした。

彼の脇腹には、ロロが押し倒されたと同時に、咄嗟に突き入れたダガーナイフが刺さっていた。ロロは身体を起こした。手のひらがべっとりと血に濡れていて、気持ちが悪い。

「大丈夫っ……？」

先を行く最後尾の荷台から、異変に気づいたテレサリサが声を上げた。

「問題ありませんっ。すぐに合流します！」

ロロはテレサリサに叫んで答え、血で汚れた手のひらを、床板へと擦りつけた。

アメリアによる騎馬兵たちの追撃を逃れた荷馬車の一行は、雨降る〈流通街道〉を一晩中走り続けた。そして丸一日が過ぎた翌日の夕刻、無事〈冬への備え〉へと辿り着く。

キャンパスフェローへ来た二人の門兵の言葉どおり、岸壁に沿って造られたその砦（とりで）は、王国アメリアの侵攻を免れていた。

宰相（さいしょう）ブラッセリーの指示の元、すぐに〈血塗れ川（ブラッディ・リバー）〉を北上するための船が用意された。船底が浅く、細長い形をした屋根付きの河船だ。一行は九台の荷馬車から、三隻の船へと乗り換えることとなる。砦の者たちも含め、その総勢は七十一名となっていた。

冷たい雨の降り続く中、すぐに出発の準備が始められる。桟橋に沿って停泊した船に、武具や防寒具、非常食などが次々と運び込まれていった。どれも砦に常備されていたものだ。

木箱を前後で挟んで運ぶ二人のメイドのうち、先を行くコナがふと足を止めた。

後ろを歩いていたイネディットがつんのめる。

「ちょっと！　コナ、急に立ち止まらないでよ！」

「あれ……。またいる」

コナの視線を追って見てみれば、この雨の中、桟橋の杭に一羽のカラスが留まっている。

「いるって、カラスのこと？　あんなの、どこにでもいるわ。見たことないわけ？」

「昨日、〈流通街道〉で何回か休憩したでしょ？　そんときもいたんだよ。片方の目だけ赤いからすぐわかるの。私たちに付いてきてるのかな」

「はぁ？　目が赤いぃ？」

イネディットは、カラスの顔に目を凝らした。

確かにコナの言うとおり、その右目はルビーのように赤く煌めいている。

「……ホントだ。気持ち悪……不幸の前兆とかじゃないでしょうね」

箱を桟橋の上に降ろしたイネディットは、床板の隙間に挟まっていた小石を拾い、カラスに向かって振りかぶった。

「やめなって、イネディット。可哀想だよ」

コナが制止するのも聞かず、投擲した小石はカラスの額に命中する。

「やったっ」

「アァーッ……!!」

カラスは黒光りする羽を大きく広げて、雨降る空へ飛び立っていった。

5

「ってェ……」

褐色肌の少年が、ターバンの巻かれた額を摩った。

年の頃は十代の半ば。まだ幼さの残る顔を不機嫌にしかめている。

「何か、動きがあったかい」

そばに立つ二十代後半の女性が、柔らかな声で尋ねた。こちらもまた褐色肌だ。

「……ああ。殺したいリストに、キャンパスフェローのメイドが載った」

少年は長椅子に腰掛けたまま、憎々しげに答えた。その左の瞳だけが赤く煌めいている。

少年は九使徒のひとり、第三の使徒〝精霊魔術師（エレメンタラー）〟だった。

「気づかされたぜ。俺はぽっちゃりが好きだ。尖（とが）り気のない鈍角なフォルムに、穏やかな笑顔。実に平和的だ、愛せる。それに比べ何なんだ、あの生意気な黒髪のメイドはっ。くそ。石ぶつけてきやがった……」

一度まぶたを閉じた少年が再び目を開くと、赤く灯（とも）っていた瞳が元の黒目へと戻っている。

「やつら北へ向かうようだ。今〈北の国（ノース・ランド）〉との境にいる」

「〈北の国〉へ？　それはまた、ずいぶんと遠くへ逃げてくれるね」

女性は立ったまま、長椅子の背もたれに腰をもたれさせる。

その肌は少年と同じ褐色だが、頭を覆う頭巾・ウィンプルや全身にまとう修道服はすべてが純白だった。白い修道服は、修道院で教員をしているということの証。彼女は歴（れっき）とした魔術師であり、第七の使徒〝召喚師（サマナー）〟でもある。

腰には美しい装飾剣をぶら下げ、足元にはキャスター付きの棺桶が寝かされていた。

「……おそらく、同盟を頼っての北上だろうね」

二十代後半の男が、二人の話に加わる。艶（つや）やかな黒い毛皮のハット――いかにも上等な帽子を深く被（かぶ）り目元を陰らせてはいるが、すっと通った鼻筋に痩（こ）けた頬（ほお）、整ったあごの形を見れば、ハンサムな顔立ちであることが窺える。

背が高く、長い手足にステッキを携えていた。彼は麝香鹿から採った香料——ムスクの甘い香りを体にまとっている。第八の使徒〝占い師〟は続ける。

「公国レーヴェからの情報によると、キャンパスフェローはヴァーシア人と手を組んでいたらしいじゃないか。健気にも、我々王国アメリアと戦うためにね。だからその蛮族に匿ってもらうつもりなのさ。もうちょっと追い掛けてごらん？　すぐにわかるよ」

「はんっ。ごめんだね、俺はもう」

精霊魔術師は長椅子に深く背をもたれた。腕を頭の後ろに回して枕にし、前の席へと脚を乗せる。そしてもう一方の手でマフラーを摘んで、口元を隠した。

「寒いのは嫌いなんだよ。追跡は終わりだ。ルーシー様が来たら起こしてくれ」

言ってずずっと鼻をすすり、目を閉じる。

「ねえ帽子屋っ！」——占い師は、〝帽子屋〟と呼ばれている。

「プルからのプレゼント、受け取ってもらえるかなあ？」

三人の元に、一人の女性が満面の笑みを浮かべて駆けてきた。真っ白な服にふんわりとした長い髪。短いスカートには、赤い差し色が入っている。十代半ばを過ぎたくらいの彼女は、裸足だった。肩に大きな袋を担いでいる。女性は、足元に置いたその袋から、手のひらサイズの小壺を取り出し、占い師に差し出した。

「はい、これレモンバーム。エルダー地方で採れた高級品なんだよ？　帽子屋はティーパーティーが好きでしょう？　でも心配なんだあ。帽子屋は何でも持っているから、きっとこれも持ってるかもなあって」

「ありがとう、プルチネッラ。確かに僕は古今東西のハーブティーを集めてはいるけれど、君から今、贈られたレモンバームはこの世にたった一つ、これだけだ。この特別なハーブは、大切な日に飲むとしよう」

「んふっ！　喜んでもらえて良かった」

微笑（ほほえ）んだ帽子屋に、プルチネッラは弾けるような笑顔を返す。

そうして次に褐色肌の少年——精霊魔術師へ、首飾りを渡した。煌（きら）びやかな宝石が装飾された、プレゼントにしてはあまりにも高級すぎる一品だ。

「おいおい、どういうつもりだ？　プル。お前全員に贈り物を配って回るつもりか？」

「うんっ！　だってみんなが集まるのって、すごくすごく久しぶりじゃない！　プルね、再会を祝して一人一人にプレゼントあげようって思って、何を贈れば喜んでくれるか、何日も前から考えてたんだよ？」

そして急にしょんぼりとした顔をして、「でもごめんね」と召喚師（サマナー）のほうを向いた。

「あなたが何を喜んでくれるかだけ、思いつかなくて……だからこれ」

プルチネッラが袋の中から取りだしたのは、細長く千切られた羊皮紙だった。滲（にじ）んだインクで書かれた文字は〝何でもしてあげる券〟。受け取った召喚師(サマナー)は、困ったように笑う。

「……これを使うと、プルチネッラ、君が何かしてくれるのかい？」

「そう！　すぐ使う？　今すぐ使ったっていいんだよ？　欲しいのがあったら言って？」

「うん……。あいにく私は物欲が希薄だからね。これは機会があれば使わせてもらおう」

「そんなあ！」

高い天井の礼拝堂に、プルチネッラの無邪気な可愛(かわい)い声が響き渡った。

ルーシー教の総本山である〝ティンクル大聖堂〟は、王国アメリアの王都に位置している。大陸において最も栄えている王国アメリア。その正教らしく、王都の中心部に建造された教会もまた、大陸一の大きさと絢爛(けんらん)さを誇っていた。

毎週日曜日には多くのルーシー教徒(ルシアン)が集い、祈りを捧げる礼拝堂の収容人数は、数千人にも達する。壁や天井には竜をモチーフにした絵画や彫刻が施されており、建設当時の工匠たちの手によって表現された、最高級の美を堪能することができる。湾曲した天井に描かれた幾何学模様——左右対称に描かれたその紋様は、見上げる信者たちを圧倒する。

高すぎる位置に置かれた天窓からは、燦々(さんさん)と陽の光が降り注いでいた。

その陽光は匠たちによってコントロールされ、ある時間になると、二つの像を照らすように設計されている。

一つは、殺された白竜の腹から取り出した幼子を、愛しそうに抱く女性。教会において聖母とされる彼女こそ、その幼子を〝ルーシー〟という名で呼び育てた聖母とされる人物だ。

そしてもう一つの像が、竜を殺した大罪人。ひげもじゃで腰布一枚だけをまとったその男は、自分の罪を悔い改めて、正座したその膝の上に大きな石を重ねている。ルーシー教において石を積み重ねるという行為は〝贖罪〟を意味しているが、それはこの姿を根拠としていた。

礼拝堂の正面には大きな階段があり、階段を上った先に祭壇が置かれてある。段々状の飾り棚には燭台や銀皿など、祭事に使用される品々が並んでいた。

祭壇の前にはまるで玉座のように美しい椅子が置かれてあるが、今は誰も座っていない。

数千人を収容できる礼拝堂に、この日集められた信者はわずか九名。ルーシーの直弟子とされる、九人の使徒のみだった。

木組みの車椅子に座った十代前半の少女は、祭壇に続く階段のすぐ脇にいた。

フリルの付いた黒いドレスに、レースのきめ細かなヘッドドレス。ゴシック・ファッションに身を包んでいる。小さな顔は青白く、薄く引いた唇の紅さを引き立たせていた。

可愛らしい女の子の姿をしているが、すこぶる口が悪い。

「お前の失態だなァ、ええ？　どう責任とんのかねェ？」

車椅子に深く座り、前列に座る仮面の男へと振り返る。

「一度捕まえた魔女を逃がしたままとあれば、九使徒の面目丸つぶれだぜ？　キャア恥ずかし。おお、恥ずかしすぎて、いたたまれねえよ、オレはよォ。逃がしたのはお前なんだから、お前が捕まえて処刑するべきだよなあ？　そしていい加減に白状しろ。オレの資材館から手首を持ち出したのは、お前だな？　パル、返せよ」

少女は腕を持ち上げて、頭のそばでぐるぐると回す。半回転しろ、の合図だ。少女の背後には車椅子を押すための従者が立っていて、彼女が指示通りに車椅子を半回転させた。

第五の使徒〝死霊魔術師〟に仕える従者は、つぎはぎだらけの黒い肌をしていた。目を伏せたまま黙って立っていたが、主である少女が前のめりになったことで動いた車椅子のハンドルに、サッと手を添える。

「おい、聞いてんのかッ、パルミジャーノッ！」

死霊魔術師の指差した相手は、最前列の長椅子に腰掛けていた。頭部全体を、大きなクチバシ付きの仮面ですっぽりと覆い隠している。組んだ膝の上に本を広げていた。手袋をした指先で捲ったそのページには、音符が並んでいる。よく見ればそれは、楽譜なのであった。

第六の使徒〝錬金術師〟は緩慢に顔を上げ、そのクチバシを少女へと向けた。

「聞いていますとも。そう、きゃんきゃん怒鳴らなくとも」

「じゃあどう責任を取るのか答えてみせろ。北へ行くんだな？　パル、お前が」

「率直に言って嫌です。それから何度も言っていますが、君の資材館から手首を盗んだのは私ではありません。私が連れていくのは、生命のコクを感じさせてくれるような、美しい手首です。それでいて透明感があればなお良い。君が無節操に集める死体の中に、私の心を打つものはない」

「おぉん？　お前今、このオレの黒美術をバカにしたのか？　なあ、おいパルッ！」

「うるせえぞブス、この野郎っ」

礼拝堂に並ぶ長椅子の、背もたれに腰掛けていた男が、苛立ち混じりに声を響かせた。

白いオオカミの毛皮を肩から羽織ったガタイのいい青年だ。いかにも戦士らしい体躯（たいく）が見て取れる。唇を縦に裂かれた大きな傷。腰に立派な両手剣を携えていた。

第二の使徒〝聖騎士（パラディン）〟は、死霊魔術師の甲高い声に表情を歪（ゆが）ませている。

「つーか無理だろ。手首にしか執着（しゅうちゃく）しない変態に何を言ったってよう。国取りにも〝鏡の魔女〟にも興味がない——そんなヤツをレーヴェに派遣したのがまず間違ってたんだ」

車椅子の少女は、怒りの矛先をその聖騎士へと向けた。

「じゃあ北へはお前が行くか？　やつらキャンパスフェローは、ヴァーシアを頼って北上してるようだしな？　笑っちまうよなあ！　アメリアと戦うのに頼ったのが、野蛮人どもなんてよォ。おっと失言だったか？」

死霊魔術師はニヤニヤと下卑（げび）た笑みを浮かべながら、聖騎士を挑発するように続ける。

「帰省ついでに魔女狩りでもしてきたらどうだ。狩りは得意だろ？　ヴァーシア」

聖騎士はヴァーシア人特有の青い瞳を細め、じろりと少女を睨（にら）みつけた。イラ立ちで歪んだ口元からは、犬歯が覗（のぞ）く。

「……うるせぇぞ、クソブスが。殺されてェのか」

「あァ？　この美少女っぷりがわかんねえとか、未開すぎねぇか？　ヴァーシアァ！」

聖騎士（パラディン）と死霊魔術師（ネクロマンサー）のまとう魔力が、瞬時に膨れ上がる。

二人の間に、一触即発の緊張が走った。

その間を割って、とてとてと袋を担いだプルチネッラが、裸足のまま駆けてきた。

プルチネッラは場違いな笑みを浮かべたまま、足元に置いた袋から、木綿糸でぐるぐるに巻かれたハムを取り出す。そしてマイペースに、長椅子の背もたれに腰掛ける聖騎士へと差し出した。

「はいっ。オオカミさんは肉食だもんね、好きでしょ？」

「あ？　消えろ。俺らには近づくなって言ってあるよなァ？」

「……そんな怒らないでよう。じゃあ、ここに置いとくね？」

しゅんと眉尻（まゆじり）を下げたプルチネッラは、ハムを長椅子の上に置き、次いで袋から取り出したプレゼントを、今度は車椅子の少女――死霊魔術師へと渡す。

「はいっ！　プルからのプレゼントだよ。死体、好きだもんね？」

死霊魔術師が受け取ったのは、聖騎士に渡されたものと同じ。

木綿糸でぐるぐるに巻かれた肉の塊。

「いやこれハムじゃねえかッ！」

死霊魔術師の抗議を無視し、プルチネッラはさらに袋からプレゼントを取り出した。

「はい、パルにはこれ」と鳥の仮面を被った錬金術師パルミジャーノに渡したのは、腐敗し始めた女の手首だった。

「わーお……。これは」

「おいッ！　プルチネッラ！　貴様それ、どっから持ってきた！」

死霊魔術師が、パルミジャーノに渡された手首を指差し叫んだ、次の瞬間。

「ウァアアアアアアアアアアアアッ……!!」

聖騎士が背もたれに腰掛ける長椅子で、横になって眠っていた女性が、絶叫と共に身体を起こした。聖騎士が背もたれから飛び降り、彼女を落ち着かせるように肩を抱く。

女性のシルクのように煌めく金髪は、自身の長身をも越えるほどに長い。

第四の使徒〝治癒魔術師〟は、そのあまりにも長すぎる髪によって、顔を隠していた。窺えるのは高い鼻と、桃色の唇と小さなあごだけ。スレンダーながらに胸があり、スタイルがいい。長い髪はよく梳かれており、陽光の光を受けて輝いていた。見目麗しい雰囲気を醸している女性だ。ただし彼女には、言葉が通じない。頭の天辺には、斧の刃が深く食い込んでいた。銀色の柄が、高々と斜めに天井を差している。

「しー……大丈夫だ。驚かせたな。何でもねえよ」

聖騎士が彼女の金色の髪を撫でつけ、落ち着かせる。

そして車椅子の死霊魔術師（ネクロマンサー）を睨（にら）みつけ、強く舌打ちをした。

「クソが。テメエがキャンキャン吠えるから、起きちまったじゃねえか」

「あァ？　オレのせいか？　違うね、これは正当な抗議だ。プルが手首を盗みやがったから」

「はい！　ラプンツェルにはこれねっ！」

プルチネッラが袋の中からするすると取りだしたのは、抜き身の剣だった。それを両手で構え、剣先を金髪の女性へ――治癒魔術師（ヒーラー）へと向ける。

「銀の斧（おの）だけじゃあつまらないでしょ？　これも頭に刺してあげるよっ」

「……んだと、この野郎」

聖騎士（パラディン）がこめかみに青筋を浮かべ、前に出た。

その後ろで斧を頭に食い込ませたまま、治癒魔術師は小首を傾（かし）げている。

「やめなさい、プルチネッラ」

純白の召喚師（サマナー）が、プルチネッラのすぐ後ろに立つ。

「彼女は、好きで斧を頭に食い込ませているわけではないんだよ」

「え、そうなの？」

プルチネッラは目を丸くして、召喚師へと振り返った。

「まあ別にさあ」と帽子を被（かぶ）った占い師（フォーチュンテラー）が、死霊魔術師たちの会話に混ざる。

「〝鏡の魔女〟を無理して追わなくたって、いいんじゃないの？　キャンパスフェローに魔女を奪われたところでさ、何の脅威でもないでしょ？」

「バカか？　お前は」

死霊魔術師は目を眇め、童顔を歪めて言葉を返した。

「面目の問題なんだよ。レーヴェの騎士どもでさえ捕らえられた間抜けな魔女を、九使徒が逃がしちまったとなっちゃあ、ルーシー様の品位に関わる」

「品位って……それあなたが言います？」死霊魔術師の言葉を、占い師は鼻で笑った。

「でも女王アメリアはご機嫌ですよ。〝騎士の国〟レーヴェも〝火と鉄の国〟キャンパスフェローも、王国アメリアの手に落ちた。もう充分だと思うけどなあ」

「けっ」と唾を吐くように言ったのは、聖騎士だ。

「女王様はご満悦か。女王の愛人がそう言うなら、そうなんだろうな」

「……あれ？　今もしかして、女王アメリアを愚弄しました？」

占い師が顔を上げ、ステッキを回して肩に担いだ。聖騎士も応えて彼を向く。

またもヒリつく礼拝堂で、車椅子の死霊魔術師がプルチネッラへと振り返った。

「っていうかよう、プル！　てめえ、手首を返しやがれ！　それは大事な作品の――」

「別に要りませんよ、こんな汚いもの」

パルミジャーノが無造作に放り投げた手首が、死霊魔術師の額に当たり、膝に落ちる。

「うおいッ！　投げるなぁっ……！」

「ウァアアアアアアアアアアッ……!!」

またも奇声を上げる治癒魔術師（ヒーラー）。広すぎる礼拝堂に、様々な声がやかましく反響する。

そんな中、祭壇へと続く階段の前に、中年の男が立った。第一の使徒〝枢機卿（カーディナル）〟である。

真っ赤な法衣にカロッタと呼ばれる小さな帽子を被（かぶ）り、片目のみを覆う黄金の仮面を嵌（は）めている。その手には、大きな杖を握っていた。先端に施された装飾は、広げた竜の羽根を模している。

枢機卿は階段の前からやかましい礼拝堂を見渡し、声を轟（とどろ）かせた。

「いい加減になさいッ……！」

その臓腑に響く低い声に、他の九使徒たちは口を噤（つぐ）んだ。

「〝怒り〟はルーシー様の最も嫌う感情です。信者たちを導かねばならない九使徒が、それをコントロールできずして、どうするのだ？　皆さん、心を穏やかに保ちなさい」

しん、と水を打ったように静まり返った礼拝堂で、プルチネッラだけがただ一人、ぺたぺたと足音を立てて枢機卿の前に駆けていく。

「はい、枢機卿様にもプレゼントっ！」

声を跳ねさせ、笑顔で差し出したのは木箱だった。静寂に満ちた礼拝堂に、ブブ……ブブ……と不快な羽音が聞こえる。木箱の中に入っているのは――。

「ハエだよ。枢機卿様、好きでしょう？　頑張ってたくさん捕まえたから大切に食べてね？」

ゲコッと枢機卿は喉を鳴らした。黄金仮面で隠れていないほうの右目が、大きく見開く。その目玉が、まるでカエルのようにギョロリと動いた。ギリ……と奥歯を嚙みしめた後に、枢機卿はばしんと木箱をはたき落とした。

「あっ」

プルチネッラが声を上げた直後、足元に落ちた木箱から、大量のハエが飛び立つ。

「くくく……」

肩に羽織ったオオカミの毛皮を揺らして笑ったのは、聖騎士だった。

「許してやれよ。〝怒り〟はルーシー様の最も嫌う感情なんだろ？」

枢機卿は顔を上げ、階段の前から聖騎士を睨みつける。

「おぉ？　何だそのゴリゴリに熱い魔力は、俺に向けてんだよな、それは」

聖騎士が犬歯を剝きだし、前に出た、そのときだ。

ガコッ――と礼拝堂出入り口の扉が開いた。

両扉の向こうに現れたのは、真っ白な長い髪の少女であった。

見た目はわずか十代の前半。純白のワンピース一枚だけを身にまとい、裸足のまま礼拝堂の中央に敷かれた長い絨毯を歩いてくる。

アンニュイに開かれた瞳は群青。それはまるで星を塗した夜空のように、煌めいていた。

天窓から差し込む光が、自然と彼女を照らし出す。陽光に照らされながら、ゆっくりと歩く姿は神々しく、眩しくて、まるで彼女自身が発光してるかのようにさえ感じられる。

仔犬ほどの大きさの竜——白い鱗に青い瞳のパールドラゴンの子どもが一匹、少女を慕って足元にまとわりついていた。

ルーシーの登場で、礼拝堂の空気がまたも一変し、張り詰めた。

ただしその緊張は闘争に満ちたものではなく、神聖で凛とした静謐だった。

直前まで怒りを滾らせていた枢機卿も、イラ立ちを抑えきれていなかった聖騎士も。

長椅子で足を投げだし、目を閉じていた精霊魔術師も、奇声を上げていた治癒魔術師も。

九使徒はみな背筋を正し、出入り口から祭壇へと続く絨毯の脇に並んだ。

その全員が、片手を胸の前に持ってきている。人差し指と小指を立てて〝角〟に見立て、残りの指先で口を表現し、〝竜の頭〟を作っている。もう一方の手は背中に回し、スカートの者はその裾を摘み、目の前を横切るルーシーに向かって、厳かに頭を下げる。

車椅子の死霊魔術師も、鳥の仮面を被った錬金術師も、純白の修道服をまとった召喚師も、帽子を深く被った占い師も。そして第九の使徒〝道化師〟のプルチネッラも。

黙って頭を垂れる九人の使徒の間を歩き、ルーシーは祭壇へと上がっていく。

踵を返し椅子に座ったその膝に、小さなパールドラゴンが飛び乗った。

「その人、会ってみたい」

階段の前に立った錬金術師パルミジャーノが、〝鏡の魔女〟を逃がしてしまったときの状況を報告すると、何が彼女の気を引いたのか、ルーシーはぽつりとそうつぶやいた。

礼拝堂に並ぶ長椅子に、九使徒たちは散り散りになって座っていた。その中で唯一、長椅子ではなく車椅子に座る死霊魔術師が、ルーシーに応えて声を上げる。

「ではこのオレが！　ルーシー様が望むのであれば、この死霊魔術師が〝鏡の魔女〟を連れて参りましょう」

その声に振り返ったパルミジャーノは、クチバシを少女に向けて一瞥し、再び壇上のルーシーを見上げた。胸の前に手を添える。

「いいえ、ここは私が行くべきでしょう。逃がしてしまったのは、この私なのですから」

「ハァー!?　そうさお前はすでに失敗してんだよ、パル。そんな間抜けがルーシー様の願いに応えられるもんか」

死霊魔術師が声を上げた。すると聖騎士が舌打ちをする。

「ちっ……しゃあねえな。俺が行ってやろうか」

面倒くさそうに髪を掻き上げ、長椅子から立ち上がる。

「〈北の国〉は故郷だ。帰省ついでに連れてきてやるよ。その〝鏡の魔女〟ってヤツをよう」

「おいおいおい!?　故郷は捨てたんじゃなかったのか？　このクソヴァーシアがっ」

「いや、私が行こう」

次に席を立ったのは、純白の修道服に身を包んだ召喚師（サマナー）だ。

「私は〝放浪の民（ドリフター）〟出身だからね。聞けば鏡の彼女もそうだったというじゃないか」

「はぁん？　何だそれ関係あるか？」

召喚師は死霊魔術師（ネクロマンサー）の質問を流し、にこりと微笑（ほほえ）んだ。

「私の召喚獣を使えば、〈北の国（ノース・ランド）〉への旅路もそう長くは掛からない。適任だと思うけどね。ただ……今のところ手持ちの罪人がいないんだ。良かったら、君の車椅子を押すその子をくれないか？」

「……あ？　ふざけるな、こいつは黒イルフだぞ？　貴重種だ」

死霊魔術師は眉間にしわを寄せて応える。召喚師は仕方ないと息をつき、プルチネッラへと振り返った。指先に挟み、ひらひらとさせたのは、先ほど貰（もら）ったチケットだ。

「プルチネッラ。今こそこの券を使おう。あの子を私にくれないか」

「あはっ！　いいよっ」

頼られたことがよほど嬉（うれ）しかったのか、プルチネッラは満面の笑みを浮かべて、召喚師の元へ駆けた。そうしてチケットを受け取ると、死霊魔術師へ——その背後で車椅子を押す黒イルフの従者へと手のひらを向ける。次いでプルチネッラが腕を振り下ろした途端、とぷんっ——と従者の足元からその全身が、床石の中へと沈んで消えた。

直後、プルチネッラは袋へと腕を突っ込んだ。摑（つか）んで取り出したのは、従者の襟首（えりくび）だ。今しがた床の中へ消えた黒イルフの従者が、プルチネッラの袋の中へと転移していた。

「たらーんっ！　はい、プレゼントっ」

無表情のままの黒イルフは、召喚師のそばに立たされた。

召喚師は、長椅子のそばに寝かせていた棺桶を立たせる。

「でもこの子、魂ないみたいだけど、いいの？」

「構わないよ。私の魔獣たちが望むのは、罪人の血さ」

「……おい。このクソども」

従者を奪われた死霊魔術師が、額に青筋を浮かべて二人を睨(にら)みつけている。

「一度しか言わねえぞ……？　オレの作品から手を離せ」

腕を前に突き出した彼女の、車椅子の後ろに立ったのは、赤い法衣の枢機卿(カーディナル)だ。

「おやめなさい。ルーシー様の御前です」

「……黙れ、っせえぞ、カエルが。オレに指図すんじゃねえよ」

――と、そのとき不意にルーシーが、召喚師の名を呼んだ。「ココルコ・ルカ」

一同はっと口を噤(つぐ)み、壇上のルーシーを見上げた。息を呑(の)んで、次の言葉を待つ。

「よろしくね」

「……っ！」

裁断が下された瞬間だった。死霊魔術師は悔しさに唇を結び、召喚師ココルコは名を呼ばれた喜びに打ち震えた。

「お任せください、ルーシー様。必ずや〝鏡の魔女〟を御前に連れて参りましょう」

ココルコは立たせた棺桶の蓋を開いた。蝶番(ちょうつがい)が付いており、扉のように開く仕様となっている。その中に、黒イルフの従者を入れる。静かに蓋を閉めた背中に声が掛かった。

「ココルコ」

ターバンを巻いた褐色肌の少年――精霊魔術師(エレメンタラー)が、ココルコの背後に立っていた。

「〈北の国(ノース・ランド)〉は広いぜ。〝鏡の魔女〟がどこに向かうか、わかんのか？」

「大丈夫。ヴァーシアの集落を訪ねて回れば、きっとすぐに見つかるだろう。あの辺りで魔法を使える者なんて、そう多くはないだろうしね。噂話を辿(たど)るだとか、魔力を辿るだとかすれば、きっとすぐに見つかるさ。心配してくれているのかい？」

「別に、そういうわけじゃないけど」

ココルコの慈愛に満ちた笑みに当てられて、少年は、やりにくそうに目を伏せた。

「……けどまあ、相手は不浄な魔女だ。気を付けろよ」

「うん、わかっているよ。ありがとう」

どろり、と棺桶の下の隙間(すきま)から、どす黒い血が漏(も)れ出てくる。ココルコが棺桶の蓋を開くと、溢(あふ)れ出した血が床石へと広がった。まるで深淵のように真っ暗な棺桶の中に、従者の姿はなくなっていた。代わりに棺桶の中に入っていたのは――。

「にゃぁぁぁん」――猫だ。

全身の毛が長く、全体的に丸っこい印象の黒猫である。両耳の先端の毛が特に長く、それはまるで角のように、くるりと弧を描いている。緑色の瞳は焦点が合っておらず、どこを見ているのかわからない。棺桶の中から、血で濡れた床石にぴょんと飛び降りた黒猫は、その首に白いリボンを付けていた。

猫はココルコを見上げ、再び「にゃあぁん」と声を上げる。

血まみれの床石にぺたりと尻を付けたと思った次の瞬間、その頭部が、鼻先を中心に割れていく。まるで花弁が花開くように。割かれた顔面の中から現れたのは頭蓋骨ではなく、ピンク色の触手だった。うじゃうじゃとうごめく無数の触手だ。そのあまりの気色悪さに、プルチネッラなどは露骨（ろこつ）に嫌な顔をする。

ココルコはみなの視線を気にもせず、棺桶を「よいしょ」と持ち上げて、黒猫の触手へと絡ませた。黒猫は、明らかに自身の身体（からだ）よりも大きな棺桶を、その頭部からずるずると飲み込んでいく。

「それではルーシー様。行って参ります」

ココルコは壇上のルーシーへと向き直り、胸の前に手を添えて〝竜〟の形を作った。右手でスリットの入った純白のスカートを摘（つま）み上げ、頭を下げる。

それから礼拝堂に集う他の九使徒たちを見渡して、微笑（ほほえ）みを湛（たた）えた。

「みなさんも、ご機嫌よう。また会う日まで」

振り返ったココルコは、黒猫の頭部へと足を踏み入れる。うごめく触手は棺桶を飲み込んだときと同じように、ココルコの全身をずぶずぶと飲み込んでいく。そして大きくめくれていた頭部をピタリと閉じて、元の愛くるしい姿へと変容した。

九使徒たちの見守る中、「にゃああん」と可愛(かわい)らしい声で鳴いた黒猫は、開いた窓へと駆けていった。窓枠へとジャンプし、外に広がる王都の町並みへと身を躍らせる。

黒猫は空中でその背中からコウモリのような黒い羽を広げ、滑るようにして飛んでいった。

召喚師(サマナー)は魔獣を使う。割れる頭部や、背中の羽を見ればその獣は異様。だが窓際まで床石に点々と続く血で濡れた足跡は、可愛らしい猫そのものだった。

魔女と猟犬

Witch and Hound

– Preserved flower –

第三章　雪の女王（前編）

1

船が関所〈冬への備え(ウインター・プルーフ)〉を越えて〈北の国(ノース・ランド)〉へ入ると、寒さはぐっと厳しくなった。川面を打つ雨はいつの間にか雪へと変わり、ちらちらと音もなく降り続いている。

船上から見渡せる河岸(かがん)の草原には、うっすらと雪が積もり始めていた。

草原を滑るように吹く冷たい風が、船の戸をガタガタと震わせる。

もともと〈北の国〉との往来に使用されている船だ。壁は厚く、防寒対策は充分にされてはいるが、それでも船内は凍えるほどに寒い。関所から持ち込んだ防寒具だけでは心許(こころもと)なく、三隻の船に分かれて乗り込んだ一行は、それぞれ船内で身を寄せ合って暖を取っていた。

〈冬への備え〉を出発してから三日と半日。〈血塗れ川(ブラッディ・リバー)〉を北上し、さらにそこから枝分かれしたいくつかの河川を経由して、船はいよいよヴァーシアたちの支配する領域内へと入っていく。

宰相(さいしょう)ブラッセリーは、船首に立っていた。

辺りは靄(もや)がかっていて、視界が悪い。川の両岸は見上げるほどの高い崖で、川面を進む三隻の船が、やけに小さく感じられる。聞こえるのは風の音だけ。辺りは不気味なほどに静まり返っていた。

毛皮のコートを着ていても、身体（からだ）が芯から冷えていく。ブラッセリーは肩をすくめ、手袋をした両指先を、腋（わき）の下に挟んで温める。上向きにカールした口ひげの前で、吐息が白く滲（にじ）んで消えた。

「……不思議です。この川は、どうして凍らないのでしょうか？」

背後からの声に振り返る。毛皮のコートを着たロロが、川面を見ながら近づいてくる。

「ここは火山の山間にある。溶岩が川に流れ込んでいるせいで、凍ることがないのだ」

「……え、じゃあこの川の水って、温かいのですか？」

「はは。あくまで凍らない程度に、だろうがな。入って確かめてみなさい」

「……勘弁してください」

川を挟んでいた崖が左右に広がり、三隻の船は開けた湖へと入っていく。白い靄の向こうにうっすらと、終着点である高い崖が、外敵を阻む壁のようにそびえ立っていた。

「私がここを訪れるのは三度目だが、着岸の瞬間はいつだって緊張するものだな」

「雪王とは、どんな方なのですか？」

「豪傑な王よ。ヴァーシア人らしく大柄で横柄。酒と女が好きでガハハと大声で笑う。彼らには蒸し風呂に入る習慣があってな。知っているか？　王が愛してやまない〝サウナ風呂〟というものを」

「……サウナ？　いいえ、存じません」

「熱すぎる蒸気で身体を温めるというやつだが、とても常人が耐えられるようなものではない。いかにも死を恐れぬ戦士らしい、常軌を逸した習慣だよ。だがバド様はそれを痛く気に入ってな。〝ギオに来てサウナに入らないなんてのは、キャンパスフェローに来て武器を買わないようなもんだ〟と言っていた。何でも、脳が痺れて気持ちいいらしい……」

「……風呂で脳が痺れるんですか？」

「らしいぞ？　私もバド様に無理やり体験させられたが……気持ちいいなんてことはなかったがね。私にとっては、ただただ苦しいだけの苦行だった」

当時のことを思い出したのか、ブラッセリーは眉間にしわを寄せて苦しそうに言った。

「だがそういった破天荒な気性は、バド様と雪王、似通うところがあったのかもしれん。違う点を挙げるなら、雪王ホーリオはバド様と違い、魔女を嫌っていたということか」

ブラッセリーはそばに並び立ったロロを横目に見た。

「ロロ。〝湖城ビェルケ〟は知っておるか？」

「はい。人の住めない〝凍った城〟――通称〝氷の城ビェルケ〟のことですよね」

ロロはそれを、バドに託された羊皮紙の中に見つけていた。

集めるべき七人の魔女の情報の中にだ。

「確か四獣戦争の最中、その湖城を氷漬けにしたのが〝雪の魔女〟だったのだとか」

「そうだ。ここ〈河岸の集落ギオ〉に住まうヴァーシア人たちは、元々、北海に面した海辺の集落〈不凍港ヘロイ〉を拠点にしていた〝ヴァーシア・ヘロイ〟だ。彼らは四十三年前に突如現れた〝雪の魔女〟によって、湖城ビェルケを奪われてしまった」

　ヴァーシア・ヘロイは魔女によって故郷を奪われ、海を捨てなくてはならなくなった。

〝魔女によって、内陸へと追いやられたヴァーシア人〟――それが雪王ホーリオの率いるヴァーシア・ヘロイである。

「だから彼らは、死ぬほど魔女が嫌いだ。だが見上げたことに、彼らは魔女に城を奪われはしても、屈してはいない。戦後四十年近く経った今でもまだ城を奪い返そうと、年に一度は城への魔女討伐遠征を行っているのだ。その度に返り討ちに遭い、多くの犠牲者を出していてもな」

　正面の岸壁に近づくにつれ、靄の向こうに巨大な人影が見えてくる。

　その身長は、成人男性を十人近く連ねても届かないのではと思えるほどに大きい。迫力あるその石像を、ロロは船上から仰ぎ見た。戦斧を掲げたひげの戦士。それは〝雪王ホーリオ・ビエルケ〟を象っていた。

　巨像が立っているのは、岸壁の中腹にある砦だった。そこからは何人か、じっとこちらを見下ろしている人影が確認できた。砦を護るヴァーシア・ヘロイの戦士たちだろう。

「……王国アメリアの脅威を察知し、バド様は彼らと交渉して同盟を結んだ。だが当然、国と国との交渉ごとは、お互いに利益がなくてはならん。バド様は城への遠征を行い続ける彼らに、永続的な武具の供給を約束したのだ」

「……問題はそこですよね」

宰相ブラッセリーがいれば、雪王との謁見自体は可能だろう。だが同盟が生きているかどうかはわからない。雪王と交渉し、同盟の話をまとめたのは、あくまでもバドだ。異種間交渉である上、かつての四獣戦争では敵同士であった国だ。取りまとめることができたのは、人懐こいバドの手腕によるところが大きいだろう。だがそのバドはもういないのだ。

「せめてバド様の娘であるデリリウム様の健全たる姿を見せて、グレース家の存続を示したいところだがな……。寝たきりの弱々しい姿では、逆に見せんほうがよかろう」

「……バド様ならどうされるでしょうか？」

ロロは腕を組んで考えた。

あの、人を謀るのが好きな、人を食ったような主なら、この局面をどう乗り切るだろうか。

——そう真面目に考えすぎるな、ロロ。

かつて主にそんなことを言われたのは、ボードゲームの相手をさせられていたときだったか。一手打つたびに長考するロロに、バドは待ちくたびれた様子で言った。もっと頭を柔らかくして自由に遊べ。お前は真面目すぎるのだと。そしてロロがやっとの思いで駒を動かした直後、「チェックメイトだ」とクイーンでロロのキングを倒した。

そのクイーンが置かれていたマスには、ポーンが置かれていたはずなのに、だ。

ロロが熟考の末に駒を動かし、ほっと一息ついたその隙に入れ替えられていたのだ。「卑怯です」と憤慨するロロだったが、バドは「だがすでに王は死んだ」と得意顔だった。

——「死人に文句を言われたところで、痛くもかゆくもない」

結局ロロが「バド様とはもうチェスをしない」と怒りだしたので、バドは反則負けを認めたのだった。ときにルールさえ無視し、遊ぼうとするのがバド・グレースだ。彼の考え方を参考にするならば、駒の動き以上の手を考えるべきなのかもしれない。

「……雪王は、デリリウム様のお顔をご存じなのでしょうか？」

「……まさか替え玉か？　うむ。確かに姫と直接会ったことはないだろうが……その美貌は伝わっているかもしれん。金髪に碧眼の若い娘……一行の中にいただろうか？」

ブラッセリーは口ひげを摘んで考える。

だがロロが思い描いていたのは変装ではなく、魔法だった。似ている者を探さなくとも、この目で見ているではないか。テレサリサがその姿に変身するのを。

「ブラッセリー様。適任者がおります」

「何？　誰だ？」

ロロはテレサリサの変身魔法について話した。

船はやがて砦の桟橋へと近づいていく。靄が薄くなり、砦から垂れる大きな旗が確認できた。描かれている紋章は丸い盾と、大きく角を広げた毛長鹿の頭。集落ギオを統治する、ビェルケの一族を示す絵柄である。

砦に近づくにつれ視界が晴れて、こちらを見下ろす人影が増えていく。

角を生やした兜に皮の鎧。戦斧や盾を持った何人もの大柄な男たちが、砦の石塀越しに船を見下ろしている。その姿は物見やぐらの上にも、鐘楼塔の上にも、断崖絶壁の上にも確認できた。彼らは身じろぎもせず、じっとこちらを見下ろしていた。まるでよそ者の船を牽制し、威圧しているかのように。

「……うまくいくんだろうな？」

ブラッセリーは砦を見上げながら、ロロに尋ねた。

「うまくいって欲しいですね……」

ロロの応えは、願いに近いものだった。

2

——同情を誘いたい。

船首にテレサリサを呼んで、宰相ブラッセリーは、作戦の目的をそう伝えた。

〈北の国〉にある〈河岸の集落ギオ〉は、大陸中央部の海岸に位置する〈騎士の国レーヴェ〉からは、だいぶ離れている。かの国の広場でバドが処刑されたことは、おそらくまだ伝わってはいないだろう。キャンパスフェロー城が、王国アメリアに侵攻されたことさえ、彼らは知らない可能性があった。それだけ〈河岸の集落ギオ〉は、森の奥深くにあるのだ。

　ただし、キャンパスフェロー城陥落という大きなニュースは、いずれ雪王の耳にも届くことになるだろう。バドの死は誤魔化せない。後々謀ったことがバレてしまえば、同盟の話どころではなくなる。だがその娘デリリウムの安否は、まだどこにも知られていないはずだ。

「王国アメリアと王国レーヴェの卑劣な罠にはまり、バド・グレースは死んでしまった……。命からがら逃げ出したデリリウム様は、健気にも父の仇を討つべく再起を図っている——そう思わせたいのだ」

　テレサリサを間に挟み、ブラッセリーとロロは話し合う。

「レーヴェを追われたスノーホワイト様に、バド様が力を貸そうとしたように、ですね」

「そうだ。情に訴えかけるのだ」

　王国レーヴェの国王プリウスを王弟オムラに殺され、国を追われる形となったプリウスの娘スノーホワイト。バドは、助けても何のメリットも見込めない彼女と王妃テレサリサをレーヴェから連れ出そうとして城に留まり、惨劇に見舞われた。

　スノーホワイトとデリリウム。どちらも国を失った哀れな姫だ。構図は似ている。

「バド様と雪王はご友人同士でもある。気性も近い。なれば彼も情に厚い人間であるはずだ。友人の娘であるデリリウム様に、きっと力を貸してくれるはず」

「……ということなのです。お願いできますでしょうか、魔女様」

ロロとブラッセリーは、同時にテレサリサへと視線を滑らせる。

テレサリサは深くフードを被(かぶ)ったまま、不機嫌に眉根(まゆね)を寄せた。

「……嫌なんだけど」


ギオは、多くの農村が寄り集まった集落である。辺りにいくつも点在する村々を束ねるビエルケの一族が〝王〟を名乗るので〝王国〟とも言えるが、彼らは城を持っていなかった。

雪王ホーリオの住処(すみか)は、村一番の大きな館である。そこは人々の集う会館でもあった。

『連れて参りました。キャンパスフェローの姫です』

ヴァーシア語の飛び交う部屋に、ロロたちは案内された。その数は四人だ。宰相(さいしょう)ブラッセリーとロロ、そしてロロの根気ある説得の末、デリリウムに化けたテレサリサ。護衛のため、ヴィクトリアが同行している。集落へ入ることを許されたのは、この四名だけであった。他の者たちは、岸へ上がることさえ許されず、湖に浮かぶ河船の中で待機している。

部屋にはひげを蓄(たくわ)えた、筋肉隆々の男たちが多く集結していた。そのせいか非常に狭く感じられる。誰も彼も背が高く、大柄なのだ。入ってきた異国の者たちへ、ぎょろりと目を剝(む)く。

室内は、男たちの荒々しい息づかいと熱気に満ちていた。彼らが羽織る獣皮のせいか、あるいは彼ら自身の体臭か、部屋には獣のような臭いが漂っている。

キャンパスフェローの四人は、部屋の中央に敷かれた絨毯(じゅうたん)の上に立たされていた。その正面は一段高い王壇となっていて、そこに置かれた玉座に、雪王ホーリオが鎮座している。

『――ですがキャンパスフェローはまだ終わっておりません。ここにいるデリリウム姫の元、必ずや復権を果たして見せましょう。どうか引き続きお力を貸していただきたい』

ブラッセリーが流暢なヴァーシア語で事情を説明し、頭を下げた。

『……ほう』

玉座の肘掛けに肘を乗せ、こめかみを支えるようにして話を聞いていた雪王ホーリオは、ブラッセリーが話し終わると居住まいを正した。

ホーリオは齢五十を超える。ヴァーシア人特有の青い瞳。顔の下半分を覆う長いひげには白髪が混じるが、それでも厚い胸板と大柄な身体を見れば、今からでも戦斧を手に戦へと飛び出していきそうな迫力がある。幅広い肩に毛皮を羽織り、金銀輝く首輪や腕輪などをジャラジャラと装着していた。頭には、宝石のちりばめられた王冠が輝いている。彼は右手にだけ、手袋をしていた。

『……我が友バドは戦って死んだか』

言ってホーリオは、ニッと黄ばんだ歯を覗かせた。

『おめでとう。南の勇者に賛辞を送ろう』

ホーリオが手を打ち鳴らすと、部屋に立つ男たちもまた拍手して声を上げた。『おめでとう』『素晴らしい』『見事だ』『立派だ』と、バドへの賛辞が飛び交う。

囲まれているロロたちは戸惑い、周りを見る。彼らは皮肉で拍手しているのではなく、本当にその死を祝っているのだ。ヴァーシア人と、ロロたちトランスマーレ人とでは、信じている神も死生観も違う。

『だが、匿って欲しいと言ったな……？』

ホーリオが険しい表情を作り、拍手がやんだ。

『わからんな。なぜお前たちの王が勇ましく死んだというのに、お前たち家来が生きている？　戦場から逃げ帰ってきたお前たちを、なぜこのわしが匿わなければならんのだ？』

ブラッセリーは喉を鳴らした。

『無論、戦っております。戦っている最中なのです。我々は崩された体勢を整え、反撃に備えるつもりです。ですがそれには、ヴァーシアの方々の助けが必要で――』

『すべては、今さらじゃないのか？』

ホーリオは再び頬杖をつく。そして冷徹な視線をブラッセリーに注いだ。逃げてきた者を蔑むその態度には、バドと似たような気性など感じられない。

『終わったのだろう？　お前たちの戦争は。確かにわしはバドに手を貸すと約束はしたが、戦は始まる前に終わってしまったようだ。供給されるはずの武器もなく、ヴァーシアが敗者に手を貸す理由は何だ？』

『戦は終わっておりません！　……しっ、それにこれは、私たちだけの戦でもない』

ブラッセリーは思わず声を荒らげる。

『アメリアは必ず北上してきますっ！　間違いなく、ここギオにも勢力を伸ばしてきましょう。同盟は破棄するべきではない！　なぜなら我々にもまだ戦力は残っているから。古くからグレース家に仕える家々は、今一度デリリウム様の元に集結しヴァーシアの力に――』

『いらんわッ！　敗者からの救いの手など。貴様は、ヴァーシアを見下げているのか？』

『見下げてなど！　ただ、必ずや我々の力が必要になると――』

『ほーう？　つまり貴様は、ヴァーシアだけではアメリアに負けると言っているのか？』

『違うっ……。違います……』

雪王ホーリオは、宰相（さいしょう）ブラッセリーに侮蔑の視線を投げかける。

部屋の空気はヒリついている。とても友好的とは言えない空気だ。

「……黒犬。こいつら」

デリリウムの姿をしたテレサリサが、小声でつぶやいた。ロロは小さく頷（うなず）いて応える。

テレサリサはヴァーシアの言葉を知らない。ヴァーシア語で交わされた会話の内容を聞き取れてはいない。だが、部屋に満ちた男たちの敵意は伝わる。睨（にら）みつけ、たぎる闘志をぶつけている相手は――デリリウムに変身しているテレサリサだった。

なぜだ、とロロは訝（いぶか）る。テレサリサの姿は、完全にデリリウムのものであるのに。

『そもそも無理な話だろうが』

雪王は前のめりとなり、両腕を大きく広げる。

『そのようなニセモノの姫に、グレース家の家来をまとめられようか？』

『何……ですと……？』

やはり、変身はバレていた。言葉のわかるロロとブラッセリーが顔色を変える。

ホーリオは、窓際に立つ男たちへ『どけィ』と叫び、ロロたちに窓の外を見せた。

『どうだ、黒く立ち上る煙が見えるな？　あの方角に何があるかわかるか。湖だ。燃えているのは三隻の船。戦場から逃げてきた腰抜けどもを乗せてきた、貴様らの船よ』

『なっ……!?　船のみなは！　殺したのか!?』

『殺してはいない。捕らえただけだ。今はまだ、な』

焦るブラッセリーの顔がよっぽど面白かったのか、ホーリオは嗜虐(しぎゃく)的に笑う。

『貴様らは、やはりヴァーシアを蛮族と見くびっていたようだな？　こいつらなら簡単に騙(だま)せるとでも思ったか？　愚かだのう。おう？　貴様らが〈北の国(ノース・ランド)〉との間に関所を設け、こちらの動向を監視しているように、わしらもお前たちのことを終始見張っとる。キャンパスフェロー城が落ちたことなど、とうに知っておったわ』

王国アメリアの侵攻を警戒しているのは、キャンパスフェローだけではなかった。アメリアが近づいていると知り、その動向を見極めるため、ヴァーシアは斥候を増やしていた。当然、キャンパスフェローと〈血塗れ川(ブラッディ・リバー)〉を繋(つな)ぐ〈流通街道〉も監視対象にある。そこで魔女を連れた荷馬車の一行を見つけた。

『街道じゃ魔術師相手に、派手にやり合っていたそうじゃないか？　船がわしらを頼って北上することも知れていた。匿ってやってもよかったんだがな？　貴様らが薄汚い魔女などを連れてさえいなければッ！』

ホーリオは玉座から立ち上がり、憎々しげに言い放つ。

『厄災を引き連れて何しにやって来たのか、わからんからな。貴様らがここにいる間に、魔女を捕らえるべく船を襲わせた。だがいたのは魔女じゃなく、眠りこけた姫だ。じゃあこの姫は誰だ？　魔女だろうがッ！』

ホーリオは王壇から、眼下のデリリウムへと指を差す。

『警戒していて正解だったわ。トランスマーレ人というのは、嘘つきだからのう！』

部屋の男たちが一歩、前に出た。その手に戦斧や抜き身の剣を握っている者もいる。

四人は部屋の中央に、よりひとかたまりとなる。ヴィクトリアが一行を護るように前に出て、剣の柄に手を触れた。ヴァーシア語がわからないため、横目にロロを見る。

「……交渉は失敗したのか？　黒犬」

「そのようね。もういいでしょ？　解くよ、変身」

「待ってください」

テレサリサの言葉に、ロロは慌てた。声を潜めて二人を止める。

「今、戦ってはダメです。ヴァーシアは仲間にしないと。俺たちには兵が必要です」

ロロは考える。バドならこの局面をどう乗り切る？　何か他に、このヴァーシア人たちを味方にできる方法はないのか？　お互いの敵は、同じであるはずなのに――。

「いいえ、待てない――」

今にも飛び掛かってきそうな男たちの敵意に当てられて、テレサリサは手鏡を取り出した。彼女の全身を覆っていた銀色の液体が鏡面に吸い込まれていき、テレサリサ本来の姿が現れる。部屋にいたヴァーシアの男たちがどよめいた、次の瞬間。

ロロが動いた。絨毯の上に組み伏せた相手は――テレサリサだった。

「はぁ……!?　何のつもり、黒犬ッ」

「すみませんっ！　少しだけ、このまま願います」

早口で言って、ヴァーシアの王へと顔を上げる。発したのはヴァーシア語だ。

『薄汚い魔女を王の目に触れさせてしまい、深くお詫び申し上げます！　それだけ私たちが必死であること、おわかりいただけないでしょうか。何もかもを失った私たちが、今一度交渉台に立つには、これしか方法がなかったのです！　キャンパスフェローに残された最後の武器こそ、この魔女なのですから！』

『魔女が、武器だと……？』

『そうです。魔女はこの通り、コントロール下にあります。危険はないと約束しましょう』

「ロロ、お前、何を……」

おろおろするブラッセリーの足元で、テレサリサの持つ手鏡の鏡面から、銀色の液体が溢れ出る。水銀のようなそれはロロの身体にまとわりついて、人型を形作った。思わずテレサリサを解放し、立ち上がったロロの首筋に銀の刃を添えたのは、エイプリルだ。

ロロは両手を挙げて、降参の意を表した。

「何？　ヴァーシア語で何しゃべったの？　殺されたいの？」

「……すみません。本当に。本当に……」

『……コントロール下にあるとは思えんが？』

怪訝に眉根を寄せるホーリオへ、ロロは毅然として応える。

『いえ、ちゃんと言うことを聞かせております。支配していますがゆえ』

言って隣のテレサリサへは、トランスマーレ語で訴える。

「エイプリルを収めてもらえますか。大丈夫、交渉できています」

「………………」

納得しかねた表情のまま、テレサリサは、エイプリルを鏡面に戻した。

『魔女をどうやって武器として使う？　人の心を持たぬ厄災が、金や名誉で動くのか？』

『彼女は、金や名誉では動きません。彼女は……』

ロロは、じっと疑いの目を向けてくるテレサリサを一瞥し、続ける。

『彼女は……私に心底、惚れております』

一瞬の間があって、『はんッ』とホーリオが吹き出す。直後にどっと、男たちの笑い声が部屋に満ちた。その意味がわからず、テレサリサは益々怪訝に眉根を寄せる。

「……何て言ったわけ?」

「………」

ロロは目を逸らし、聞こえていないふりをする。

ひとしきり笑ったあと、ホーリオはぽつりと、あまりにも簡単に言った。

『殺せ』

男たちが武器を振り上げ、ヴィクトリアとテレサリサが身構える。ロロは叫んだ。

『お待ちくださいっ! 我々の敵は魔術師。魔法です! 私たちはこれを利用するのです。今一度、交渉を一から改めさせていただけませんか? 我々キャンパスフェローには兵がない。そして武器がない。けれどこのとおり、魔女があります。そしてこの驚異的な力は、あなた方に献上できる』

『………』

しばし黙考し、ホーリオは口を開いた。

『……小僧。貴様、名前は?』

『ロロ・デュベルと申します』

『デュベル……？　黒犬か？』

ピリ……とフロアの空気がより一層、張り詰めたのがわかった。王だけでなく、周囲の男たちもまた、ロロを値踏みするような鋭い視線を向けてくる。

『黒犬よ。わしらの戦に魔法などというものは必要ない』

ホーリオは、玉座に深く腰掛けた。

『だが、すべて奪われた鍛冶の国が、最後に頼った武器が魔法とは……皮肉なものだな。なるほど貴様らの戦は、まだ終わっていないようだ』

ホーリオは王壇の横を見た。館の奥へと続く出入り口の前に、若い女性が立っている。

『ゲルダ、あれは用意してあるな？　寄越せ』

カールした長い赤毛が、ふんわりと肩に乗っている女性だ。尖った鼻の周りに、そばかすがある。王壇に近づいた彼女は、肩に掛けたカバンからある物を取り出し、ホーリオに恭しく差し出した。

ホーリオは彼女を下がらせて、ロロを自分の前に呼ぶ。

『貴様のその気概に免じて、話くらいは聞いてやってもいい。ただし、わしらは魔法というのがクソほど嫌いだ。その魔女はこれで繋いでおけ。それが条件だ』

「……これは」

ロロが受け取ったその石枷は、ずしりと重く、白い表面に赤い筋が入っていた。見覚えがある。レーヴェで拘束されたテレサリサが嵌められていた、魔力を封じる拘束具だ。

『どうした。蛮族がなぜこんなものを持っているのかと驚いたか？　あァン？』

『……いえ。わかりました』

ロロは石枷を手に振り返る。テレサリサはすでに察していた。

「……冗談でしょ。また？」

「すみません……」

部屋にいるすべての者たちの視線を受けながら、ロロはテレサリサの前に歩み寄る。

「……交渉を続けるための条件として、魔女様を拘束しろと」

「嫌です。残念だけど、またそれを嵌められるくらいなら、ここで暴れる」

「お願いします。彼らは魔法を恐れている。交渉は絶対に成功させます。そして交渉が終わり次第、すぐに外してもらいます。この命に替えてでも」

ロロはテレサリサを見つめる。真摯に訴え続けるしか、最早できることはない。

テレサリサは不機嫌に眉根を寄せたままだ。

「……言ったよね。私は誰も信じない」

「言いました。そして俺は、絶対に裏切らないと」

テレサリサは、ゆっくりとまばたきをしてから息をついた。不承不承両手を差し出す。

その細い手首に、ロロの手で石枷が嵌められた。

「……貸しは大きいからね。すごく」

「……恩に着ます」

テレサリサに石枷が嵌められた瞬間、部屋に満ちていた緊張が緩んだ。思えば初めから、部屋にいた男たちは、デリリウムに化けた魔女を警戒していたのだった。

窓の向こうから、時刻を知らせる鐘の音が聞こえてくる。

『おう、風呂の時間だ。話の続きは風呂の後でいいな？』

ホーリオが窓の外を見てつぶやいた。

王壇を下りたその大きな背中に、ロロがすかさず声を上げる。

『〝サウナ風呂〟ですね？』

それはブラッセリーから事前に聞いていた、彼が愛してやまないもの。

雪王ホーリオは足を止め、振り返った。

『ほう。知っているのか？　黒犬』

『もちろんです』

ロロは不敵に笑う。交渉はまだ終わっていない。ヴァーシアはまだ味方ではない。交渉を成功させなければ、ここは敵地だ。ロロは考える。バド・グレースならどうするか。かつてのバドはどうやって、この雪王ホーリオの心を搦め捕ったのか――。

『我が主が常々口にしておりました。〝ギオに来てサウナに入らないなんてのは、キャンパスフェローに来て武器を買わないようなものだ〟と。何でも脳が痺れるのだとか……？　私にはとても信じられませんが』

　ふふん、とホーリオは鼻で笑った。男たちに指示を出す。

『その騎士女は船のやつらと同じ牢だ。魔女は独房に入れておけ。いいか、交渉が終わるまでは手を出すな。黒犬と宰相はわしと来い。我が友バドの最期を聞かせてくれ』

3

「〝鏡の魔女〟は、お前に惚れておるのか……？」

　宰相ブラッセリーは、湯桶に溜められたお湯の中に浸かっていた。ヴァーシアの大人一人が膝を曲げて入れるほどの、円柱形の大きな桶だ。檜木の香りが心地いい。

　すぐ隣に並べられた湯桶には、ロロが入っている。

「まさか。方便ですよ」

　右肩に巻いていた包帯は外し、あごまでその湯に浸かっている。長旅で疲れ切った身体に、湯気の立つお湯の温かさが染み入る。今も冷たい牢に閉じ込められているであろう仲間たちやテレサリサに対して、申し訳なく思った。

　雪王の館を出た後、小間使いに案内されたこの建物は、青い三角屋根から煙突の飛び出した大浴場だった。大衆にも広く開放された浴場施設で、館全体が風呂になっているらしい。白樺の木が茂る山林にあり、薄氷の張った湖畔のそばに建っていた。

　ロロとブラッセリーが浸かる湯桶は、いくつもずらりと並んではいるが、そこに浸かっているのは二人だけだ。だが、立ち上る湯気で白く靄がかった室内には、何人かヴァーシア人たちの姿が見られる。壁際の大きな浴槽には、あごひげを蓄えた屈強な男たちが浸かっていた。混浴らしく、少ないが女性の姿もあった。

　広い室内を吟遊詩人が、声を響かせ徘徊していた。ヴァーシア語で歌われる一節は、ヴァーシア神話の物語だ。火の戦女神スリエッダが、勇敢な戦士たちを天界へ連れていく――そんな内容のバラードを切々と歌っている。

　高い天井には、太い梁がいくつも組まれていた。梁からぽたりと、しずくが垂れた。

「……彼らは魔女様を殺す勢いでしたが、魔女様は私たちキャンパスフェローにとって大事な切り札です。実際戦力として価値があるし、私は彼らにその力をアピールしました。彼らがもしも心変わりをして……あるいは彼らの〝魔女嫌い〟というのが嘘で、万が一魔女様を奪おうとしたら、無価値な俺たちは殺されてしまいます」

　ロロはそれを避けたかった。自分たちにも、利用価値があることを示したかった。

「魔女様が金や名誉のためではなく、私に惚れて味方しているのだと示せば、私たちを殺して、力尽くで魔女様を奪おうとは考えないでしょう。彼らがもし〝鏡の魔女〟を欲しがるのであれば、キャンパスフェローと再び同盟を結ぶしかない」

「……ふむ。考えたな」

「バド様ならどうするかを、考えました」

「お前……バド様に似てきているな？　そのあごを撫でる仕草とか」

「………」

気がつけばロロは、あごに手を触れている。何か考え事をするときのバドのように。

「……犬は主に似るそうですよ」

ロロは湯船に手を隠した。気恥ずかしさに室内を見渡す。

「……それにしても、立派な大浴場ですね。圧倒されます」

浴場内に、カーテンで仕切られている箇所を見つけた。隙間からうつ伏せになった全裸の男が覗ける。どうやら薄着の若い女二人が、軽石で男の身体を擦っているようだった。

「……？　あれは何をしているのでしょう」

「んん？　あれか？　あれは気持ちがいいぞ。軽石でごしごしされた後、ブドウの皮とカモミールの花弁をすり潰した灰汁を、身体中に塗りつけてもらうのだ。いい匂いがしてな」

「ブラッセリー様も、体験されたことが？」

「バド様と来たときにな。お前も試してみろ」

「……やらしい系ですか？」

「やらしい系ではない。だがまあ実際、ここは昔、売春の場でもあったそうだ。それだけでなく、散髪やひげそりから出産に瀉血まで、すべてこの大浴場で行われていたと聞く。だがそのすべては雪王が禁止させた。落ちついて湯に浸からせろと怒鳴り、売春婦を追い出したらしい」

「なるほど。よほどの風呂好きと見えますね」

ふうと深く息を吐き、ロロは湯桶の縁に後頭部を乗せた。

「あれが〝サウナ風呂〟……ではないんですよね？」

「バカを言いなさい。あれは〝垢すり〟だ。サウナとはもっと地獄のような――」

『おい、薄らトンカチども！　いつまでのんびり浸かってる？』

若い女の声に、二人して振り返る。

黒い髪を刈り上げた若い女が一人、手桶を小脇に抱え、こちらを睨みつけている。よく引き締まったスレンダーな身体に、まとっているのは布一枚だけだ。菱形の前掛けで身体の前面を覆い、辛うじて胸と下腹部を隠している。きわどい格好ではあるが、堂々と立つ彼女に恥じるような素振りはない。

『トランスマーレのくせに雪王様を待たせる気かよ。さっさと来い』

ヴァーシア語で罵るように言って、彼女は踵を返した。背中はもうほとんど裸である。

「〝サウナ風呂〟は……地獄のような、というより、地獄そのものだ。私も行かなきゃならんか……？」

湯桶から出ながら、ブラッセリーが心底嫌そうな声を上げる。

「行かなきゃならんに決まってるじゃないですか。これは交渉の続きなんですから」

「ご覚悟を」とロロも後に続いた。


その部屋に入った途端、むせ返るような熱気が肌に触れた。床も壁も天井も、檜木(ひのき)の木材で密閉されている。明かりはぼんやりと灯(とも)るランタンだけで薄暗く、逃げ場は一切ない。

三方の壁際は階段状になっていて、そこにヴァーシアの男女が二十名近く座っていた。

まるで牢屋のような空間である。出入り口は一つ。そこを閉めてしまえば、いとも簡単に密室が完成する。ロロははじめ、罠(わな)かと警戒した。だが、ブラッセリーは呼びにきた黒髪の女と、躊躇(ためら)いなく熱せられた密室へと入っていく。

『おう。ここだ。わしのそばに座れ』

段上の中央辺りに座る雪王ホーリオに手招きされ、ロロとブラッセリーは段を上がった。

ホーリオのそばにブラッセリーが腰掛け、そのそばにロロが控える。ブラッセリーがリネンのタオルで股間を隠したので、ロロもそれに倣(なら)って、腿の付け根にタオルを置いた。

雪王は全裸だった。唯一装着しているのは、三角の形をした奇妙な帽子だけだ。

さり気なく周囲を窺ってみると、汗にまみれた男たちの誰も股間を隠してはいない。鍛(きた)え上げられた肉体を晒(さら)し、股間を晒し、王の前であるにもかかわらず、各々膝(ひざ)を抱いたり伸ばしたり、リラックスした体勢で段に腰掛けている。そしてみな頭に三角帽子を被っていた。

女たちも三角帽子を被り、先ほどの黒髪の女と同じ、露出度の高い前掛けを付けている。中には豊満な胸をそのまま晒している者もいて、目のやり場に困った。

段の置かれていない部屋の隅には、溶岩石が詰められた鉄カゴが設置されていた。これを下から熱して、部屋を蒸しているのだ。そばには水の入った桶が置かれてあり、木の枝の束が浸されてある。あれは恐らく――ヴィヒタと呼ばれる道具である。その存在をロロは、大浴場からこの部屋に来るまでの道すがら、ブラッセリーに教えてもらっていた。〝ヴィヒタ〟は白樺の若木を束ねたもので、なぜかあれで背を叩かれることがあるという。

簡単に〝サウナ風呂〟の概要を聞けばこうだ。サウナとは、身体を蒸して極限まで熱くし、それから急速に冷やすというのを、気が済むまで繰り返すものなのだという。

「……いったい何のために？」

怪訝に眉根を寄せたロロへ、ブラッセリーは首を振った。

「わからん。ヤツらは気が触れているのかもしれん」

『どうだ？』――と雪王ホーリオは、じっと熱さに耐えるブラッセリーへ問う。

『いい熱さだろう？』

『実に……素晴らしい熱さです……』

早くも額に汗を浮かべながら、ブラッセリーは応えた。

『宰相よ、さっそく教えてくれ。バドはどう死んだ？』

『いや、実は私は……』

ブラッセリーは、ちらとロロを横目に見た。

『私が立ち合いました。話させてください』

それに応え、ロロが立ち上がる。

『……ほう。犬は最期まで主のそばにいたか。いいだろう、場所を変われ』

ブラッセリーと座る位置を交代し、ホーリオの隣に腰掛けたロロは、王国レーヴェでの惨劇を語った。キャンパスフェローの〈隠れ処〉でブラッセリーたちに語った出来事を、今一度ホーリオに伝える。ただし、キャンパスフェローの遠征理由は〝鏡の魔女〟を引き取るためではなく、武具売買交渉のためだったとぼかした。

交渉のため王国レーヴェへと入ったキャンパスフェロー。しかしレーヴェは、裏で王国アメリアと繋がっていた。レーヴェは公国となり、アメリアの従属国となっていた。キャンパスフェローは嵌められたのだ。

その情報に『何だと』と驚いた様子の雪王ホーリオの横顔を見て、ロロは確信する。

――おそらく彼らヴァーシアの情報網は、レーヴェまでは届いていない。

キャンパスフェロー付近へ斥候を送り、王国アメリアが北上してきたという情報は得ていても、レーヴェでバドが処刑されたという情報はまだ、本当に届いていないのだ。

レーヴェの〝大聖堂広場〟にて、バドが処刑された表向きの理由は〝魔女を集めようとしたから〟だ。それがまだ雪王の耳に入っていないのなら、魔女嫌いである彼に今、伝える必要はないと踏んだ。

ロロはキャンパスフェローの真の目的である〝魔女集め〟に関しては伏せ、テレサリサ・メイデンとは城の幽閉塔で偶然に出会い、従えたのだというふうに濁して伝えた。

結局バドは助けられなかった。しかし魔女の力を利用し、辛うじてデリリウムを城から連れ出すことに成功した。そのシーンを語り終えたとき、ロロは思わぬ拍手を貰（もら）った。

室内で一緒に話を聞いていたヴァーシア人たちが、みな手を叩いてロロを褒（ほ）めそやす。

自分は逃げたのになぜ？　小首を傾（かし）げるロロの背を、ホーリオは『良くやった』と叩いた。

『バドは貴様に〝姫を連れ出せ〟と命じた。貴様らの勝負を、城から連れ出せるか、連れ出せないかのルールに落とし込んだのだ。そしてお前はそれに見事、勝利した』

「…………」

あの情けない敗走劇を、そういうふうに捉えてもらえるなら、ありがたい。

立ち上がった雪王ホーリオは段を下りて、いよいよヴィヒタを手に取った。ぱんぱんとそれで自らの背中を叩く。いったい何の意味があるのだろうか。

ロロが話している間にも、段上に座るヴァーシア人たちの数は少しずつ減っていた。

暑さに耐えきれず、辛くなった者から部屋を出ていくシステムであるようだ。ブラッセリーを見れば、両膝に両手を置き、固く目をつぶって耐えている。口ひげが、しおしおとしなびていた。振り返った雪王が、そんなブラッセリーに手招きをする。

ブラッセリーは素直に段を下り、言われるがままホーリオに背を向けた。ばしぃん、とヴィヒタで強く背を叩かれて、もう決して若くない身体が「ああッ！」と悲鳴を上げる。

『……それ、何か意味があるんですか？』

繰り返しブラッセリーの背を叩き、歯を覗かせて笑う王に、ロロは尋ねた。

『これか？　決まっているだろうが。肌がつるつるになる』

『うそぉ……？』

ブラッセリーの背中は、真っ赤に腫れ上がっているように見える。

次はロロが手招きをされた。宰相が耐えているのに、自分が断るわけにはいかない。

ばしぃん、「くっ……！」ヴィヒタが背中で弾けた瞬間、ふわりと森の香りがした。

『――もうすぐ、年に一度の〝灼熱の夜〟が来る』

ロロとブラッセリーは、段の元の位置へと座った。ヴィヒタを他の者に投げ渡し、ロロのそばに腰掛けたホーリオは、汗だくのまま話を続ける。

『毎年その日の翌日は、遠征を行うことになっている。〈湖城ビェルケ〉を占拠する魔女を討つための討伐遠征だ。毎年、四、五十名の戦士たちが武器を手にあの城へ向かう。邪悪な魔女から、我らが故郷へロイを取り戻すためにな』

雪王ホーリオは膝の上に肘を置き、どこか遠い目をして語り始めた。ふうと深く息を吐く。

ロロもまた膝の上に肘を置き、ホーリオと同じポーズで暑さに耐えていた。息を吐く。

『その湖城は、四獣戦争の最中に凍らされてしまったんですよね……？』

呼吸をするだけで、熱気が肺にまで浸透してくる。だがここで部屋を出るわけにはいかない。雪王と対等に話せる機会は、これを逃すともう訪れないだろう。

『それから四十年近く……兵を派遣し続けていると聞きました』

『兵ではない、戦士だ。吹雪かない限りほぼ毎年よ。これまで八百人以上が死に、五十人以上が行方不明のまま戻ってこんかった。わしの息子たちも二人、魔女に挑んで殺された』

『……息子、って。次期雪王まで……？』

また二人、暑さに耐えきれず部屋を出ていく者たちがいた。

ロロは伸びをして自身の頭を掻いた。その黒髪があまりにもパサパサに乾き、熱くなっていることに驚いた。

ホーリオもまた小さく唸り、荒々しく首筋を撫でる。びっしょりと濡れた汗が撥ねた。

『……〝雪の魔女〟は、今もあの湖城に住んでおる。忌ま忌ましいことにのう』

『その魔女は……ヴァーシア人なのですか？』

『違う。ヴァーシアの女に〝魔女〟などいないわ。ヴァーシアを愚弄する気か？　貴様』

ホーリオの口調に険が混じる。ロロは『失礼しました』と慌てて目を伏せる。その肩にこてんと、ブラッセリーが頭をもたれた。顔が真っ赤に茹で上がっている。

「ぅおあ……ブラッセリー様！　大丈夫ですか？　お気を確かにっ」

『おいっ。誰かこいつを外に出してやれ』

ブラッセリーは男たちの肩を借りて、密室からの脱出を果たした。

ホーリオはその汗で濡れた背中を見送りながら、話を続けた。

『今年の遠征には、バド・グレースも参加する予定だった』

『……バド様が、ですか？』

『おうよ。同盟国として〈鉄火の騎士〉を連れてくるから、自分たちも参加させてくれと申し出たのよ。他国の騎士が討伐に加わるのは、初めてだ。楽しみにしてたんだがな……』

討伐。ホーリオはそう言ったが、バドのことだから、それは口実だろうとロロは察した。彼の目的はあくまでも魔女を倒すことではなく、魔女を仲間に引き入れることなのだから。

いよいよ頭がもうろうとしてきた。

そんな中、部屋に新たに、二人の男が入ってくる。彼らは他の男たちとは違い、上半身だけが裸で、パンツを穿いている。一人は弦楽器と小さな太鼓を手に持ち、もう一人はひしゃくの入った桶を手に提げていた。

前に出た彼が、段に座る人々へ向けて、耳を疑うようなことを言い放つ。

『では、さらに部屋を暑くさせていただきます』

「……うそでしょ？」

男がひしゃくで水を汲み、鉄カゴの焼け石の上にかける。じゅわーっと蒸気が滲み出るように立ち上り、柑橘系の香りが部屋に充満する。同時にロロは、今まで経験したことのない灼熱の蒸気を肌に感じた。あまりの暑さに、ぶわっと全身が粟立つ。

「んおおぉぉ……」

目をひん剝いて耐えるロロを、隣に座るホーリオが横目に見て笑った。

『貴様もそろそろ出るがいい、黒犬。情けない姿をわしらに晒す前にな』

『いいえ……ご心配には及びません。まだいけます』

ロロは膝の上で、拳を固く握りしめた。付け入るならここだと思った。耐えるなら今だと思った。主であるバドが道を繋いでくれた。交渉の道筋が見えた。ロロは、股間を隠していたリネンのタオルを頭にキツく巻き直す。雪王ホーリオや、他のヴァーシアたちが三角帽子を被っているのと同じようなスタイルで、交渉を続ける。

『我が主は残念ながら、次の討伐遠征には参加できません。なれば代わりに、この黒犬めを同行させては頂けませんでしょうか？』

『……何？　お前がか？』

『はい。我が武器は〝鏡の魔女〟――。魔女を以て、魔女を制してみせましょう！　見返りは同盟の続行。私が魔女の有益性を示し、見事湖城ビェルケを取り戻した暁には、キャンパスフェローとの同盟を復活させると、約束していただけますでしょうか?』

『……魔女を以て、か』

雪王ホーリオはその太い腕を組んだ。

『お前ら、どう見る』と尋ねた相手は、未だ部屋に残る六人の男女たちだ。男たち四人と豊満な胸を晒した女。そしてあの、黒髪短髪の女も残っている。

『僕は反対ですねえ』と糸目の男が言った。

『トランスマーレ人は嘘つきです。嘘つきとの遠征だなんて、何だか恐いな』

『オレはいいと思うけど?』と黒髪の女は両手を頭の後ろに組み、足を組み直した。

『使えるものは何だって使えばいい。トランスマーレでも、魔女でもさ』

頬の痩けた隻眼の男が引き取る。——『そうだな、連れて行くか』

『邪魔になるようなら、雪の中に打ち捨てていけばいいだけだ』

また新たに二人、今度は若い女たちが入ってきた。露出度の高い、真っ赤なドレスを身にまとっている。踊り子だ。先に入っていた男二人もそれぞれが弦楽器と太鼓を手にし、雪王を正面にして立った。男女四人はそろって王に頭を下げて、男たちは楽器を奏で始める。軽快に太鼓を叩き、弦を掻き鳴らす。そのメロディに合わせて、二人の踊り子が身体を揺らした。

段上前のスペースで、二人そろって飛び跳ねて、腕を伸ばして足を上げ、短いスカートを翻す。踊り子の衣装の色はまるで、炎のようなグラデーションを描いている。

『黒犬。貴様は〝戦女神スリエッダ〟を知っているか？』

その幻想的なダンスをぼんやりと見つめるロロに、ホーリオが語って聞かせたのは、ヴァーシアの間で語り継がれる〈ヴァーシア神話〉の一節だ。

『スリエッダは、勇敢な戦死者を天界の宮殿へと誘う〝火の女神〟だ。風に暴れる炎のように踊り狂うその姿は、死者だけでなく、多くの神々をも魅了した――』

音楽のリズムがスピードを増していく。踊りが激しさを増していく。

熱のこもる室内で、二人の踊り子たちは汗だくになって踊り続ける。

『彼女こそ、我々ヴァーシアの胸を焦がす、最愛の女神だ。ヴァーシアの戦士たちは誰もが彼女の胸で死にたくて、戦斧を掲げ、盾を打ち鳴らし、戦場へと駆けていく。これはその女神の踊りを再現したものよ』

踊り子は赤い羽衣を両手に掲げ、段上に座る者たちを扇いだ。ロロもまたその全身に、焼けるような熱波を浴びる。ぶわっと全身の肌が粟立ち、身体中が震える。

『最後まで残った、勇敢な戦士しか見られない踊りだ。堪能しろ』

雪王はロロの背を今一度叩いた。ばちん、とその背で汗が弾ける。びくりとロロは、全身を跳ねさせた。ぼやけた視界の中で、踊り子たちが軽やかに飛び跳ねている。

『なるほどこれは、夢のような……――』

舞い上がる羽衣が、炎のようにゆらゆらと揺らめく。ロロは意識を手放した。

——次の瞬間。あまりの息苦しさと肌を刺す冷たさに、ロロは意識を覚醒させた。

両腕をバタつかせ、必死になって水を掻く。そこは水中だった。ごぼごぼと吐き出した空気が泡となって上っていく。突然、両肩を摑まれて、ロロは水の中から救い出された。

氷上に空いた穴から引きずり出され、乱暴に放り投げられた先は、湖岸にこんもりと積もった雪の上だった。

男女交じった高笑いが聞こえた。夜空を背景にして、七人の影が、仰向けに倒れたロロを見下ろしている。雪王ホーリオと、あの部屋に最後まで残っていた六人のヴァーシア人たちだ。

各々がほとんど全裸の格好で、ケラケラと声を上げて笑っている。

「…………」

ロロは上半身を起こした。頭に巻いたタオルがずり落ちていた。

あの暑すぎる部屋で気絶してしまったのか——いつの間にか、大浴場の外へと連れ出されていたらしい。青い三角屋根の建物が見えた。ここは、薄氷の張った湖の湖岸。氷上に空いた穴から氷水の中に落とされていたのだと気づき、ぞっとする。

『黒犬が同行するというのなら、遠征の時期を早めよう』

ひとしきり笑ったあと、ホーリオは言った。

『魔女を長らく村に置いておきたくはないからな。出発は明日だ！　準備を始めろッ』

王の言葉に、六人の男女が『おうッ！』と力強い返事をした。

『……同行、させていただけるのですか』

『わしらが貴様らとの同盟を続けることの意義。その力を以て証明してみせろ、黒犬』

ホーリオは、雪上に座るロロへと右手を差し出した。ロロはその手が、奇妙な形をしていることに気がついた。差し出された王の指は、薬指と小指が欠けていた。

王はまるで試すような視線でロロを見下ろしている。――どうだ、この手を握れるかと、そう言われているかのようだ。当然ロロは刹那の動揺を掻き消し、歪なその手を、強く握った。ぐい、大きく引っ張られ、ロロは一気に立ち上がる。瞬間――ロロの身体を、言い知れぬ脱力感が襲った。手足が痺れ、全身から力が抜けていく。どくどくと、心臓が高鳴っていた。

「……え。ふわぁ」

笑う雪王の顔が――男女六人の裸が――夜空と一緒にぼんやりと歪んでいき、思考が吹き飛ぶ。まさかこれが……バドの言う、脳が痺れるという感覚。ロロはぐるぐると目を回し、再び雪上に仰向けに倒れた。大の字となってすべてを晒し、満天の星を仰ぐ。

たしかに主の言ったとおり、サウナは最高に気持ち良かった。

4

「納得いかないんだけど」

一夜が明け、空は晴れ渡っていた。陽光に照らされキラキラと輝く雪原を、大きな毛長鹿の牽く十五台のソリが、一列になって走っていく。ソリの両側面には、色鮮やかな丸い木楯が幾つも掛けられてある。ヴァーシアの戦士たちが好んでよく使用する盾だ。

そのうちの一台に、テレサリサは深く腰掛けていた。

イラ立ちに任せて大口を開け、干し肉へとかぶりつく。

雪国での旅路に備え、〈河岸の集落ギオ〉で手に入れたヴァーシア製のローブに着替えている。フードの縁に、毛長鹿の毛皮があしらわれた上等のコートである。今まで使用していたコートの何倍も暖かい。しかしテレサリサは不機嫌だ。その両手首には、未だヒンヤリと冷たい石枷が嵌められているのだから。

枷で繋がれている限り、テレサリサは魔法を使うことができない。

「本当にすみません……」

ソリに同席するロロもまた、ヴァーシア製の黒いローブに衣装を一新していた。

「手首、痛くないですか？　寒かったら言ってください。干し肉もまだありますから」

未だ手枷を外してもらえていない後ろめたさから、ロロはギオを出てからずっと、恐縮しっぱなしだった。テレサリサは乱暴に干し肉を噛み千切り、横目でロロを睨みつける。

「私が望んだのは、干し肉食べ放題じゃないんだけど」

「おっしゃるとおりです……」

「私これ、ずっと付けたままなの？」

「もちろん〝雪の魔女〟と対峙する際は、外してもらうことになっていますが……もっと早くに外して欲しいところですね。討伐への同行は許されても、未だ信用はされていないようです。ならば隙を見てカギを奪いましょう」

ロロは、すぐ目の前を走るソリの尻へと視線を移した。

幌で日よけがされてあるため、後ろからターゲットを目視することはできない。だがあのソリに、石枷のカギを持っているであろう〝アイテム士〟と呼ばれている者が乗っているということは確認済み。ふっくらとボリュームのあるオレンジ色の髪に、そばかすのある高い鼻の女性、ゲルダだ。彼女は昨日のサウナ風呂にいた、黒髪短髪の女性といつも一緒にいる。

〈河岸の集落ギオ〉を出発した十五台のソリには、ロロやテレサリサの他に三十七名のヴァーシア人たちが、それぞれ分かれて乗っていた。サウナ風呂にいた、王以外の六人の男女も一緒だ。

討伐遠征の出発式は、昨夜のうちに行われた。

集落の一番大きな広場に、〝稲妻が落ちて割れた木〟という特別な薪で焚火台が組まれ、松明から火が灯された。凍てつく夜空へと火の粉が舞い上がり、幻想的な夜を演出する。

燃え上がる炎を男たちが円になって取り囲み、足を踏み鳴らして歌を歌った。

意外にも、牢に入れられていたキャンパスフェローの者たちは、その出発式のときに限り解放され、討伐成功を祈ってくれと、蜜酒までもが振る舞われた。ただしテレサリサに限っては、独房に入れられたままであったが。

ロロは宰相ブラッセリーや副団長ヴィクトリアと、炎の灯る広場の隅で再会を果たした。

ロロたちが雪王の館に交渉へ行っている間、砦に留まっていた三隻の河船はヴァーシアの戦士たちに乗り込まれている。聞けば船に残っていた五人の〈鉄火の騎士〉たちは、寝たきりのデリリウムを護って抵抗を続けていたらしい。そのうち二人の騎士が重傷を負い、デリリウムと同じようにベッドで寝かされていると聞いた。

ロロたちキャンパスフェローの面々は、広場の隅から、沸き立つヴァーシア人たちの姿を眺めていた。笑い声を上げて踊る人々の中には、翌朝出発する討伐隊の者たちもいる。そしておそらく、その家族たちも。まるでお祭り騒ぎである。

〝雪の魔女〟討伐は四十年近くも続いている。ほとんど帰って来られる者はなく、その生存率は低い。それなのに。今夜が今生の別れとなるかもしれないのに、誰一人として涙を流していなかった。

まるで討伐隊に選ばれたのが名誉であるかのように、人々は彼らに拍手を送る。コップを掲げて出陣を祝福し、花びらを夜空に撒いていた。この異様な明るさは何だ。

「……実際に名誉なことなのだ」

ロロの疑問に、宰相ブラッセリーが応えた。

「今の時代、彼らには戦争がない。略奪がない。勇ましく戦って死ねる場所というのが〝氷の城〟なのだろう。彼らは勇敢すぎて、平穏が耐えがたいのだ」

「バド様も恐ろしい者たちと同盟を組みますね。……我々は、わかり合えるのでしょうか」

ブラッセリーはロロの肩に手を置いた。

「それはお前に掛かっている。お前と……〝鏡の魔女〟にな。デリリウム様を護るためヴィクトリアは同行させられんが……頼んだぞ。お前は彼らヴァーシアと共闘して〝雪の魔女〟を倒しに行く……フリをしながらその魔女を護り、味方に付けねばならん。難しい任務だ」

「そして〝氷の城〟をヴァーシアに返還させ、同盟も復活させる……難しすぎません？」

「…………」

苦渋に満ちた表情のまま、ブラッセリーは口を噤む。

ロロは彼を安心させるため、努めて笑った。

「まあでも、自分でやると決めたことです。お任せください」

「……すみません」

走るソリに腰掛けながら、ロロは隣で干し肉を噛み続けるテレサリサにつぶやいた。

「魔女様は魔女集めに否定的なのに、結局、協力してもらう形になってしまって……」

「いいよ。それしかないんでしょ、今のあなたには」

テレサリサは、後方に流れていく雪原を眺めながら、ロロへ振り向きもせずに言う。

「あなたを止められるのは主だけ。なら早くあのお姫様を起こして、止めてもらうわ」

「……すみませ――」

「肉」

差し出されたその手のひらに、ロロは「承知」と干し肉を置いた。

討伐遠征の一行を乗せた十五台のソリは、長い列を作ったまま雪原を走り続ける。ソリを牽(ひ)いている毛長鹿は、ヴァーシア語で〝ロフモフ〟といった。

寒冷地にしか生息していないその鹿は、毛長鹿と呼ばれるだけあって体毛が長く、毛量があって、牛のように大きな身体(からだ)をしている。ソリを牽くロフモフはすべて家畜として飼われているため、頭の角の先端は丸く削られていた。その角はコップや装飾品などの材料となり、その毛皮はローブや絨毯(じゅうたん)の毛糸としても使われる。肉は燻製(くんせい)にして保存食になるし、栄養価の高いミルクをしぼることもできる。ロフモフはヴァーシア人の集落において、欠かすことのできない家畜である。

ソリを繋(つな)げば雪原の移動手段として使用することもできるが、ただ馬ほどのスタミナはないらしい。一行は道中、よく休憩を挟んだ。

雑木林や小川のほとりにソリを止めて、何度かに一度は火を起こし、スープを温める。

ロロはたき火よりも少し離れた場所で、オレンジ髪のゲルダが一人で座っている後ろ姿を見つけた。今が鍵を奪うチャンスかもしれない。

「魔女様。俺ちょっと彼女と話をしてきます」

するとテレサリサは干し肉を噛みながら、「私も行く」と言いだした。

「えぇ……？」

「何その嫌そうな顔。一人でソリに残ってたって暇なんだもの」

これ以上不機嫌になって欲しくはない。ロロは魔女を引き連れて、ゲルダの背中にヴァーシア語で声を掛けた。――『こんにちは。少しお話ししても構いませんか』

振り返ったゲルダは、少し驚いた顔をする。

彼女は、横たわる白樺の丸太に腰掛けていた。枯れた幹の下半分が雪に埋まっている。ぱんぱんに膨れた深緑色のリュックを足元に置き、何をしているのかと手元を見てみれば、道具のメンテナンスを行っているらしい。その手に、麻紐のぐるぐる巻かれたボールを持っていた。

ゲルダはロロに微笑んで、どうぞどうぞと向かいに同じようにして倒れている白樺の丸太へと手のひらを向けた。人懐っこい、小動物のような印象の女性である。

ロロは促されるまま、ゲルダの向かいに腰掛けた。テレサリサがそのそばに座る。

『ヴァーシアには〝アイテム士〟という職業があるのですね』

ロロは柔らかな表情で尋ねた。

『珍しいなって思いまして。少しお話しできたらな、と』

『ああでも、最近になって生まれた職業かも。河川舟運は、昔よりも盛んに行われていますからね。昔と違って、今は大陸中のいろんなアイテムだって取りそろえることができるんですよ』

『その〝臭(にお)い玉〟も、南国のアイテムですよね』

ロロはゲルダの持っているボールを示した。

ゲルダは『よく知ってるね』と嬉(うれ)しそうに笑う。その玉は、敵からの撤退を補助するためのアイテムだ。垂れた紐(ひも)を引くことで、大量の煙と異臭を放ち、相手の目を眩(くら)ますという代物である。

『逃げるのを嫌うヴァーシアの方々も、そのようなものを使うのですか？』

『ううん。使いたがらないよ、もちろん』

ゲルダはふざけて苦い顔をしてみせた。

『だから少し離れたところでメンテしてるの。嫌味言われちゃうからね』

『……なるほど。ヴァーシアの戦士が、南のアイテムを使う時代ですか』

様々な道具を扱うのだから、幅広い知識が必要な職業だろう。アイテム士という仕事の発生は、かつて力こそすべてと戦斧を振り回し、奪略と侵略に明け暮れた乱暴者ヴァーシアが、少しずつ変化していることの現れなのかもしれない。

『〈北の国〉にはあるはずのない魔導具があったのも、納得しました』

ロロが言うと、ゲルダは居住まいを正して、テレサリサのほうを向いた。

そして『ごめんね、手枷』と心底申し訳なさそうな顔をする。

『不自由でしょう。でもわたしの一存で勝手に枷を外すことはできなくて……』

ロロが通訳して伝えた。テレサリサはぷいとそっぽを向く。何となく大人げない。

『……怒っているみたいです』

『まあ。でも魔女さんには悪いけれど、実はわたし、感謝してるんだ。魔女さんがいてくれたから、わたし今回の遠征に参加できたんだよ？　その石枷を所有するアイテム士だから』

『じゃあ、あなたは俺たちと同じで、飛び入りなんですか？』

『うん。今回の遠征は、絶対に一緒に行きたかったんだあ。だってカイがいるから――』

『気を付けろよ、ゲルダ。そいつの職業聞いたろ？』

ゲルダの後ろに現れたのは、黒髪短髪の女だった。昨日のサウナ風呂で会った、背の高いスレンダーな女性だ。両手に、ロフモフの角をくり抜いて作られたコップを持っている。底が尖っているため、雪に刺すことはできても、テーブルには置けない仕様のコップだ。

カイはゲルダの背後に立ったまま、湯気の立つコップの一つを彼女に渡した。そうしてそっとロロを見る。笑顔を作ってはいるが、その目はロロを牽制(けんせい)している。まるでゲルダを護(まも)るように。

『ゲルダからどんな情報を引き出そうとしているのかな？　異国の暗殺者(アサシン)さん』

『別にただの雑談だよー、カイ』

ゲルダは困ったような顔で笑う。この子だけであれば懐柔できそうでも、猜疑心たっぷりの者がそばに付いていては難しいだろう。ロロは肩をすくめて誤魔化(ごまか)した。

『カイさん、というお名前なのですね。昨日のサウナでは、お世話になりました。思わぬ醜態を晒(さら)してしまい、恥ずかしい限りです』

『はっはっ。初体験だったってな？　最初にしては頑張ったほうだと思うぜ？』

カイはゲルダの肩に手を置いて、立ったまま笑う。側頭部を刈り上げているため、右の耳たぶを貫く獣の牙(きば)のようなピアスが目立っている。特に目を惹(ひ)くのは彼女の目だ。左の瞳はヴァーシア人らしい薄いブルーをしているが、右目の虹彩は髪の色と同じ、漆黒に染まっていた。

『何だ？　オッドアイが珍しいか？』

ロロの視線に気がついて、カイが尋ねる。黒い瞳であかんべいをしてみせた。

『……いえ。ヴァーシア人の瞳は、薄いブルーが一般的ですよね。カイさんはヴァーシアではないのですか？』

『ふん。確かにオレの母親はヴァーシアじゃない。けどオレはヴァーシアだ。ヴァーシアとして生きてきたんだから、それ以外の生き方は知らない。自分が何者かなんてのはな、自分で決めればいいことだろ?』

くすくす、とゲルダが口元を押さえて笑う。

『カイは小っちゃい頃からそう言って、打ち負かしちゃうんだよ。〝雪の魔女〟みたいだって指差してくる人たち全部ね』

『余計なことを言うんじゃないよ、ゲルダ』

カイがそのふんわりしたオレンジ色の髪を、上から押さえつけた。

『〝雪の魔女〟みたいってことは……。かの魔女も両目の色が違うのでしょうか?』

『ああ。そんなことも知らないのか、お前。〝雪の魔女〟はな、元々は女神だったのさ』

『……女神、ですか?』

ゲルダが応えて、カイが続ける。

『女神だった頃はね、両目とも綺麗（きれい）なエメラルドグリーンの瞳をしていたんだって』

『だが魔女に堕ちて、片方の目の色を失っちまった。〝戦女神（いくさめがみ）スリエッダ〟の悲劇さ』

『戦女神スリエッダ……』

ヴァーシア神話に登場する神様だ。風に暴れる炎のようなその舞いは、昨日サウナ風呂で観た。勇敢な戦士たちを、天界へ送る役割を持つ火の女神。それが堕ちて魔女となり、凍った城に住むようになったというのなら、それは確かに悲劇的に思える。

「…………」

ふと、たき火のある向こう側から、男女五人がぞろぞろと歩いてくるのが見えた。

誰もが皮の鎧や手甲を、ベルトでキツく閉めている。カイの着用しているものと同じ、漆黒のチェーンメイルを装備している者もいた。それぞれが戦斧や剣を腰に提げ、毛皮のローブや厚手のマントを羽織っていた。誰も彼も知った顔。昨日サウナ風呂に最後まで残っていた者たちである。

『おーい、俺も魔女ちゃんとおしゃべりしてえんだけど？』

先頭を歩いてきた男は、見るからに軽薄だった。肩に掛かる長髪に、オレンジ色の紐を編み込んでいる。干し肉をくちゃくちゃ噛みながら、覆い被さるようにカイの肩に腕を回した。

『魔女としゃべってるわけじゃない。離れろ、アッペルシーン』

カイは屈んでその腕から頭を抜き、男の肩を殴る。

「コンニチハ、ハジメマシテ」

片言のトランスマーレ語で挨拶をし、一人の優男がロロの隣に座った。黄土色した髪の襟足を剃り上げて、マッシュルームのような形にした若い男だ。その目は細く、ニコニコと友好的に微笑んでいる。

「こんにちは。お上手ですね、トランスマーレ語」

ロロがトランスマーレ語で返すと、優男は「チョットだけね」と言ってすぐにヴァーシア語へと切り替える。『勉強しているんです。今はグローバルな時代だから』

彼は両手に角のコップを持っていた。そのうちの一つをロロへと差し出す。

『はい、これスープ。飲んでください。温まりますよ』

『……ありがとうございます』

会って間もない者から貰ったものを、口にするのは躊躇われる。

だが食事を共にするというのは、組織の輪の中に入るための常套手段でもある。ロロは彼が自身のスープをすする姿を横目に確認して、コップを鼻先に近づけてみた。立ち上る湯気に混じって、血生臭さがある。肉を煮込んで取った煮汁。ブイヨンスープだ。透明なスープに、肉の欠片が沈んでいる。

『それにしても興味あるなア。どうやって、魔女を惚れさせたんですか？』

マッシュルームの優男が、ロロの横顔を見つめ尋ねてきた。

『俺も興味あるぜ。教えてくれよ？　なあ』

口を挟んできたのは、ロロたちの正面、ゲルダの隣に座った軽薄な男だ。

『魔女の抱き心地ってのは、人間の女と変わらないのか？　乳房が三つも四つもあったりはしねえのかい？』

『やめてよ、アッペルシーンさん』とゲルダが露骨にイヤな顔をした。

ロロは曖昧に笑って、話題を変えた。

『皆さん、ずいぶんとリラックスされているんですね。遠征は慣れたものなのですか？』

『そいつァ、人それぞれさ。こいつなんか、七回目だぜ？』

アッペルシーンと呼ばれた男が立ち上がり、そばで腕を組む大男の肩に触れた。鼻頭まで覆う兜(かぶと)を被(かぶ)った、強面(こわもて)の男だ。焦げ茶色した長いヒゲに、白い雪が付いている。

『全然死なねえの。だから〝死にたがりのスヴィン〟って呼ばれている』

『六回だ』

スヴィンは短く訂正し、ギロリとアップルシーンを睨(にら)みつける。その右腕の肘(ひじ)から先は、銀色の手甲(てっこう)で覆われている。昨日サウナで見たときには隻腕(せきわん)だった。つまりあれは義手なのだ。先の遠征で失ったのだろうか。

『六回も、魔女と戦ったのですか……？』

『そうさ、俺たちゃ、言わば猛者(もさ)よ』

応えたのはやはりアッペルシーンだ。彼はおしゃべりらしい。

『隊長なんか、前の遠征じゃあ魔女の胸に剣を突き立てるとこまでいったんだぜ？』

彼が隊長と呼んだのは、ロフモフの毛皮を羽織ったモヒカン刈りの男だ。後ろ髪だけを長く伸ばし、三つ編みにしている。三十歳前後の、討伐隊を率いる隊長である。名をフィヨルドといった。

『殺した、と思ったんだがな』

フィヨルドは口の端を吊り上げた。彼の声はすこぶる低い。

『心臓貫いても、血さえ流れねえ。あれは首を刎ねねえとダメだ』

『血が、流れない……？　かの魔女は化け物なのですか？　言葉は通じますでしょうか』

ロロは尋ねた。密かに説得して味方に引き入れるという任務があるのだ。言葉が通じなければ難しい。フィヨルドの回答は曖昧だ。

『話し掛けてみりゃあいい。お前にその勇気があるんならな？』

「…………」

『飲まないの？　スープ。せっかく持ってきたのに』

ロロの隣に座るマッシュルームの男が、肩を寄せてくる。ロロは小さく頷き、唇を濡らす程度にコップを傾けた。獣肉でしか出汁を取っていないだけあって、油っぽさが強い。だが温かい飲み物は、それだけで力が湧いてきそうだ。ピリと舌先を痺れさせるのは、香辛料だろうか。

ロロはふと、マッシュルームの男とは反対側に座る、テレサリサの視線を感じた。スープをじっと見つめているので「飲みますか？」と尋ねてみると小さく頷く。ロロは、スープをテレサリサに譲った。

『まァそう不安がるなよ、トランスマーレ』

アッペルシーンがオレンジ紐の編み込まれた髪を掻き上げて、ロロをあざ笑う。

『さっきも言ったが、俺たちゃ猛者よ。討伐は俺たちに任せときゃあいい。そこにいる〝卑怯なメルク〟だって、一見細くて弱そうだが、前の遠征を生き残ってんだぜ？』

『卑怯な……？』

『ああ卑怯なんだ、こいつは。ナイフに毒塗ったりする』

メルクはじっとロロ越しに、テレサリサがコップを傾ける仕草を見つめている。

「魔女様っ」とロロは咄嗟に手を伸ばし、テレサリサの持つコップを弾き落とした。湯気の立つスープは、雪の上にぶちまけられた。何をするんだ、と責めるような目で睨んできたテレサリサに、ロロは小さく頭を下げる。

「すみません、それ飲んじゃいけない気がしました」

根拠はないが、〝卑怯な〟などと呼ばれている毒使いから貰ったスープなど、絶対に飲んではいけない気がする。

『あれェ？　どうして？　どうして捨てちゃうんですかァ？　ねえ』

メルクは、ロロの顔を覗き込むようにして聞いてくる。ロロは視線を合わせるのをやめた。

『ビルベリー！　お前は確か三回目だったっけか？』

アッペルシーンに名を呼ばれた女性は、横たわる三本目の丸太に腰掛けていた。大きな身体をした二十代後半くらいの女だ。昨日のサウナでは、その豊満な胸を惜しげもなく晒していた。腰に扱いの難しい、両刃の戦斧を提げている。

『ええ、そうよ』

ビルベリーは木箱を手に持っており、指先ですくい取った黒い顔料を目の周りに塗りながら、おざなりな調子で応える。まるでアイシャドーのようなそれは、日焼け止めである。

『彼女にも、あだ名が付いているのですか？』

ロロは興味本位で尋ねた。

『もちろんさ。あいつは〝母なるビルベリー〟って呼ばれている』

『母なる……。子だくさんなのでしょうか？』

『いや母性がエグい』

『……母性がエグい』

『今日は天気がいいから雪焼けするわ。あなたにも貸してあげましょうか？』

ビルベリーが木箱をロロに差し出す。ロロはテレサリサに「日焼け止め塗りますか？」と尋ねた。テレサリサが首を横に振ったので、ロロも丁重にお断りした。

木箱は、カイへと投げ渡される。

『〝夜目（よるめ）のカイ〟と調達屋ゲルダ〟は、どっちも今回が初めての遠征だ。こいつらは、ビビってるかもな』

『ビビるか、バーカ』

ゲルダの後ろに立つカイは、顔料で自身の顔に日よけ止めを施したあと、丸太に座るゲルダのあごを上げさせる。オレンジ色の頭をへそ辺りで固定しながら、ゲルダの目の周りにも黒い模様を入れていく。

『ビビってんのはお前だろ？　〝女の敵アッペルシーン〟。前回の遠征じゃあ、ただ逃げ回ってただけだったたって聞いたぜ？』

『隙を突く戦い方なんだよ、俺は。前回はそのチャンスがなかったってだけでよう』

『〝女の敵〟……？』

その妙なあだ名に、ロロは小首を傾げた。

『ああ俺ァ、モテすぎて十二回も女に刺されてんのさ。見るかい？　傷口。エロいぜ？』

『見せんな。ただの浮気野郎ってだけだろうが』

上着の裾を捲り上げるアッペルシーン。カイが心底軽蔑した眼差しを向ける。

『……ヴァーシアの方々には、あだ名を付ける習慣があるのですか？』

『そうさ。お前にも付けてやろうか？　名前は何て言うんだ？』

ヴァーシア人はあだ名付けが好きらしい。ロロが名前を教えると、アッペルシーンだけでなく、他の者たちまで腕を組んだり、頭を掻いたりしてロロのあだ名を考え始めた。

『暗殺者なんだよな？　〝殺し屋〟……〝人殺しの〟……とかは？』

『そんな凶暴な感じには見えねえぜ。〝ひょろひょろの〟とかじゃん？』

『〝南の島のロロ〟は？　南から来たから』『島じゃねえよ。バカか、お前』

当の本人を放ったらかしてああでもない、こうでもないと盛り上がるヴァーシア人たち。すると〝母なる〟ビルベリーが、ロロの股間を注視してつぶやいた。

『〝縮み上がりのロロ〟……はどうかしら？』

一同はドッと沸き上がり、それだ、それ以外にないと、ロロのあだ名が決定した。

ヴァーシア語を理解できないテレサリサは、ロロが何を笑われているのか、わからない。

「ねえ、何の話してんの？　今」

「……男の尊厳を傷つけられています」

「何で？」

和気藹々（わきあいあい）としたこの空気を、ロロはやはり不思議に思う。討伐遠征は過去四十回近くも行われており、ただの一度も成功していない。〝氷の城〟に入ってしまえば、生きて帰れるとは限らない。それなのに彼らはすこぶる明るい。とても死地に赴く道中とは思えなかった。

ビルベリーの日焼け止めにしてもそうである。数日後には死ぬかもしれないというのに、彼女たちは日に焼けることを気にしている。死ぬつもりは微塵（みじん）もないのだろうか。

『ヴァーシアの人たちは、死ぬのが怖くないのですか？』

ロロは思い切って尋ねてみた。

『おいおい〝縮み上がり〟は、もう縮み上がってんのか？』

〝女の敵〟アッペルシーンが嘲（あざけ）る。続けて応えたのは、隊長のフィヨルドだった。

『勘違いするなよ、黒犬。この遠征はな、堕ちた女神を天界へ解放するための〝聖戦〟なんだ。

「俺たちが向かってるのは死地じゃねえ。聖地なんだよ。死ぬつもりなんざ、毛頭ねえ」

『それに私たち、死なないしね』

そう続けた〝母なる〟ビルベリーへ、ロロは視線を移す。

『死なないん……ですか？』

『そう、身体は朽ちても魂はね。勇敢に戦って死んだヴァーシアの魂は、天界の宮殿へと招かれるのよ』

『そこでたくさんの料理を食べて、温かい寝床でもてなされるんだよね、カイ』

ゲルダが言葉を引き継いで、後ろに立つカイの腹部へ、甘えるように頭を擦り付ける。

『ああ。そしてまた新たな冒険に出るための、準備をするんだ』

ロロのそばに座る〝卑怯な〟メルクが、肩をすくめた。

『彼らトランスマーレ人には、理解できないんじゃないでしょうか？』

「…………」

確かにロロには、彼らの死生観を理解することはできない。しかし何となく、腑に落ちたような気がした。彼らヴァーシアにとって、死は終わりじゃない。異世界への転生なのだ。

だから彼らは戦いを恐れない。それよりも怖いのは、病気や寿命、自死で死んでしまうこと。

そうやって死ぬと、冥府へと堕とされてしまうから。

だから戦うことのできるチャンスに、喜び勇んで戦斧を掲げる。だから平穏よりも戦場を求める。彼らの神はそうやって、戦士たちに死への恐怖を克服させたのだ。

「……なるほど、屈強だ」

つぶやいたロロは不意に、バドを想った。そうするつもりは、なかったのに。レーヴェンシュテイン城で罠(わな)に嵌(は)まり、処刑されてしまった主のことを、考えてしまった。彼は最後までレーヴェに抗い続けた。彼は戦って死んだと言えるだろうか。

雪王ホーリオは、死んだバドに賛辞を述べてくれた。ヴァーシアの戦士たちは、彼に拍手を送ってくれた。彼らに言わしてみればバドは、勇敢に戦って死んだのだった。

トランスマーレ人であるバドは当然、ヴァーシア神話を信じていたわけではない。勇ましく死んだところで、天界へ行けたとは思えない。しかしもしも、万が一。死んだバドの魂が、何かの拍子で天界の宮殿へと招かれていたとしたら。そういった妄想が許されるのなら。

〈鉄火の騎士(ナイト)団〉団長のハートトランドや学匠(メイスター)シメイ、そしてあの城で戦って散っていった精鋭の騎士たちと共に、新たな冒険を始める準備をしていたとしたら……。

そう考えると、救われる気がした。

──早く来いよ、ロロ。お前がいないと出発できないだろう。

バドはそう言って自分のことを、待っていたりしてはくれないだろうか──。

諦めていた未来を想像してしまい、ロロは胸を詰まらせた。

「……黒犬？」

目を伏せたロロの様子に、そばに座るテレサリサが不安げに小首を傾げる。

ロロは顔を上げ、「何でもありません」と小さく笑ってみせる。

『さあ、そろそろ出発だ』

隊長フィヨルドが手を叩き、一行は丸太から腰を上げる。ロロとテレサリサも続いた。

『今回の遠征は天候に恵まれたな。明後日の今頃には、城に着いてるだろうぜ』

ああそれからな、黒犬――そう言ってフィヨルドは、ロロへと振り返った。

『俺は仲間以外のやつを、俺たちのあだ名で呼んだりはしない。異国の暗殺者であるお前に一つ忠告しておくが、いいか。うちのアイテム士に近づくな』

フィヨルドは懐から白いカギを取り出し、ロロの前で揺らしてみせた。

『お前の狙っている魔女のカギは、俺が持っているんだからな』

5

一行は休憩を挟みながら、ロフモフの牽くソリを走らせ続けた。見通しのいい雪原を真っ直ぐに進み、針葉樹林を駆け抜けて、やがて目的地へと到着する。

道中、人の住んでいないログハウスを三軒、経由した。毎年行われる討伐遠征のために建てられた休憩地点らしい。必要な物資を補給したり、仮眠を取ったりすることのできるログハウスだ。それと似た造りの建物が、湖城近くの森の中にも建っていた。そこが討伐隊の拠点となる。ロフモフやソリはここに置いていく。

討伐遠征は森のログハウスを拠点に、パーティーが戦闘不能に陥るまで行われる。長いもので四つの夜を跨（また）いだという逸話も残っているが、通常は二晩も持てばいいほうだという。

晴れ渡っていた空にはいつの間にか雲が掛かっており、ちらちらと雪が降り始めていた。

空は厚い雲に覆われ、太陽の位置はわからないが、今はおそらくまだ午前中。しかし生い茂った森の中は薄暗い。それぞれの装備を手にした一行は、森を抜けて湖畔へと出た。

湖に浮かぶ浮島に建設された〈湖城ビェルケ〉は、元々はイルフ人によって建設された城だと言われている。遥（はる）か昔、別の名称で呼ばれていたその城や周辺の森には、〝森の民〟とも呼ばれるイルフ人たちが住んでいたのだ。

穏やかな気質を持ち、自然と平和を愛するイルフ人たちは、北海をロングシップの大船団で渡ってきた、ヴァーシア人たちによって滅ぼされた。戦斧（せんぷ）を掲げ、イルフ人の集落を次々と破壊し尽くしていった彼らは、北海に面した海辺に〈不凍港ヘロイ〉を建設し、自分たちを元々のヴァーシアから独立した〝ヴァーシア・ヘロイ〟と称することになる。

そして当時から一族を率いるビェルケの当主は〝雪王〟を名乗った。

故に現雪王ホーリオ・ビェルケが「我が城」と呼ぶ〈湖城ビェルケ〉は、元を正せば彼らのものではない。だがそのような歴史など、ヴァーシアの観念からして見てみれば関係のないことだ。彼らに言わせてみれば強い者こそが、この世のすべてを手に入れる権利を持つのだから。

「綺麗……」

テレサリサがそう、思わずつぶやいてしまうほどに、湖上に建つその城は美しかった。

広い湖の水面には、氷が張っている。湖の対岸には、白く雪化粧した木々が見渡せた。

そこは山間に切り開かれた入り江だった。白い山々の稜線が左右に大きく広がる絶景。雪が積もっているためか、辺りに動物の気配はなく、しん——と、降りしきる雪がすべての音を吸収していた。

そんなひっそりとした寂寞の氷上にぽつんと、〈湖城ビェルケ〉は佇んでいる。

テレサリサは、湖岸から遠くの城を眺めていた。

青い円錐の屋根を頂く塔があり、白い石積みの城壁が見える。城が土台とする浮島には、冬であるにもかかわらず、緑の茂った木々が確認できた。視界に入る色味で最も強いのが、その緑だ。色褪せたうら寂しい景色の中で、あの城だけが息づいているかのようである。

「……夏は小舟で渡るしかないそうですよ、あの城へは」

ロロが隣に並び立った。

「水面が城の姿を逆さに映して、また違った風景が見られるのだとか。けど不便ですよね。防衛には有利なのかもしれないけれど……。どうしてあんな場所に城を建てたんだろう」

「あの城って、イルフ人が建てたんだよね？」

「はい。そう聞きました」

「彼らはマナが見えていたのかも」

「マナ……？」

テレサリサは周囲の森を見渡した。

「この辺り、〝マナスポット〟になってる。魔法使いが自然界からマナを取り入れて、それを魔力として使っているっていうのは教えたでしょ？　マナは、自然の多いところで発生しやすい。霊験あらたかな場所には、神殿や教会が建てられたりするものだけど……この辺りで最もマナが湧き出ているのが、たぶんあのお城なんだよ」

「マナの源泉スポットを選んで、城を建てたってことですか」

ロロはあごを撫でて考えた。疑問を口にする。

「……ということは、あの城だと使える魔力が増えて、魔法がパワーアップするのですか？」

「魔力が尽きることはないだろうけど、使う魔法自体がパワーアップするわけじゃない。たくさんのパン種を用意されたって、捏ねる手は二つでしょ。作れるパンは、結局自分の持っているスキルに依存する」

「どれだけパン種が大量にあっても、パンの味が向上するわけではないってことですね」

「そう。お腹が空いてきたわ」

テレサリサは両手首を繋がれたまま、その手を自分のお腹に添えた。

「でも、際限なく魔力が使えるってのはいいことだね。エイプリルを十人くらいは同時に出せるかも」

「わーお、壮観」

「ただ、普段はそんなことしないからね。十人同時になんて操れないけど」

「……パンの味は変わらない。けど四十年以上も〝雪の魔女〟は、そんなにもマナの湧き出るスポットで暮らしているんですよね。心臓を突き刺されて死なないというのも、それに関係しているのでしょうか？」

　ロロはフィヨルドの言葉を思い返した。〝雪の魔女〟は血を流さない。彼女を殺すには首を刎ねるしかないと、彼はそう言っていた。

「……不死の魔法とかなのかな」

「いくら魔法を使ったとしても、不死ってことはないんじゃないかな。魔女だって人間なんだから怪我だってするし、普通に歳を取って普通に死ぬはずだわ。何歳なのかしら」

「城を占拠したのが四十三年前だから、少なくとも四十三歳以上ですね」

「もういい歳した中年だろうけど、不死ってほどの年齢じゃないでしょ？」

「……ですね」

　ロロは腕を組み、考えを巡らせる。

「今ある〝雪の魔女〟に関する情報をまとめると、血を流さず、心臓を刺しても死なず、八百人以上を殺している〝戦女神(いくさめがみ)スリエッダ〟の堕ちた姿……といったところでしょうか」

「うーん……。話だけ聞くと化け物染みてるね」

「おお……魔女様から見ても？」

「でも興味は湧いてきたよ。話せる相手だといいね、私みたいに」

「どちらにせよ枷(かせ)付きであの城に入るのは、あまりに危険な気がします」

ロロは踵(きびす)を返した。向かった先は、一行を率いるモヒカン刈りの隊長フィヨルドだ。

『彼女の手枷(てかせ)、そろそろ外していただけませんか？』

『ダメだ。枷を外すのは〝雪の魔女〟と遭遇したときのみだ』

岩に腰掛け、武器の最終チェックを行っていたフィヨルドは、目の前に立ったロロを一瞥(いちべつ)しただけで、話す暇はないとばかりにまた、クロスボウへと視線を落とした。

『いいえ待てません。城に入ったら、いつ襲われるかわからないでしょう』

『わかるんだよ、それが。魔女は毎年〈氷の玉座〉に鎮座して、俺たちを待ち構えている。枷を外すのはその玉座の前だ』

『枷を外されすぐ戦えというのでは、遅すぎます。ここで外して頂けなければ、俺たちは戦えない』

『じゃあここに残れ』

再び顔を上げたフィヨルドは言い放った。

真剣な表情だった。冗談ではなく、本気でそう言っているのだ。

『戦えないと泣くヤツを連れていくつもりはない。邪魔なだけだ』

「…………」

彼らヴァーシアにとって、ロロたちはあくまで同行者であり、仲間ではない。話し合いにも応じてはくれない。ロロは厚手のローブの中で、ダガーナイフの柄に指先を触れた。

フィヨルドの言葉は信じられない。最悪、テレサリサの魔法なしで〝雪の魔女〟と対峙することになる。そのような状況に陥るくらいなら、ここにいるヴァーシア人たちを敵に回し、カギを奪ったほうが容易いか——。これだけの数の戦士を相手に、戦えないテレサリサを護りながら立ち回るのは困難だが、人質を取ることができれば、まだ——。

「黒犬。彼は何て?」

考えるその背に、テレサリサの声が掛かった。ロロはナイフの柄から手を離し、振り返る。

「……ここではまだ外せないそうです。ごねるのなら、ここに残れって」

ガチャコン、とクロスボウを駆動させ、作動の調子を確認したフィヨルドは、ロロを無視して立ち上がった。

『準備はできたか野郎ども……！　ぼちぼち出発だ。覚悟を決めろ』

周囲に散らばっていたヴァーシア人たちが、それぞれの盾や剣を手に声を上げた。

〝卑怯な〟メルクは、トゲのある丸い鉄球を鎖で繋いだ、モーニングスターを手にしていた。

〝母なる〟ビルベリーは腰に提げた戦斧(せんふ)の他に、丸い盾と角のある兜(かぶと)を装備している。

カイはロングボウと矢筒を肩に担ぎ、ゲルダは大きなリュックサックを背負っていた。

『風が出てきたな』フィヨルドは流れる雲を見上げてつぶやく。

『吹雪(ふぶ)くかもしれん。急ぐぞっ！』

討伐隊は列を成し、氷の張った湖へと足を踏み入れていく。氷上ではロフモフのソリが使えないため、湖城までは歩いて渡ることとなる。

テレサリサは手枷(てかせ)を嵌(は)められたまま、ロロを彼らの列へと促した。

「私たちも行こう。ここまで来て待機なんて、アホみたいじゃない」

「…………」

ロロは氷上へ向かうフィヨルドの背に、今一度声を上げた。

『隊長、約束してください。〈氷の玉座〉に着く前に、必ず手枷を外すことを。必ず〝雪の魔女〟遭遇前にです。守っていただけなければ、カギは、同盟を破棄してでも奪います』

『くく……愛してるねぇ、その魔女様を』

フィヨルドは背を向けたまま手を挙げて、湖の氷上に入っていった。

6

氷上を滑るように吹く風が、雪を舞い上がらせた。

フィヨルドのつぶやいたとおり、一行が歩きだしてからしばらくして冷たい風が吹き始めた。風は徐々に強さを増した。遮蔽物のない氷上ではその強風を防ぎようがなく、長い列を作る三十名以上の一行は前のめりになりながら、一歩一歩踏み締めるように氷の上を進んでいく。

テレサリサは深く被ったフードの縁を風に飛ばされないよう、枷のされた手で掴みながら歩いていた。バタバタとローブの裾が風に暴れている。

ロロはそのすぐ後ろ。雪風を凌ぐため、テレサリサと同じように、ローブのフードを被っている。顔を上げた先に〝氷の城〟のシルエットが佇んでいた。吹雪いて霞がかっていたその外観が、近づくにつれはっきりと見えてくる。

城には明確な前後があった。後ろ側から側面にかけ、浮島の岸に沿って城壁がそびえている。白い壁の向こうで、緑の枝葉を広げる木々が、強風にそよいでいるのが見えた。この雪が降りしきる中、青々として立つ樹木はあまりに季節外れで、異様な光景に感じられる。

凍りついた湖城。こんなところに本当に人が住めるのかと、ロロは白い城壁を見上げて思った。それも四十三年間も、たった一人で。

城門はなく、上陸は容易だった。一行は浮島へと足を踏み入れる。

霜の降りた泥土は、足を踏み出すたびにシャクシャクと鳴った。城壁の外に覗いていた木々が、全身を現す。城壁の内側は、さらに不可解な光景が広がっている。凍った湖の上にありながら、そこは見渡す限り緑の庭園だった。樹木の葉っぱも咲く花も、すべてが枯れておらず、青々しい状態のまま凍っているのだ。ロロは、つららを付けた葉っぱを一枚、好奇心に駆られて摘(つま)んでみた。葉っぱは少し触れただけで、パキ、とその先端が折れてしまった。

庭の片隅に、円形の立派な噴水があった。それも凍りついていて作動はしていない。中央の台座を囲むように輪となった溝には、雪が積もっていた。噴水中央の台座には、ギオの砦(とりで)で見たものと似た、大きな石像が立っていた。筋骨逞(たくま)しい戦士を象(かたど)ったのであろうその像には、首がなかった。取れた首は手前の溝に横たわり、顔半分が雪に埋もれている。

厳めしい、ひげもじゃの顔をしたその頭部には、王冠が見て取れた。彼こそが四十三年前までのこの城の持ち主――先代の〝雪王〟なのだろうか。

城壁の内側である庭園は氷上に比べ、吹き付ける風は幾分か弱く感じる。それでも雪の舞い上がる空では、強い風に雲が渦巻いていた。ヒョオオオオッ……っと不気味な風音と共に、ざわざわと緑の梢(こずえ)が騒いでいる。

一行は足早に庭園を進み、いよいよ建物の前に到着する。遠征が初めての者たちは、警戒しつつ辺りを見渡しているが、何度も来ている手練(てだ)れたちは慣れたものだ。見上げるほど高い両扉を、二人の男が息を合わせて押し開けた。ギギギ……と開閉音が城内に響き渡る。

扉の向こうは石造りの、冷たい印象のある廊下だった。両脇に何本もの角柱がずらりと並んでいる。天井が高く、足を踏み入れた大勢の足音が、やけにうるさく反響した。

一行はそれぞれ服に付いた雪を払い落とし、引き続き列を成して廊下を進む。

左側に見上げるほどの大きな窓があり、その先に土の踏み固められた下庭が見えた。どの城にもあるような、騎馬戦や試合などが行われるグラウンドだ。降り続く雪が、土を白く覆い隠そうとしていた。城壁に沿って井戸があり、鶏小屋や工房のような建物も確認できた。凍りついた小屋にはもちろん、人や家畜の姿はなかったが。

さらにもう一つ扉をくぐり、一行は城内の廊下を進んでいった。城の中心部へと向かっていく。先頭を歩く隊長フィヨルドは、自分たちの行き先がわかっているようだった。〈氷の玉座〉――〝雪の魔女〟が鎮座しているというその部屋へ、真っ直ぐに向かっているのだろう。廊下にはドアや分かれ道がいくつもあったが、彼は迷いなく進んでいく。

ロロとテレサリサは、列の後方辺りにいた。カイとゲルダのすぐ後ろだ。

一行が客間へと差し掛かったとき、テレサリサが急に足を止める。

赤い絨毯が全体に敷かれた、だだっ広い客間だった。正面に、左右に分かれた大きな階段があり、右回りと左回り、どちらから行っても終着点は同じ、二階のフロアへと繋がっている。

フィヨルドたち先頭を歩く一団は、右回りで階段を上がっていった。列も当然それに続く。

階段に一歩足を掛けたロロは、テレサリサが客間の中央辺りで立ち止まっていることに気づき、振り返った。

「魔女様……？」

「……舐めてた」

手枷をされたまま、テレサリサは辺りを警戒している。

「これ以上は行きたくない。感じない？　この禍々しい魔力……これは……」

フードに陰るその表情には、珍しく焦りの色が浮かんでいる。

「……魔力、ですか？　〝雪の魔女〟のものでしょうか」

テレサリサは、階段上のフロアへと声を上げた。「ねえ、ヴァーシアッ！」

階上の手すりの向こうから、モヒカン頭の隊長フィヨルドが顔を出す。

「これを外して。今すぐに！」

テレサリサは階上に向かって両手首を突き出した。トランスマーレ語だが、表情や仕草でその意思は伝わったはずだ。しかしフィヨルドは、悠長に小首を傾げた。

『何だ。ここまで来て怖じ気づいたか？』

他のヴァーシア人たちもまた、何事かと足を止めてテレサリサに視線を注ぐ。

階上の手すりの向こうや、階段の途中、そして客間に入ってきた後方のヴァーシア人たちが、テレサリサの様子に眉根を寄せる。階段上から、髪にオレンジ色の紐を編み込んだ男〝女の敵〟アッペルシーンが身を乗り出した。

『魔女ちゃんさァ、急にどうした？　緊張してんのはわかるけど、みんな困ってるよ？』

「……こいつら、ホントに毎年こんなのと戦ってたの？　この魔力……。魔獣だよ」

「魔獣……？　あの、召喚型の魔法使いが呼び寄せるやつですよね」

その存在は、魔法の各タイプを教えてもらったときに聞いている。術者が物を媒体として生みだし、コントロールする〝精霊〟に対して、魔力を捧げて呼び寄せる召喚獣――それが〝魔獣〟。テレサリサはロロにそれを教えたとき、相手にするようなものではないと言っていた。

「魔獣はどこからやって来るのか、どれほどの種類があるのか、その生態系さえよくわかってないの。それ自体が魔力を帯びた危ない存在だってことと、倒すことができないってことくらいしかっ……」

「……倒すこと、できないんですか？　どうして」

「それもなぜだか解明されてない。住んでいる次元がこちらとは違うからって聞いたことあるけど……意味わかんない。とにかく剣や魔法で傷つけても、こちらからの攻撃はすぐに治ってしまうんだよ。魔獣からの攻撃は有効なのに」

「……それは、怖いですね」

「いっそ滑稽だわっ……！　ヴァーシアが魔獣を相手にしていたんなら、絶対に勝てない。勝てるはずがない。いくら勇敢な戦士でも、倒せない相手に斧を振り続けたって無意味でしょ？　〝雪の魔女〟は召喚型だったの？」

テレサリサは手枷をされたまま、いつ攻撃を受けてもいいように身構えている。

「しかもすでに召喚を終えてる。すぐ近くにいる……！」

ロロは階段から、フィヨルドを見上げた。

『〝雪の魔女〟は近くにまで迫っているようです！　彼女の枷（かせ）を外してください！』

はん、とフィヨルドは鼻で笑った。

『まだ城の半分も来ていない。〈氷の玉座〉はこの先だ。こんなところに〝雪の魔女〟がいるはずが――』

――と、フィヨルドの頭上に影が掛かり、言葉が途切れた。

瞬間、白いドレスに身を包んだ少女が、フィヨルドの背後に着地する。ふわりと音も、前兆もなく、男たちの密集する中に降り立った少女は腰を落とし、片手剣を構えていた。

着地ざまに剣を振るったのだろう。ワンテンポ遅れて、少女の左右にいた男二人の肩口から、鮮血が噴き出した。

『……ちッ！』――振り返りざまフィヨルドは、躊躇なく少女に向けてクロスボウを放った――が、超至近距離で放たれた矢は、紙一重で避けられる。

切り返して振り上げられた少女の剣を、フィヨルドはバックステップで避けた。

『でっ、出たッ！　〝雪のま――』

声を上げた男の腕は、少女の剣によって切り離された。腕のみが手すりを越えて、下の客間へと落下する。――『現れたぞッ！』――『剣を抜けッ！』――『どけ、邪魔だっ！』

階段上のフロアは、一瞬にして騒然となった。男たちは盾（たて）を構えて少女を取り囲み、剣や戦（せん）

斧を手に襲いかかる。だが少女の動きは、その誰よりも速い。

右の男の胸を裂き、切り返した剣で左の男の腹を貫く。向けられる盾に剣は当てない。ヴァーシアの木楯は剣を嚙む。その剣先が盾に食い込めば、剣を捨てることになる。ヴァーシアの戦い方を知っているからこその立ち回りだ。少女は四方から迫る盾に足を掛け、雪のように白いドレスのスカートを、男たちの頭上に翻した。角のある兜を被った大男の背に着地すると同時に、その首筋から体内へと剣を突き入れている。

『ぐんあぁぁああっ……！』

大男が、絶叫を上げて吐血する。

フィヨルドはクロスボウに次の矢を装填するため、少女から距離を取っていた。

一方でロロは少女が現れたと同時に、階段を駆け上がっていた。左右対称にある反対側の階段からは、〝死にたがりの〟スヴィンが戦斧を手に上へ向かう。その後に、モーニングスターを握った〝卑怯な〟メルクが続いていた。

階段を上がる者たちの中で、先に階上のフロアへ到達したのはロロだ。

切り倒された男たちがうめき声を上げる中、少女は剣を手に立っていた。

振り返った少女と目が合う。真っ白な頰に撥ねた赤い血を、手の甲で拭き取りながら、少女はロロを見つめた。右目は前髪に隠れているが、左目ははかなげに瞬く薄いブルーの瞳をしている。その視線に当てられて、ロロは息を吞んだ。

少女は妖しくも美しかった。小さなあごに、大きな瞳。均衡の取れた顔の形は、まるで血の通わない人形のようだ。ただ鼻頭や目元は少し赤らんでいて、確かに血の通った人間であることを感じさせる。

間違いない。彼女が〝雪の魔女〟だ。だが、あまりにも若すぎる。魔女が湖城ビェルケを占拠し〝氷の城〟に変えてしまったのが、四十三年前だ。それなのに、その少女からは四十三年の月日がまったく感じられない。白い肌には、しわや染みなど一切見られなかった。細い首や足を見ても、まるでスノーパウダーを塗したかのような、さらさらとした透明感に満ちている。

何て冷たい人だろう――触れてもいないのに、ロロはそんな印象を抱いた。

彼女こそが、極寒の城に住む〝雪の魔女〟――ファンネル。

『ンぬぅあああああッ……!!』

階段を駆け上った〝死にたがりの〟スヴィンが、ファンネルの背後に迫った。雄叫びと共に振り下ろされた大男の一撃を、小柄な魔女は横に跳ねて避ける。

スヴィンの右腕は義手である。腕を象った、銀色の手甲を嵌めているだけ。だから左手一本で、二度、三度と戦斧を振るう。大振りなその攻撃をかわしつつ、ファンネルはフロアの奥へと飛び跳ねる。〝卑怯な〟メルクはモーニングスターを振り回しながら、〝女の敵〟アッペルシーンは片手剣を手に、魔女とスヴィンの猛攻を追いかけていく。

他のまだ戦えるヴァーシア人たちもそれに続いた。ロロもまた、彼らを追って走りだす。

二階フロアの奥は、緩やかに湾曲した廊下へと続いていた。

一階の廊下とは違い、左右の壁に窓はない。あるのは天井の明かり窓だ。厚い雲と舞い上がる雪が見える。聞こえるは唸る風の音。窓ガラスが、ガタガタと強風に震えていた。

廊下の壁には左右ともに、大小様々な絵画が飾られてあった。その薄暗い廊下は、画廊も兼ねているのだ。描かれている絵画は、どこかの公爵の自画像や柔肌の裸婦、神話や大陸南部の風景など、モチーフも額縁もバラバラで統一感がない。恐らくは戦時中、あるいは戦前に大陸各地から、略奪してきた戦利品なのだろう。

廊下の壁際には、ソファーとテーブルがいくつか置かれていた。並べられた胸像のうち何体かは、砕けている。毎年戦場となっているだけあって、城内は歴代のヴァーシア人たちが残した爪跡がいくつも見られた。絵画もよく見れば切り裂かれていたり、撥ねた血の跡が黒ずんで残っていたりする。

曲がっていて先の見えない廊下の途中で、〝雪の魔女〟ファンネルと〝死にたがりの〟スヴィンによる激闘は続いている。時折、隙を見てメルクがトゲの突いた鉄球を放ち、アッペルシーンが剣を振るっていた。その挟撃を、ファンネルは踊るように避け、あるいは剣で受け流す。

一対三の攻防を、他のヴァーシアの戦士たちがそれぞれの武器を手に、取り巻いていた。

ロロもまた、見ているばかりではいられない。右肩に走る鋭い痛みに耐えて、戦闘に加わるべく廊下を駆ける。ローブの中でダガーナイフを抜いた。

アッペルシーンがファンネルに腹部を蹴られ、「くうっ！」と呻いて後退る。腰を曲げたその背中に、ロロが背中を重ねて乗っかり、足を上げて半回転。アッペルシーンと立ち位置を瞬時に入れ替え、前線を奪った。

着地すると同時に、正面のファンネルへとダガーナイフを振り下ろす。

電光石火の一撃を、ファンネルは剣身を横に倒して受け止めた。チィン——と鉄のぶつかる鋭い音が、絵画の向かい合う廊下に響き渡る。

ロロは剣身越しに、ファンネルの顔を間近に見た。

なめらかな陶器のような右頬に、縦に裂かれた傷を見つける。彼女の前髪の隙間から見えた右目の虹彩は、鮮やかに煌めく、エメラルドグリーン——。

『〝雪の魔女〟っ、話を聞いてもらえませんか？』

その美しい視線を浴びながら、ロロはヴァーシア語で問いかけた。ロロに限って目的は討伐ではないのだ。あくまで勧誘。言葉は通じるのか、祈るように言葉を重ねる。

『俺はあなたを倒すために来たわけじゃない。話を聞いていただけませんか』

『……お前、ヴァーシアじゃないな？』

——しゃべった！

鈴を転がすような、小さな声だった。動いているのだから反応を見せて当然なのだが、この人形のような少女と一瞬でも言葉を通じ合わせられたことに、ロロは奇妙な感動を覚えた。思わずほくそ笑む。言葉が通じるのなら交渉ができる——と、次の瞬間。

『どけェッい！　邪魔だッ……！』

廊下の入り口付近から、低い男の声を聞く。

身体をずらして横目に見れば、隊長フィヨルドがクロスボウを構えていた。ロロは咄嗟に剣身を合わせているファンネルを、前へと押して突き放した。直後、離れた二人の間をクロスボウの矢が飛んでいく。

体勢を崩したファンネルの頭上に、スヴィンの戦斧が振り下ろされた。戦士たちの息つく間もない連撃。だがファンネルの反応速度が、それをわずかに上回る。崩れた体勢のまま振り上げた剣で、スヴィンの手首を、握られた戦斧ごと斬り離す。

戦斧は勢いを止めないまま回転し、ファンネルの後方にある絵画へと刺さった——スコンッ、とその小気味いい音にファンネルの視線が逸れる。戦斧の柄には、ぶらりと手首が垂れている。

ファンネルが斧を目で追ったのは、ほんの一瞬。だがその一瞬の隙を作るために、スヴィンは左手首を捨てたのだった。右腕を大きく振り下ろし、肘から先の義手を外す。そこには剣身が装着されている。義手の中に仕込んでいた隠し武器だ。スヴィンは肘から伸びた剣先を、ファンネルへと突き出した。予想外の攻撃にファンネルが怯む。その切っ先が首へと突き入れられる——直前。ロロは、反射的にダガーナイフを投げていた。

投擲されたナイフが、スヴィンの右肩へと食い込む。

小さく唸ったスヴィンは、振るった隠し刃の軌道を逸らした。彼の渾身の一撃を、すんでの所でかわしたファンネルは、足を踏ん張り、瞬時にその体勢を整えた。

スヴィンの懐に入ったまま、剣を持っていないほうの左手を振り上げる。

瞬間ロロは、どこからか外気が吹き込んできたのかと思った。それほどに、急激に空気が冷たさを増したのだ。ファンネルの振るった手の軌道に沿って、つららがいくつも発生する。スヴィンは脇腹から肩口に掛けて、無数の氷に穿たれて足を下げた。

『ンヌあァッ……!!』

ファンネルとスヴィンの間に、距離が空いた。片手剣を振り回せるほどの距離が。

ファンネルは剣を握り直し、横薙ぎに振った勢いのまま、スヴィンに背を向けた。

その直後、スヴィンの首が刎ね飛び、真っ赤な鮮血が噴き上がった。

7

『ちくしょう、出遅れた!』

一方、階段下の客間では、戦闘に参加しそびれた戦士たちが、〝雪の魔女〟を追いかけようと動きだしていた。カイはいち早くロングボウを手に構え、階段を駆け上がっていく。

ゲルダもその後に続こうとした。だが階段へ足を掛ける前に、一度テレサリサへと振り返る。手枷をされたままの彼女を、そのままにしておいていいものか迷った。

『……魔女さん。枷外してもらうよう、私からも隊長に――』

と、その言葉を遮る悲鳴が客間に響き渡る。――『うあぁぁァァアアアアッ!!』

その断末魔は、今しがた一行が入ってきた客間の入り口から聞こえた。階上へ向かおうと走り出していたヴァーシア人たちは、いったい何事かと足を止める。ゲルダや〝母なる〟ビルベリーもまた、声の主を探して客間の入り口へと振り返った。

誰が叫び、悲鳴を上げたのか。だがそこに、それらしき人物はいない。

「…………」

テレサリサは客間の中央に立ったまま、神経を研ぎ澄ます。最初に感じた魔力が大きくなっている。それは先ほど上から降ってきた〝雪の魔女〟のものではなかった。こんなにも荒々しい魔力を放てる人間などいない。荒々しくて攻撃的。まるで理性を感じさせない、禍々しい魔力。〝魔獣〟独特の魔力だ。

ビルベリーが客間を見回して、戦士たちに尋ねた。

『今の情けない声は何？　誰の声なの』

戦士の一人が手を挙げて応えた。列の最後尾近くを歩いていた男だ。彼が言うにはもう一人、後ろを歩いていた者がいたが――『いつの間にか消えちまった』

『悲鳴を上げたのは、その彼なの？　どこに行ったのよ？』

『わかんねえ。確かについさっきまで、俺の後ろに――』

と振り返った男は客間の入り口に、一匹の黒猫が座っていることに気づいた。

「にゃぁぁあーん」

いったい、どこから現れたのか。毛並みが長くモフモフとしていて、丸っこい毛玉のような猫である。くるんと耳の先で弧を描く毛が一際長く、それはまるで角のようにも見えてチャーミングだ。

『……迷い猫かしら？　変ね、この辺りで猫なんて』

猫はおもむろに尻を上げて、尻尾を揺らしてビルベリーの元へと歩きだした。

「……待って。ダメ、そいつかも」

テレサリサが身構える。だがその言葉は届かない。この客間で猫に怯(おび)えているのはテレサリサだけで、他のヴァーシア人たちはその可愛(かわい)らしい生き物を警戒していない。

「離れてっ！　そいつに触っちゃダメ！」

むしろ急に狼狽し始めたテレサリサのほうを怪訝(けげん)に思い、距離を空けた。

『何よ、あなたもどうしたの？　大丈夫かしら、この魔女さんは』

足首にすりすりと頭を擦り付ける黒猫を、ビルベリーは両手で抱き上げた。

黒猫は首に、白いリボンを巻いていた。飼い猫である。まさか湖城に住む魔女が孤独に耐えかねて、飼い始めたのか。よく見れば、その緑の瞳は微妙に離れており、焦点が合っていないようにも思える。

「そいつが魔獣かも。さっきの悲鳴は、そいつが喰ったやつのものだわ。早く離してっ！」

両手首を石枷で繋がれたまま、テレサリサは今一度、叫んだ。

言葉のわからないビルベリーは、その剣幕に困った顔をする。

『どうしたのよ？　何を怖がっているのかしら』

ビルベリーが小首を傾げたそのとき、豊満な胸に抱かれた猫の頭部が、鼻の先から花弁のように割れた。パカッと開いた頭の中で大量にうごめいていたのは、ピンク色の触手である。イソギンチャクのような触手の中心に口が、あった。前歯と唇と舌を有した人間の口が、声を発する。

「にゃあぁぁあん」

『ビっ、ビルベリーさんっ!!』

ゲルダが弾かれたように叫んだ。

瞬間、猫の頭部から伸びた大量の触手が、ビルベリーの頭へとまとわりつく。

『きゃッ……何ッこれ……!?』

ビルベリーは混乱しながらも、腰に提げた両刃の戦斧を外し、猫を攻撃しようとした。しかし触手はビルベリーの頭を——肩を——胸や腹から大きな尻を——あっという間に飲み込んでいく。

他の者たちが、飛び掛かる間もなかった。ビルベリーの握っていた戦斧が、赤い絨毯の上にゴトンと落ちる。自身の身体よりも何倍も大きなビルベリーを飲み込んで、猫の頭部はピタリと元どおりに閉じた。

「にゃあぁぁあん」と甘えた声で鳴いて、後ろ足で首を掻く。

『…………』

今いったい何が起こった？　唖然とする戦士たちの視線を浴びながら、猫はマイペースに伸びをして、跳ねるように階段を上がっていった。

客間から階段を駆け上がったカイは、絵画の向かい合う廊下の入り口に立っていた。

矢筒から一本矢を抜いて、ロングボウを構える。矢尻を向ける先は当然、廊下の先にいる〝雪の魔女〟だ。廊下には、未だ十名近くの戦士たちが魔女を取り囲み、戦っていた。

カイは彼らの肩越しに、〝死にたがりの〟スヴィンが、首を刎ねられるのを見た。大柄なその身体から鮮血が噴き上がり、膝から崩れ落ちるのを見た。

カイは漆黒の瞳を見開き、男たちの隙間を縫って矢を放つ。

しかし、〝雪の魔女〟ファンネルは驚異的な反射神経をもって、一の矢を剣で弾いた。

続けざまに放った二の矢もまた、敢えなくかわされる。

『くそッ……当たれ、当たれッ！』

カイは次々と矢をつがえ、放っていく。ファンネルは矢を避けながら、同時に周りの戦士たちを斬り伏せていく。そして廊下を駆け抜けた。奥へ逃げるのではなく、カイのほうへと。

その間にいるフィヨルドが、クロスボウを放り捨てて腰の剣を抜いた。

『こっちだ、かかって来い〝雪の魔女〟ッ……！』

迎撃するべく剣を立てるが、ファンネルの目的はフィヨルドではなかった。まず真っ先に潰すべきは、鬱陶しき弓兵。二、三手剣を打ち合わせただけでフィヨルドの剣をステップでかわし、カイへと迫る。

ファンネルは放たれた矢を頬のそばでかわし、猛スピードで距離を詰め、握った剣をカイの足元から振り上げた。腹を抉られるようにして弾かれたカイは、背中にしていた手すりに腰をぶつけ、砕けた手すりもろとも階下の客間へと転落する。

ファンネルもまた勢いそのままに、眼下へと飛び跳ねた。

『な……何？　あの猫……！』

客間にいる者たちは、猫を警戒して階段を見上げていた。客間は言い知れぬ動揺に包まれている。ゲルダは震える指先を、唇の前で握った。

『ビルベリーさんをどこへ連れてったの？　死んだの？　食べちゃったのかな』

その怯えきった様子に、テレサリサは眉根を寄せた。

「あなた、遠征は初めてなの？　あれを想定して討伐しに来たんでしょ？」

『聞いてないよ、この城にあんなのがいるなんて。今までだって、そんなこと……』

お互いの言葉は通じていないが、偶然にも会話が成り立っていた。

そのときだ。階上から斬り上げられたカイが、砕けた手すりと一緒に落ちてきた。階下の絨毯に背中を打ちつけ、『がうっ』と息を詰まらせる。

『カイ……!?　そんなっ』

ゲルダがカイに駆け寄った直後、階上から跳ねるようにして、白いドレスの魔女が降ってくる。大きく剣を振り上げて、スカートを翻して。その着地地点に、テレサリサはいる。

「……っ！」

テレサリサは後退しながら、両腕を上げた。〝雪の魔女〟の振り下ろした剣身が、テレサリサの石枷に当たる。剣が石を叩く音が、客間に響き渡った。

ファンネルは剣を手元に引いて、二撃目、三撃目を繰り出した。

「ちょ。ちょっと、待って……！」

テレサリサは後ろに下がりながらも石枷で剣身を弾き、足を上げてその横薙ぎを避ける。

客間の戦士たちもまた、戻ってきた魔女に剣を向けた。猫の動揺を引きずったまま、目の前に現れた魔女へ隙あらば飛び掛かろうと、臨戦態勢に入っていた。その中で一人だけ、ゲルダは深緑色のリュックサックを絨毯の上に置き、ごそごそと中を漁っている。

客間の中央で何撃目かの剣を弾き、二人の魔女は距離を取った。


──まずい。下には魔女様が。

ロロはスヴィンの肩から手早くダガーナイフを回収し、客間へと飛び降りたファンネルを追って廊下を駆け出そうとした。だがそこに、隊長フィヨルドが立ち塞がる。

『……待て。黒犬、そこを動くな』

低い声で凄味をきかせ、剣を広げてロロの行く手を阻む。

『俺の見間違いかねェ？　スヴィンの渾身の一撃を、お前が邪魔したように見えたが？』

廊下には、まだ多くの戦士たちが残っている。彼らもまた魔女を追わず、ロロへ訝しげな視線を投げかけていた。

『僕も聞きましたよォ』

ロロの背後には、〝卑怯な〟メルクがモーニングスターを回しながら立っている。

『〝雪の魔女〟に、倒しに来たわけじゃないって言ってたなァ。何か企んでますよ、彼』

「………」

確かにロロは、彼らと目的を違えている。だがそれを今、弁明している暇はない。

客間にいるテレサリサは、未だ手枷をされたままなのだ。

『倒しに来たんじゃないならよう？　お前、いったい何しに来たんだ？』

アッペルシーンが近づき、迂闊にもロロの肩に腕を回そうとした――瞬間、ロロはその腕を絡み取り、足を掛けてアッペルシーンを組み伏せた。

『なっ、ひゃッ……!?』

悲鳴を上げたアッペルシーンの鼻の横へ、ダガーナイフの刃を宛てがう。彼らヴァーシアは死を恐れない。ならば命ではなく、与える苦痛を交渉に使う。

『誰も動かないでください。動けば彼の鼻を削ぎ落とします』

『ヒッ、やめてくれっ！　頼む……』

『ははっ、やっぱトランスマーレってのは、信用ならねえな？　おい』

アッペルシーンは情けない声を上げたが、隊長フィヨルドはロロの行動を笑ってみせた。

『魔女の手枷を外さなかったのは正解だったな？　あァ？』

『話している余裕はない。三つ数えます。手枷のカギを寄越してください。三――』

ロロはアッペルシーンを床に押さえつけながら、フィヨルドを横目に見て牽制している。

『二――』

カウントダウンを口にしながら、ナイフを握る手に力を込める。溢れる殺気を隠さない。嘘をつく余裕などない。甘えや躊躇いがどれだけ悲惨な結果を招くことになるかは、レーヴェンシュテイン城でイヤというほど思い知っているのだ。ロロは本当に鼻を削ぐつもりだ。アッペルシーンの鼻翼の付け根に、刃をぐいと食い込ませる。鼻を削ぐなどという感触は、たぶん一生、この手に残るものなんだろうなと、漠然とそう思いながら。

『隊長おっ！　こいつは削ぐぜッ、削ぐ目をしている！　助けてくれぇ』

『…………』

フィヨルドは動かない。黙ってロロの動きに注視するばかりだ。

『──。残念、もう女は抱けなくなるな』

『ギャアアアアアッ隊長おおおぉぉッ……!!』

『待て』

鼻の付け根から血が垂れたそのときになってやっと、フィヨルドは口を開いた。舌打ちをして、『俺の負けだ』と懐からカギを取り出し、ロロに投げ渡した。

『魔女さん……！　魔女さんっ』

二人の魔女がにらみ合い、客間の空気が張り詰める中、ゲルダは周りの戦士たちの間を縫って、テレサリサの背後へと回り込んだ。

『魔女さん、こっち見て。お願いっ』

しかしゲルダの言葉はヴァーシア語。テレサリサには、何を言っているかわからない。無視してファンネルを牽制(けんせい)し続ける。こっちは手枷(てかせ)をされたまま戦場に放り出されているのだ。一瞬たりとも油断できない。

ファンネルはテレサリサの全身を改めて見て、怪訝(けげん)に眉根(まゆね)を寄せた。

『……お前、なぜその石枷(いしかせ)をしている？　魔術師(ウィザード)か？』

「何て言ってんのか、わかんないけど」

『ねえ魔女さん！　戦うの？　戦うんだよね!?』

ぐい、とオレンジ色の髪がテレサリサの視界に割り込んできた。

正面に立ったゲルダはテレサリサの腕を掴(つか)み、無理やり引っ張り寄せる。

「ちょっと邪魔しないでくれる？　今忙しいんだけどっ！」

涙ぐむアッペルシーンを押さえ付けたまま、ロロは放り投げられたカギを受け取った――が。レーヴェンシュテイン城で石枷のカギを触っているロロは、その見た目も手触りも記憶している。カギには石枷と同じような、赤い筋が入っているはずだ。

『……ふざけるな』

これは違う。フィヨルドから受け取ったカギは、ただ白いだけの偽物である。

睥睨(へいげい)するロロを見返しながら、フィヨルドはあざ笑う。

『落ち着け、このクソ野郎。俺はカギを持っているフリをしていただけだ。お前が力尽くで奪おうとするかもしれんからな？　そもそも俺たちは初めから、トランスマーレなんか信用してねえんだよ』

――カチャ。ゲルダが指先に摘んでいたカギが、石枷の鍵穴へと差し込まれた。

『戦うんだよね。じゃあわたしたちは、仲間だよね……！』

ゲルダは顔を上げ、ヴァーシアらしい薄いブルーの瞳で、テレサリサを見つめる。

手枷を外そうとしている――魔法使いの解放を警戒したファンネルは、跳ねるように前に出た。背を向けたゲルダの背後に、剣を振り上げる。

次の瞬間。テレサリサのローブから銀色の液体が溢れ出て、ゲルダの背後で人型を生成した。女体に顔のない銀色の頭部――エイプリルが、自身の身体と同じ銀色の剣を手に構え、ファンネルの一撃を受け止める。客間に、金属のぶつかる音が鳴り響った。

『……っ！』

「でかした」

言葉はわからないまま短く言って、テレサリサはゲルダの肩に手を置いた。

彼女を自分の後ろに下げながら、腕を横から大きく前に振る。エイプリルの姿が形を崩して、テレサリサの腕にまとわりついた。銀色の液体はしゅるしゅると、銀の大鎌へと形を変えていく。

膨れ上がったその魔力を警戒し、ファンネルはバックステップで距離を取った。

取り巻くヴァーシア人たちが息を呑む中、魔女と魔女は改めて向かい合う。

〝鏡の魔女〟テレサリサはフードを脱いで、長い髪を晒す。そして大鎌を構え直した。

「後は任せて、下がっていなさい」

同じく剣を構えた〝雪の魔女〟が、少しだけ笑ったような気がした。

8

『本物のカギを持っているのはゲルダだ。お前の脅すべき相手は、俺らじゃねえんだよ』

「…………」

ロロが摑んだ手を緩めると、アッペルシーンは血の滲んだ鼻を手で押さえ、慌ててロロから離れた。信じられないものを見るような目で、ロロを睨みつける。

『ぶっ壊れてんぜ、こいつ！　こんな異常者だとは思わなかった……！』

ロロはダガーナイフを振って血を撥ねさせ、彼らに向かって歩きだした。

『隊長。あなたのその言葉だって嘘かもしれない。けど今はそれを確かめる時間さえ惜しい。俺は下に行きます』

しかしフィヨルドは剣を収めない。またもロロの行く手を阻む。

『俺の話は終わってねぇぜ。誰が行っていいと言った？』

『許可を得るつもりはありません。どいていただけなくとも結構。駆け抜けるまで』

ロロに対し、廊下にいるすべてのヴァーシア人たちが、敵意を向けて前に出る。

ロロはふと彼らの背後から、歩いてくる猫を見つけた。客間へと続く廊下の先から、とことこと一匹だけでやってくる。毛量の多い、毛玉のような黒猫だ。首に白いリボンを巻いていた。

フィヨルドや他の者たちも、ロロの視線を追って猫へと振り返った。堂々と廊下の真ん中を歩いてくる黒猫に、つい戦士たちが道を譲る。

フィヨルドやロロもまた、猫のために道をあけた。

『何だい、ありゃあ……？』

フィヨルドは猫の尻を見送り、小首を傾げた。

廊下をある程度進んだところで、猫はぺたんとその尻を床に下ろした。

そして甘えた声で鳴く。――「にゃあああん」

猫が見つめる廊下の先に、人の気配があった。

コッ。コッ。コッ……と、曲がって先の見えない廊下の向こうから、不可解な音が聞こえてくる。コッ。コッ。コッ……。ゆっくりと、その音は近づいてくる。

暗がりから姿を現したのは、棺桶を牽く女だった。不可解な打音は、彼女が口の中で舌を鳴らすものであった。

「にゃあああああん」と見上げる猫の前で、女は足を止めて棺桶を立てる。

『……誰ですか？』

ロロは女から視線を外さないまま、フィヨルドに尋ねた。城に住んでいるのは〝雪の魔女〟だけではなかったのか。遠征が初めてではない彼なら知っているかと思ったが、フィヨルドもまた怪訝な表情で首を振る。

『あァ？　知るかよ。取りあえずヴァーシアじゃねえ』

その女の姿を見れば、ヴァーシア人でないことは明白である。彼女の着ているその衣装は、ルーシー教の修道女のものに似ていた。丈の長い修道服にごついブーツを合わせ、頭部を修道女特有の頭巾・ウィンプルで覆っている。ただし黒が基本の修道服とは違い、彼女の衣装は全身が眩しいくらいの純白。そのまつげや、瞳の色さえも白かった。ただ、白の衣装に映える彼女の肌は褐色である。真っ白なロングスカートのスリットからは、健康的な黒い肌が覗いている。

見る限り武器は一つ。祭事用にも見える美しい片手剣を、腰の後ろにぶら下げている。

「……おや？　魔法使いが一人増えたね」

女は白い瞳で虚空を見つめ、誰にともなくつぶやいた。トランスマーレ語だった。階下で手枷を外されたテレサリサの魔力を察知したものだが、その言葉の真意は、ロロにはわからない。

「これが〝鏡の魔女〟のものだとしたら、君たちは、キャンパスフェローかい？」

「っ……！」

「だとしたら僥倖。困っていたんだ。強い魔力を探って辿り着いたこの城で、剣を交えた魔女はどうやら、〝鏡〟とは別の魔女のようだったから」

ロロは警戒して身構える。彼女が王国アメリアからの追っ手ならば、まず間違いなく魔術師だ。戦闘になるかもしれない――が、その前に、女の足元にいる猫の様子が変だ。

「オッ、オッ、オッ……」と苦しそうに、えずいている。

「……？」

突然、猫の頭部が花弁のように割れて、大量の触手が現れた。ずるりとその中から出てきた人物は、猫の身体より何倍も大きな〝母なる〟ビルベリーだ。ぐったりとして動かない。

『ビルベリーっ⁉』

その姿を見たヴァーシア人たちの間に、衝撃が走った。

「わあ。きちんと消化せずに持ってきてくれたんだ。お利口さんだね」

ビルベリーを吐き出し、頭部を元どおりに閉じた黒猫へ、女は優しく微笑んだ。

立てていた棺の蓋を開けて、涎に濡れたビルベリーの身体を持ち上げる。ビルベリーは女性ながらに大柄だが、修道服の女は造作もなくその身体を片腕で持ち上げて、棺桶の中に押し込んだ。

『ふざけんな、てめェッ！』

叫んだのは隊長フィヨルドだ。

『そいつをどこへ連れて行くつもりだ？　あァン？』

棺の扉を閉めた女は、フィヨルドを完全に無視したまま。スカートの裾を手で押さえながら、黒猫の前に屈んだ。「ありがとう」とその黒い頭を撫でようと手を伸ばしたが、猫はぷいとそっぽを向いて、廊下の向こうへ走り去っていく。

「あ……」

その後ろ姿を寂しそうに見送る女に、フィヨルドはいよいよ声を荒らげた。

『聞いてんのか、異国の女ァ！　何者だ、てめェッ！』

立ち上がった女は腕を組み、あごに指を添えて小首を傾げた。緊張感のない仕草だった。

「うーん……困ったな。彼は何と言っているのだろう？」

「……あなたは何者だ。彼はそう尋ねています」

ロロが通訳すると女は顔を明るくし、嬉しそうに両手のひらを合わせる。

「そうか。親切にありがとう。では、名乗らなくてはいけないね」

女は白いまつげを伏せて、胸の前に左手を持ってきた。人差し指と小指を立てて、〝竜の頭〟を形作る。そしてもう一方の手で、スカートの裾を持ち上げた。

ルーシー教における正しい礼の仕方である。美しい所作の後に、女は名乗った。

「私は第七の使徒〝召喚師〟ココルコ・ルカと申します」

――第七の使徒。

その言葉を聞いた瞬間、ロロは背筋を凍りつかせた。九使徒だ。

ココルコのそばに置かれた棺桶の、下のほうの隙間(すきま)から、どろりとした粘着性のある黒い血液が漏(も)れ出ていた。棺桶の扉がゆっくりと開いていく。中から漏れ出る血液の量が増えていく。

同時に禍々(まがまが)しいオーラを察し、ロロは構え直した。ロロに魔力を感じる力はない。だが肌を刺す危機感を察することはできる。この感覚はあのとき――レーヴェンシュテイン城の中庭で、鳥の仮面を被(かぶ)った〝錬金術師(アルケミスト)〟と対峙(たいじ)したときと似ている。

――いや……これは最悪、それ以上。

鳥肌が治まらない。寒気が止まらないのに、汗が滲(にじ)む。

今すぐにでもこの場を離れたい――本能がそう告げるが、足が竦(すく)んで動かない。

テレサリサが察知した〝禍々しい魔力〟とは、〝雪の魔女〟のものではなく、九使徒である彼女の召喚した〝魔獣〟のものだったのだ。

ギィ、と蝶番(ちょうつがい)が音を立て、棺桶の扉が大きく開く。堰(せき)を切ったように溢(あふ)れ出た血液が、びしゃあっと棺桶の前の床を黒く濡らした。棺桶の中は深淵。そこにビルベリーの姿はない。

代わりにその暗がりから出てきたのは、馬の頭部の骨である。穿(うが)たれた丸い穴に目玉はなく、鼻先は尖(とが)っていて、その陰に短い乱杭歯(らんぐいば)が並んでいる。白い骨の表面には、細かな花柄の紋様が彫られていた。白いが故に暗がりの中にぽっかりと浮かんでいて、発光しているかのようにさえ感じる。

しかし、棺桶を出た骨が血だまりの上に蹄（ひづめ）を落として、この頭蓋が骨だけの存在ではないと気づく。登場したのは、黒い毛並みの寸胴に短い足。その生き物は、頭だけ骨を剝（む）き出しにした、驢馬（ろば）であった。

その右足首には、黒猫の首に巻かれていたものと同じ、純白のリボンが結ばれていた。

第四章
雪の女王（後編）

1

驢馬はいななく。まるで男が号泣しているかのような、もの悲しい声で。

「ヒィアァァァぁああんっ……!!」

大口を開け、骨の剝き出した鼻を高々と上げて。

そのあまりに不気味な鳴き声は、戦士たちの気をそぞろにする。

『何なんだ、こいつは。何なんだ、いったいよう……!!』

まず真っ先に口を開いたのは、おしゃべりなアッペルシーンだった。動揺を口にした直後。

ボキッと、生々しい音を立てて、アッペルシーンの首は、背中へと半回転した。絶命して膝から崩れ落ちる。うつ伏せに倒れたその首は、天井を真っ直ぐに見つめていた。

「……は？」

ロロは思わず、素っ頓狂な声を漏らした。

いったい何が起きたのか、理解する間もなく、また驢馬がいななく。

「ホォァァァァぁああんっ……!!」

すると今度は、ロロの右側に立っていた男がひとりでに首を捻られ、床に倒れた。

——ダメだ。不可解すぎる。

あの驢馬と対峙してはいけない。暗殺者としての本能が警鐘を鳴らす。

一刻も早く、この場から離れなければ、と――ヴァーシアの屈強な戦士たちもまた、じりじりと後退し始めていた。次は自分の首が捻られるのではないか――そんな恐怖に支配され、顔を青ざめさせている。

「ヒィィィィぁあああんっ……!!」

三度目のいななき。いよいよ戦士たちの恐怖はピークに達し、弾かれたように驢馬を背にして走りだした。駆けながらもまた一人、ヴァーシアの戦士が理不尽に首を捻られ、膝から崩れ落ちる。

『こいつァ……今回は逃げるが勝ちですね』

〝卑怯な〟メルクはモーニングスターを手に驢馬を牽制しつつ、横っ飛びでその場を離れる。

ロロもまた、ヴァーシアの戦士たちに混じって廊下を客間へと駆け戻る。

だが一人だけ、撤退ではなく戦闘を選択した勇ましい男がいた。モヒカン刈りの隊長フィヨルドだ。走っていく戦士たちと反対方向を向き、一人廊下の中央で剣を構える。そうして驢馬にも負けないくらいの声量で声を轟かせた。

『つざけんじゃねえぞ、この野郎ッ!!　かかって来ッ――』

ロロは廊下を駆けながら、横目でフィヨルドの首が捻られるのを見た。

倒れた彼の姿を背に、廊下を出て階下の客間を目指す。

左右に分かれた階段の手すりから、ロロは階下を一瞥した。テレサリサの姿を捜すが、見当たらない。〝雪の魔女〟や他のヴァーシア人たちの姿も見えない。ただ砕けた手すりのすぐ下に、倒れたカイとゲルダの姿を見つけた。急いで階段を下りる。

ゲルダは、スカートのポケットから小さなコンパクトを取り出していた。倒れたカイの腹部をめくり、その傷口に、コンパクトから摘んだ粘着性のある傷薬を塗りたくっている。チェーンメイルを装備していたおかげで、腹部の傷はまだ浅かった。問題は転落による骨折である。呻き声を上げるカイの腕は、あらぬ方向を向いている。

『……魔女様がどこへ行ったか、ご存じですか？』

客間に下りたロロが尋ねると、ゲルダはカイのそばにしゃがみ込んだまま振り返った。

『〝雪の魔女〟とあっちのほうへ』

ゲルダが指を差したのは、客間の左側面にある出入り口だった。扉はなく、ここへ来るまでに通ったものと、同じような廊下が続いている。

『戦闘は始まっているのですか？　彼女は手枷をされていたはずだけど』

『それなら大丈夫。外しました、わたしが』

ゲルダがそう言ったので、ロロはほっと息をつく。魔法が使えるのなら、とりあえずは安心か。だが合流は急がなくてはならない。九使徒と再接近する前に——。

『あのっ、上で何があったの？』

　ゲルダが不安いっぱいの顔でロロを見上げる。上のフロアからは、次々とヴァーシアの戦士たちが階段を駆け下りて来ていた。その誰もが怯え、後ろを気にして何かから逃げている様子だ。

『九使徒が現れました。ご存じですか？』

『九使徒……王国アメリアのですか？』

　さすがは博識なアイテム士だ。ゲルダは幅広い知識を持っている。

『……もしかして、俺たちキャンパスフェローを追いかけて来たのかもしれない。手当たり次第に戦士たちを殺しています。隊長もやられました。遠征は中止となりましょう』

『そんな……』

『俺は一刻も早く魔女様と合流して、城を離れます。九使徒を相手に戦うリスクは負いたくない。あなたたちも早く城から出たほうがいい』

「いったい、何の話をしているんだい？」

　トランスマーレ語でつぶやかれた声は、ロロのすぐ背後から聞こえた。

「っ……!?」

　考えるよりも先に、身体が動いていた。

　ロロは振り返りざまダガーナイフを抜き取り、裏拳を放つようにして背後のココルコへ、その切っ先を振るう。ココルコはロロの素早い攻撃を、しゃがんで避けた。

その姿はロロの目の前。逃げる戦士たちに混じって、階段を下りて来ていたのだ。ロロは自らの不覚を恥じる。こんなにも接近されていて気づかないとは――。

ナイフを振り抜いた直後、腰を落としたココルコに向かって、ロロは右の回し蹴りを放った。ココルコはそれを、腹の横で受け止める。彼女にダメージはない――が、それはロロも想定済み。受け止められた右脚を軸に、左脚で床を蹴り、そのまま同じ脚でココルコのあごを狙った。チッ――と振り抜いた左脚の踵は、頭を引いたココルコのあごを、ほんの少しかすっただけ。

「……っと、ずいぶんと器用な子だね」

ココルコは後ろに跳ねて、ロロとの距離を取る。

ロロはカイとゲルダを背中にし、ダガーナイフを構えた。ココルコを牽制しながら、背後のゲルダへと、ヴァーシア語で話し掛ける。――『〝臭い玉〟はありますか？』

道中に見せてもらった、戦場から撤退するためのアイテムだ。室内では特に効果を発揮するはず。ロロはゲルダが小さく頷くのを、視界の端で確認した。

『……でも、リュックは入り口のところに』

その言葉どおり、ゲルダの背負っていたリュックサックは、初めに入ってきた客間の入り口の近くに、無造作に置かれてある。石枷のカギを取り出したときに、床に下ろしたままだった。

その位置は、ココルコの立つ向こう側。ならば、とロロは続けた。

『彼女は俺が食い止めます。そう長くはもたないと思うけど……その間に臭い玉を作動させてください。負傷したカイさんも連れて逃げるには、それしかない』

言いながらローブを脱いだ。さり気なく、右肩の痛みや肋骨（ろっこつ）のヒビの状態を確かめる。九使徒を相手に、万全ではない状態で戦うことになるとは――。だがここで、倒れるわけにはいかない。

『……うん、わかったっ』

ゲルダが頷いたと同時に、ロロはココルコに向かって駆けだした。

「おや？　逃げないんだね」

瞬時に距離を詰めたロロは、右手のダガーナイフで、ココルコの頭を狙って突いた。

ココルコは頭を横に倒し、最小限の動きでその刃を避ける――と同時に、伸ばされたロロの右手首を摑（つか）んでいた。ロロは、右手に握っていたダガーナイフを手放した。落下したナイフを左手でキャッチしようとする――が、その動きは読まれていたのか、左手の甲を打たれ、取り損なう。

「くっ……」

組み合いながらも横目にロロは、駆けるゲルダの姿を捉えている。

ロロは摑まれた右手首を振り解（ほど）くべく、身体（からだ）を大きく外側に倒した。ココルコの脇を前転し、すり抜ける。そのとき脇目に、ココルコが腰にぶら下げた剣に手を掛けたのを見た。

シャランッと剣が鞘を滑る音がして、その剣身が晒された。幾何学模様の施された、美しい装飾剣だ。ココルコは振り返りざま、脇をすり抜けたロロの頭上に、その剣身を振り下ろす。

ロロはそれを、戦斧で受け止めた。

ココルコの脇を前転しながら拾った、〝母なる〟ビルベリーの落とした両刃の戦斧である。

チィン、と鋭い金属音が響く。

「……本当に、器用な子だね」

装飾剣で戦斧を押さえつけながら、ココルコは柔らかな声で尋ねた。

「私を陽動して、いったい何を企んでいるのかな」

ココルコは、戦斧の湾曲した刃の根元に剣身を引っ掛け、ロロの体勢を崩した。

「しまっ……」

そうして転ばせたロロへ追撃を食らわせるのではなく、ココルコが爪先を向けたのはゲルダのいる方向だ。早歩きで近づいていく。

深緑色のリュックサックから臭い玉を取り出したゲルダは、ココルコが迫っていることに気づいて小さな悲鳴を上げた。リュックを足元に落とすが、臭い玉は両手に持ったまま、肩を竦ませる。

マズい――慌てて立ち上がったロロが脚を踏み出した、その刹那、放たれた矢がココルコの背に向かって滑空していくのを見た。ココルコはその矢を振り向きざま、装飾剣で弾く。

「……っと。危ないね。そうか、もう一人いたんだ」

振り返ったココルコが見つめる先は、階段下のカイである。

立ち上がったカイは震える腕で矢筒から矢を摘(つま)み取り、ココルコに向けて構えた。額に脂汗を浮かべ肩で息をしているが、ココルコを見据えるその黒い瞳には、闘争心が滾(たぎ)っている。

「……キャンパスフェローは本当に、往生際が悪い」

ココルコがため息交じりに首を振った、そのとき。客間の空気が一瞬にして淀(よど)んだ。

右側の階段からゆっくりと驢馬(ろば)が下りてくる。頭部の骨を剝(む)き出しにした、あの魔獣が。

「君たちには一人残らず、首の骨を折って死んで貰(もら)おうか」

「……一人残らず？　慈悲はないのですか」

ロロは質問しながら、さり気なく周囲を見回し、状況把握に努めた。

ロロとカイとゲルダの三人で、ココルコを取り囲んでいるような位置関係ではあるが、とてもこちらが優位に立っているとは思えない。むしろ逃亡戦において、バラバラなのは不利だ。加えてカイは重傷。ゲルダは入り口付近で臭い玉を手に震えている。二人ともそう大した戦力にはならない。

他の戦士たちの姿はなかった。すでに客間を離れてしまったのだろう。

次に驢馬がいなないたとき、首を捻(ひね)られるのは、ここにいる三人のうちの誰かだ。

「慈悲だって？　ルーシー様に剣を向けながら、君たちがそれを望むのかい」

「先に攻撃を仕掛けてきたのは、王国アメリア──あなたたちでしょう。俺たちは戦うつもりなんて──」

「なかった？　本当に？　そう言いながらドサクサに紛れて〝鏡の魔女〟を攫い、良からぬことを企んでいるんじゃないのかい？　危険な子たちだ。竜の統べるこの美しい世界には、相応しくない」

『……おい、〝縮み上がり〟何を話しているっ』

カイがヴァーシア語で会話に割り込んでくる。折れた腕で弓を引き、矢尻をココルコへ向けたまま。

『こいつは、何だ……？　ゲルダに剣を向けたな。敵か？』

『敵だ。だが待ってくれ、説得してみる』

ロロは手早くカイを制して、逃げ出す算段を考える。

「彼女たちはヴァーシアだ。キャンパスフェローとは関係ない。見逃してやってください」

「おや、ヴァーシア？　そうなんだ。けど、だからといって見逃すことはできないよ。ヴァーシアは、キャンパスフェローと同盟を組んでいるんだろう？」

──バレている。

キャンパスフェローの情報は、外務大臣だったエーデルワイスによって、すべて筒抜けとなっている。ならば交渉の切り口を変える。彼女と話し続けられるための材料を探す。

「あなたの目的は〝鏡の魔女〟でしょうか。では彼女を引き渡しましょう。私が魔女のところまで案内を――」

「いいや交渉は必要ない。これは取り引きではなく、単純な回収作業だ。私は粛々と逃げ出した魔女を捕まえ、再び檻に戻すまで」

『待てねえぞ、〝縮み上がり〟！　何をちんたら喋ってる。殺していいんだよな、こいつは』

『待ってくださいっ。戦う必要はない。落ち着いてくれ……！』

どうする？　ロロは頭を巡らせる。挑発したほうがいいのか、迎合したほうがいいのか。主なら、この局面をどう切り抜ける？　バド・グレースなら、無事、全員でこの場を離れられるような策を見つけられるのか――。焦りでうまく口が回らない。

「ヴァーシアとの同盟は、キャンパスフェロー城陥落によって破棄されています……！」

「へえ。そうなんだ」

「そう。だからここであなたが彼女たちを殺せば、いたずらにヴァーシアを刺激することになります。ヴァーシアが敵になるっ……！」

「おや、忠告してくれるのかい？　優しいんだね。けれど残念ながら私には――」

『もういい、撃つぜッ。この女は、ヴァーシアの敵ってことでいいなッ……!?』

『ちょっと、黙っていてくれ！　だから今、説得を』

『何が説得だッ。こいつがトランスマーレならッ――』

叫ぶカイに向かってココルコは、静かにそっと、微笑んだ。

「――私には、この蛮族たちを、見逃してあげる理由がない」

『問答無用でオレたちの敵だろうが！』

驢馬がいななく。高々と、客間にその悲鳴のような声を響かせる。

「ヒィアァアァぁああんっ……!!」

その直後、カイの首が、背中へと捻れた。

『カイッ……!!』

ゲルダが叫んだと同時に、カイの構えたロングボウから、ココルコへと矢が放たれる。

ココルコが矢を避けた一瞬の隙を狙って、ロロは目の前の光景に絶叫するゲルダへと、距離を詰めた。そして彼女の手から臭い玉を奪い、紐を引く。

フシュウ――とすぐに玉からは、鼻を殴りつけるようなアンモニア臭と共に、大量の黄色い煙が噴き出した。ロロはそれをココルコの足元へと投げる。

ココルコの姿は、すぐに充満する煙で見えなくなった。

『急いで、ゲルダさんっ。早く……！』

ロロは目に涙を浮かべたゲルダの口を塞ぎ、彼女を引きずるようにして、客間の正面出入り口から廊下へと飛び出した。本当はテレサリサと〝雪の魔女〟が向かったという、側面の廊下へ出たかった。だがそんな余裕はない。

ロロは脇目も振らずゲルダの手首を引いて、煙の充満する客間を後にした。

2

ロロは薄暗い廊下を駆けていく。足音の反響する広い廊下の左右には、角柱がいくつも並んで立っている。そこは、最初に入って来たときに通った廊下だった。

右側の壁一面に並ぶ大きな窓からは、雪が風に舞う下庭が見渡せた。このまま真っ直ぐに走っていけば、噴水のある庭園へと出ることができるだろう。だがそれでは、テレサリサを置いていくことになる。

九使徒を避けて彼女との合流を果たすには、どう立ち回るべきか。

――客間には戻りたくない。一度外へ出て、建物を回り込むしかないか……？

ふと、後ろを付いてきているはずのゲルダの足音が聞こえなくなっていることに気づき、ロロは振り返った。走るのをやめてしまったゲルダが、溢れる涙を拭っている。鼻をすすり、顔をくしゃくしゃにして、目元を擦っている。

『……カイ。カイっ……ぐっ。ひっく……』

「…………」

大切な人を、目の前であんなにも残酷な形で失えば、そのショックで身体が動かなくなるのは理解できる。だが今は、立ち止まっている余裕がなかった。

『……彼女は戦って死にました。とても勇敢に。きっと天界へ行きましたよ。きっとまた会えるはずです。あなたが勇敢であり続ける限り』

『……そんなの、わからないわ。だってカイを殺したのは魔女じゃないでしょう？　カイは、〝雪の魔女〟と戦って死んだわけじゃないんだものっ。戦女神スリエッダに殺されなきゃ、意味がないのにっ……！』

ゲルダは乱暴に頭を振った。

勇敢な死者を天界へ導く〝戦女神スリエッダ〟——彼女は今、〝雪の魔女〟として地上に堕ちている。だから天界へ導いてもらうには、その魔女に殺されなくてはならなかった。

『そうじゃなきゃ、意味がないの！　魔女と戦って死ななきゃ、天界へは行けない』

「………」

——そうか。〝戦女神スリエッダ〟が堕ちて〝雪の魔女〟になったということは、彼女たちにとってこの四十三年間、天界へ導く女神が不在だということ。

ヴァーシアの戦士たちが天界へ行くためには、先にこの堕ちた女神を倒して天界へ還さなくてはならないのだ。あるいは、〝戦女神スリエッダ〟でもある〝雪の魔女〟と戦って殺され、直接天界へと送ってもらうしか——。

隊長フィヨルドはこの遠征を〝聖戦〟と呼んだ。その意味が、やっとわかった気がした。

『だからみんな討伐に参加したがるんだよ。だから討伐は毎年行われる。堕ちた女神を天界に還すために。魔女と戦うために。なのにっ、何であんな邪魔者がいるのっ――』

ロロは思い返した。あの透き通るような薄いブルーの瞳を。蠱惑的なエメラルドグリーンの瞳を。雪の結晶のように美しい、あの魔女を。彼女は歳を取らない。その姿を見れば確かに、彼女は本物の女神だったのではないかと思ってしまう。火を司る〝戦女神スリエッダ〟が、本当に堕ちて〝雪の魔女〟になったのではないかと。

そして、ふと疑問が湧いた。四十三年前、この城でいったい何があったのだろうか。

『どうして彼女は、雪の魔女へと堕ちたんだ……？』

独り言のようにつぶやかれた問いに、ゲルダが涙を拭って答えた。

『……大切な人を、生き返らせようとしたんだよ』

『大切な人……？』

『そう。彼女のお母さん。お妃様だよ。死んだお妃様を蘇らせようとして、禁忌に触れて。そのせいで、父である王に処刑を言い渡されたの。彼女は深い悲しみに暮れて、こんな国、こんな城、滅んでしまえって。すべてを凍らせてしまった――』

『……待ってください。〝雪の魔女〟は、外から来たのではないのですか？』

『違う。彼女は王族。ファンネル・ビェルケは、ホーリオ様の実の姉だよ――』

3

〈不凍港ヘロイ〉は、複雑な海流のぶつかる海域にあって、冬でも凍ることがなかった。北西からやって来たヴァーシア人たちは、海岸に築いたこの港町を拠点とし、その勢力を拡大していく。

やがて勃発(ぼっぱつ)した四獣(しし)戦争で人々は疲弊していったが、それでも戦場とはほど遠い大陸にあって、ヴァーシアの支配する北海に面したヘロイの町に、敵が攻めてくることはなかった。

海とは反対側——標高の高い、緑豊かな山間の湖に、その美しい城は建っていた。

澄み切った水面に外観を映し、静かに、穏やかに佇(たたず)んでいた。ヴァーシア・ヘロイを束ねる雪王ビェルケの一族は、イルフ人から奪ったその城に住んでいた。

湖城に上陸してすぐ目の前に広がる庭園には、色鮮やかな花々が咲き誇り、蝶々がひらひらと舞っていた。木々は生き生きと生い茂り、小鳥のさえずりが聞こえていた。

庭園には噴水があり、その中心に巨大な像が立っている。厚手の毛皮を羽織り、頭に宝石の埋め込まれた王冠を被(かぶ)る、ひげもじゃの大男の石像だ。

平和で自然的な庭のテーマとも、噴水に施された繊細な装飾とも合わないその石像は、当時のヴァーシア・ヘロイを率いる雪王が、自身の肖像として作らせたものだ。その手には、首領ビェルケを象徴する、毛長鹿の紋章が描かれた盾を携えていた。

権力を誇示するかのような石像の前を、十代中頃の侍女が横切っていく。

その像からほど近い花壇に、黒カシスの樹が植えられていた。侍女とちょうど同じくらいの背丈の樹だ。侍女は黒カシスの実を摘み、ハンカチに包んで庭を離れた。

建物の裏側へ駆けていくと、土の踏み固められた下庭へと出る。

広いグラウンドでは、男たちが投げ斧の練習をしていた。城内はがやがやと賑わっている。城壁に沿って建てられた家畜小屋では、ニワトリや豚がやかましく鳴いていた。また工房の軒先では石工職人が椅子に座り、訪れた戦士たちと談笑している。

活気ある城内を見渡して、侍女は、こっちこっちと手招きをする三人の女性たちと合流した。彼女たちは、腰の曲がった老人を一人連れていた。

「何ぼうっとしてんの、急ぐよ」

先輩侍女に叱られて、一番歳下の若い侍女は、ごめんなさいと頭を下げる。

四人の侍女と老人は、人目を忍んで地下牢のある棟へと向かった。

「……ネル様。港から薬医を連れて参りました」

ロウソクの灯りが、深い暗がりの中で頼りなく揺れる。

そのぼんやりとした灯火は、地下牢に繋がれたファンネルの顔を、橙色に照らしていた。

薄く開いた青色の瞳に力はない。頬は瘦せこけ、唇はカサカサに乾いている。右目に巻いた包帯には、どす黒い血が滲んでいた。

肩で息をするファンネルは、四人の侍女たちを見返し、ゆっくりとまばたきをする。その吐息は熱い。足首には、壁に鎖で繋がる枷が嵌められていた。地下牢に入れられてから、もう五日もその状態のままである。

「どれ、見せてくださいませ」

心配そうに覗き込む侍女たちを割って、老人が前に出た。彼は〈不凍港ヘロイ〉で小さな薬屋を営む医者だった。王族お抱えの医師は王を恐れ、ファンネルを診てくれようはしない。だから秘密裏に侍女たちが、町から連れてきた医者だった。

薬医はゆっくりと丁寧に、ファンネルの右目の包帯を外していく。ペリペリと乾いた血が剝がれ、ファンネルは呻き声を上げた。

「ロウソクをもっと近くに」

薬医に言われ、燭台を持っていた侍女が、それをファンネルの右目に近づける。灯火に照らされた傷口を見て、侍女たちはあっと息を呑んだ。ある者は口元を押さえ、またある者は目を背ける。

妃を蘇らせようとして、敵国の竜を召喚したファンネルの右の目は、竜の爪に大きく裂かれ、潰されてしまっていた。〝戦女神スリエッダ〟のようなエメラルドグリーンの煌めきは、見る影もない。

「これはひどい……膿んでおるな。熱も帯びている。さぞ苦しかろう」

ファンネルは深く息を吸い、胸を上下させる。首筋には、玉のような汗が浮かんでいる。

薬医が薬を塗っている間、侍女たちは口々に、自分たちにできることはないかとファンネルに尋ねた。お腹は空いていないかだとか、他に必要なものはないかだとか。その中で、侍女の一人が思わずといった調子でつぶやいた。

「……坊ちゃまは、どうして会いに来てくださらないのかしら」

十歳になる、ファンネルの弟ホーリオは、召喚に失敗したあの夜以来、一度もファンネルと顔を合わせていない。自室に閉じ籠って、誰とも口を利かない。竜の召喚は、ファンネルが一人で行ったとされていた。それでも侍女たちは察している。あの夜。ファンネルが誰と城を抜け出したのかを。同じ時期に、野犬に嚙み砕かれたというホーリオの右指が、本当は何に喰われたのかを。

「薄情だわ。坊ちゃまの口利きがあれば、ネル様をここから出すことだって――」

「おやめなさい」年長の侍女がぴしゃりと言った。

「王の詰問に、ネル様は一人で召喚を行ったとおっしゃった。ならそれがすべててよ」

時期雪王となるホーリオが、敵国の竜を召喚したとなれば、ヴァーシアの男たちは彼についてては行かないだろう。年長の侍女は、それを懸念するファンネルの気持ちを汲み取っていた。

「私たち侍女が、とやかく言う必要はありません」

冬が来るのはまだ先だが、それでも地下牢はヒンヤリとしていて肌寒い。侍女の一人が折りたたんだシーツを広げ、布一枚をまとっただけの、ファンネルの細い身体を包む。

「できる限りの処置はしたがね」

薬医が、薬を片付けながら言う。

「ちゃんとしたベッドで休ませてあげるべきだよ。ここにいては悪化する一方だ」

十代中頃の侍女が、新しい包帯を巻いたファンネルのそばに膝をつき、手にしたハンカチを広げた。包まれていたのは、今さっき収穫した黒カシスの実だ。

「ネル様。これ食べてください。早く元気になって……」

ファンネルは手を伸ばし、それを受け取ろうとする。だが思いのほか力が弱っていて、ハンカチを受け取った途端に取り落としてしまった。黒カシスの実が石畳に散らばる。

「あ」と、それを拾おうとした侍女の手を、ファンネルが握った。そっと添えるように弱々しく。そしてかすれた声で言う。

「……ありがとう」

限界だ。ファンネルも、そしてこの主を愛する侍女たちも。明るく、朗らかに笑うファンネルをよく知る侍女たちは、こんな姿のファンネルをこれ以上見てはいられなかった。

地下牢を出る前に、侍女たちはファンネルへ頭を下げた。

「また来ます。必ず」

愛する姫をここからお連れするために。処刑の日にちは迫っていた。

しかしその日を最後に、侍女たちが地下牢を訪れることはなかった。

処刑の日。ファンネルは裸足のまま、下庭まで歩かされた。

頭の包帯は外され、顔の傷を大衆の面前に晒（さら）されていた。まとうことを許されたのは、布の服一枚のみだ。後ろ手に手首を縛られて、長槍を手にした処刑人に促されるまま、組木の前へと歩いていく。その姿は、とても王の娘とは思えないほどに惨めだった。

下庭には、多くの人々が集まっていた。歩いてくるファンネルを避けて、彼らは逃げるように人垣を割る。できた道を歩きながら、ファンネルは彼らを横目に見た。ヴァーシアの戦士たちをはじめ、庭師や家畜番、工房の石工職人など、城で働く者たちが多い。当然見知った顔もあった。町の人間たちもいた。町へ下りたとき、何度か言葉を交わした店員や、戦争で夫を失い、ファンネルの母である妃の世話になっていた未亡人もいた。

だがそこに四人の侍女たちや、弟ホーリオの姿はない。

誰一人としてファンネルに、手を差し伸べる者はいなかった。敵国の竜を召喚したこの愚かな姫を、救い出そうという者は現れなかった。誰も彼もが右目の痛々しい傷を見て、表情を歪（ゆが）めて恐れ戦（おのの）く。ファンネルは歩きながら、「愚かな娘だ」と囁かれる声を聞いた。

──「お前は、何者だ」

杭に縛り付けられたファンネルを正面に見上げ、王は尋ねた。

「わしはお前を、火の女神〝スリエッダ〟の生まれ変わりとして、いや、スリエッダそのものとして育ててきた。戦で死んだ多くの勇敢な戦士たちを、天界へ導く存在としてだっ」

雪王が声を上げると、下庭に集う人々は口を噤む。王の言葉に耳を傾ける。

「ヴァーシアの戦士たちは、お前がいるからこそ戦えるのだ。今このときも戦士たちは、戦斧を振り上げ戦場を駆けておる。それは〝戦女神スリエッダ〟がいるからこそなのだ。死んでも勇敢に戦えば、お前が天界へと連れて行ってくれる。それを信じているからだッ！」

王は叫んだ。怒りを込めて怒鳴り散らした。

「それが敵国の竜を召喚するなど。戦士たちへの冒涜であろうがッ!!」

「…………」

ファンネルは応えなかった。ただ力なく目を伏せていた。その足元に積まれた組木には、藁が敷き詰められてある。処刑人が木のバケツを手に近づき、ひしゃくで中の油を撒いていく。

「エメラルドグリーンの瞳は潰れた。なれば今一度、問おう。〝お前は何者だ〟──まだ炎の化身だとのたまうのであれば、業火の中で笑ってみせよ──」

王の合図で、藁に松明が投げ入れられる。

「炎の中で踊ってみせよッ！」

藁はまたたく間に燃え上がり、人々の間にわっと声が上がった。

足元から這い上がる熱。呼吸を奪う大量の煙。涙で視界がにじむ中、人々に疎まれ、世界に死を願われて。――私はいったい何者だろうと、ファンネルは思った。

半分流れるヴァーシアの血。もう半分はイルフの血。戦女神として育てられたが、神にはどうやらなれなかった。なら私は、いったい何になったのだろう。城から自由に出ることさえ許されず、冒険も戦いも禁じられて、いったい何として、死ぬのだろう――。

「そうだ、あれも一緒にくべてやれ」

王は側近に四つの首を持ってこさせた。長い髪の女の首だ。

それを見てファンネルは声を上げた。「……あ」と小さく。そして目を見開いた。それはどれもよく知る顔だったから。幼い頃からそばにいて、王以上に家族のように、接してくれた人たちのものだったから。

「こいつらは、お前を愚か者に育て上げただけでなく、人知れずお前を逃がそうとした。そうまでしてお前に仕えたいらしい。なれば冥府へと共に連れて行ってやれ」

王は四人の侍女たちの首を摑み、一つ一つファンネルの足元に投げ入れた。

王に刃向かい、堕ちた女神を救おうとした。そんな彼女たちを天界へ送り出すわけにはいかない。だから罪人を焼く業火にくべる。罪人と共に冥府へと堕とす。それは王から贈る、皮肉を込めた侍女たちへの罰――。

「冥府でも仲良くやるがいい。はァっはっはッ……！」

ファンネルの青い瞳が揺れる。――お前は、何者だ。

「……うるさい」

王の高笑いに、耳鳴りが重なった。鼓膜をつんざく高音は、徐々に激しくなっていく。それはまるで――ヘレレレレッ。あの夜誤って召喚した、腐った竜の鳴き声のように。

「うるさい、うるさいッ……！」

お前は何者だ、とファンネルを責め立てる。

――ヘレレレレレレレレッ……!!

「うあぁぁぁああッ!!」

ファンネルは縛られたまま、声を上げた。大口を開け、残された青い目を剝いて、眼下の王を威嚇するように咆哮を上げた。私は。何者だ。私は――。

「殺してやる、殺してやるッ……何が王だ。構うものか。私が堕ちた女神なら、冥府でお前を呪い続けてやる。母の仇だ。皆の仇だッ！　絶対に天界へは行かせないッ！」

異変が起きていた。下庭に集う者たちは、周囲に満ちた異様な冷気を感じていた。

「堕ちてこい。冥府まで堕ちてこい、王ッ……!!」

冷風が吹き、火刑台を覆う黒煙が霧散する。ファンネルの足元で揺れる炎が、心なしか弱くなっている。それはまるで焼くのを諦めてしまったかのように、頼りなく揺れている。

王は焦れてそばにいた処刑人から、槍を奪った。

「おのれ抵抗するか。わしを見るな、この魔女がッ!!」

王は槍の先端で油のバケツを倒した。その刃をたっぷりと油で濡らし、ファンネルの足元で揺れる炎にかざす。槍の先端が燃え上がると、王はそれを構え火刑台を見上げる。

そして燃えさかる炎の先端を、ファンネルの心臓へと突き刺した。

「がッ……！」

ファンネルは吐血し、項垂れる。無残にも突き刺されたその胸から、炎が上がった。身をよじり、その熱に、その激痛に暴れるファンネルを見上げ、王は勝利を確信して槍の柄から手を離した。

「往生際が悪いぞ！　さっさと冥府へ堕ちろォ……!!」

ファンネルは王を睨みつけた。垂れた前髪の隙間から、潰れた右目を覗かせる。

「いやだ……待てない。堕としてやるッ！　今だ。今、冥府に落としてやるッ……!!」

「……なッ、何だ、これは」

辺りを凍てつかせる冷たい風が、一層激しさを増した。その異様な冷気は、ファンネルを中心に発生していた。足元で揺れていた火が、冷風に萎む。

槍を突き立てられた心臓で燃えていた炎が、収縮するように小さくなり、掻き消える。

冬はまだ遠い。太陽も出ているというのに、火刑台に霜が降り始めた。

「バカなッ。バカなッ……!!」

手を前にかざした王の指先が、ミシミシと凍りつく。

ファンネルを中心に、その魔力に当てられたものすべてが凍結していく。

ファンネルは凍りついた麻紐（あさひも）から、力任せに手首を引き抜いた。身をよじって拘束を逃れ、地面へと着地する。そうして胸に突き刺さる槍（やり）を、無理やりに両手で抜き取った。

そしてそれを逆手に持ち、王の正面へと走りだす。

「ウァァアアアァッ……!!」

飛び上がったファンネルは、槍の先端を、王の眼窩（がんか）へと突き入れた。

「ガァあああぁッ……!!」

悲鳴を上げる王の顔が、その目を中心に凍りついていく。

「殺せ、さっさとこの魔女を、殺せェエええッ!!」

下庭にいたヴァーシアの戦士たちが、次々と戦斧（せんぷ）や剣を手に、ファンネルへと飛び掛かった。ファンネルは王の頭から槍を引き抜き、裸足のまま下庭を駆ける。がむしゃらに男たちへ魔力をぶつけ、凍らせて、槍で突いて殺し続ける。

下庭で姉が暴れる姿を、少年ホーリオは自室の窓から見下ろしていた。包帯でぐるぐると巻いた右手を、胸に強く抱きながら。突如ドアが乱暴に開いて、振り返る。顔を青ざめさせた側仕えの男が、声を荒らげた。

「魔女がでました！　早く城を出る準備をッ。ここは危険ですっ!!」

彼はファンネルの名を出さなかった。すべてを凍てつかせる魔女が現れたと、ホーリオにそう告げた。目に留まる人間を次々と凍らせていく、血も涙もない魔女が暴れていると。

ファンネルは魔法の使い方などわからない。だからひたすらに魔力をぶつけた。こんな世界など、こんな城など、すべて凍りついてしまえと願った。すべて凍りつかせてやると呪った。

やがてファンネルは庭園で、雪王の像と対峙した。王は問うた。

──お前は何者だ、と。

私は、何だ。半分流れるヴァーシアの血。もう半分はイルフの血。戦女神として育てられたが、神にはどうやらなれなかった。だがそんなことは、もうどうだっていい。

「……私は、私だ」

──すべてを凍てつかせる、この城の女王だ。

「ウァアあああァッ……!!」

凍てつく魔力をその手に込めて、ファンネルは石像の首へと、槍を振るった。

ファンネル・ビェルケは歳を取らない。胸に槍を突き立てられたあの瞬間から、その肉体は十五歳のまま、老いることがない。あの日。すべてよ凍れと呪い、放った凍てつく魔力は、彼女自身の時間をも凍りつかせたのだった。

4

ファンネルと対峙したテレサリサは、客間の左側の廊下を抜けて、円柱塔へと追い込まれていた。そこは中央にぽつんと螺旋階段の置かれた、薄暗い塔だった。

その塔は昔から、〈オーロラ塔〉と呼ばれていた。外観を見れば、ただ青い円錐の屋根を被せただけの塔が、なぜそう呼ばれているのか――。それは内部に入った者だけがわかる。

大鎌を手に塔の中へ入ったテレサリサは、その内壁を見上げ、息を呑んだ。

緩やかに湾曲した壁一面に、色鮮やかなステンドグラスが輝いていた。３６０度、全方位に施されたステンドグラスは、外からの光を色付かせ、塔内部に赤や青、緑の影を落としている。

その荘厳華麗な光景は、塔の螺旋階段を上る者たちを楽しませる。まるで夜空に揺れるオーロラのように、美しい煌めきを放っていた。

しかし戦闘中である今のテレサリサに、ゆっくりとオーロラを見上げている余裕はない。背後に迫るファンネルの猛攻から逃げて、螺旋階段を跳ねるようにして駆け上がっていく。ファンネルもまたその後に続いた。

少し遅れて戦斧を握ったヴァーシア人たちが、二人を追って階段を上り始める。

支柱の周りにぐるぐると、巻きつく長い階段である。その外側には、落ちないように鉄柵の手すりが打ち込まれていた。オーロラ色に煌めく塔内部に、大勢の足音や喚声が反響している。階下から伸びてくるファンネルの剣先を、テレサリサは振り返りざま、大鎌で弾いた。

――この子、めちゃくちゃ接近戦タイプだ。

その執拗な攻撃を受け流しながら、一定の距離を空けつつ階段を上がる。

攻撃を受ける合間に、テレサリサは塔の内壁を一瞥した。

壁面にモザイク柄で描かれたその絵は、厳しい冬を乗り越えて迎えた、春の喜びに満ちていた。人々が森で動物たちと歌い、花冠を被って踊っている。ただしそこに描かれている人々はヴァーシア人ではない。彼らの耳の先はみな、尖っていた。そしてその瞳には、エメラルドグリーンのガラスが輝いている。それはこの美しい塔が、イルフ人によって建てられたものだということを物語っている。

階段下のファンネルが脚を踏み込み、飛び上がってくる。テレサリサは伸びてきた剣身の軌道を切っ先で逸らし、反撃に鎌の柄を振るうが、お返しとばかりにファンネルに弾かれる。

――ああもうっ。鬱陶しい……！

テレサリサは焦れていた。

精霊を使う操作型のテレサリサは、射程距離が大きいため、距離を取って戦いたい。だがファンネルは駆ける勢いそのままに、あっという間に懐にまで飛び込んでくる。テレサリサは後退し続けるしかない。

加えてテレサリサには、この敵をただ倒すだけではいけない、という事情がある。この魔女を、仲間にしなければならないのだ。全力で鎌を振ることができない。しかし交渉しようにも、テレサリサはヴァーシア語がわからない。「ちょっと待って！」と叫んだところで、ファンネルは距離を詰めるのをやめない。

「黒犬は!?　あいつは、どこ行ったのよ……！」

『……』

先ほどからずっと、逃げるような戦いを強いられていた。

だがその中で一つ、わかったことがある。

――召喚型じゃない。この子は魔獣を使わない。

テレサリサは、階段下のファンネルへ大鎌を振るい続けた。自在に形を変えるその刃の軌道は、常識に囚われない。上へ下へとうねるように曲がる刃はファンネルを翻弄し、やがてその切っ先は、ファンネルの喉元へと届く――が、しかし。

ファンネルはすんでのところで腕を盾にして、その刃を防いでいる。大鎌の刃が食い込んでいるのは腕の皮膚ではなく、氷だった。腕にまとった魔力を凍りつかせ、氷を発生させたのだ。

魔力の性質を、凍るものへと変えている。〝雪の魔女〟は、変質型の魔女であった。

――何て、冷たい魔力。

魔力をまとったファンネルが接近してくるほどに、テレサリサはその肌に、痛いくらいの冷気を感じている。そして彼女は、その魔力を飛ばすような戦い方ではなく、まとってがむしゃらに突っ込んでくるという、単純極まりない白兵戦を好む。ならばその気質を利用して――。

「捕まえてやるわっ！」

テレサリサは、銀の大鎌を手放した。

ファンネルの目前に無造作（むぞうさ）に放られた大鎌は、瞬時に人の姿を形作り、階段下に向かって両腕を広げた。飛び込んでくるファンネルの身体（からだ）を、その胸に抱き留めようとする。

『っ……！』

ファンネルはほんの一瞬だけ怯（ひる）んだが、駆け上がる勢いもそのままに、足を止めようとはしなかった。突如、目の前に現れた顔のない銀色裸婦――エイプリルの肩口に剣を振り下ろす。

チィン――と金属を叩くような音がして、ファンネルの動きが止まった。

エイプリルは砕けない。肩にぶつかったその剣身ごと、広げた腕をファンネルの背中に回す。このまま〝雪の魔女〟を捕獲できる――はずだったが。

エイプリルの背後に立つテレサリサは、周囲の空気がピリと張り詰めたことに気づいた。空気が澄んで、冷えていく。黒い鉄柵の手すりに霜がおり、ミシミシと白くなっていく。

「……寒っ。うそでしょ？」

エイプリルの凹凸のない顔面や、銀色に輝く裸体もまた、手すりと同じように白んでいった。その身体は膨れ上がったファンネルの魔力に当てられて、あっという間に凍りつく。そして今一度打ち下ろされた剣によって、エイプリルは肩口から脇腹にかけて、真っ二つに砕け散った。

「エイプリルっ……！」

ファンネルは、身体を正面に向けたまま、下げた剣先を後方に向ける。身体にまとう魔力を、その剣身へと凝縮させている。力を溜めながら階段を駆け上がり、テレサリサの目の前へと大きく一歩、足を踏み込んだ。

「……やば」

思わずつぶやいたテレサリサの口元に、白い息が滲んだ。

瞬時にローブの中の鏡面から、また新たな銀色の液体を溢れ出させる。液体を平べったくした簡易的な盾を身体の前に置き、衝撃に備えようとする――が、その銀色の盾が強度を増す前に、ファンネルの魔力をまとった剣身が、その盾を抉るようにして叩いた。

剣身が盾を打つ瞬間――ファンネルは剣に凝縮させた魔力を、そのインパクトとともに一気に解放させた。踏み込んだその足先や、振るった剣の軌道に沿って発生したそれは、まるで洞窟に垂れる鍾乳石のような――煌めく水晶のかたまりのような、とげとげしい氷の束。

全身にまとう魔力を、一点に凝縮させて放っただけの単純な必殺技。だが単純なだけに、そのインパクトは絶大だった。ストレートにぶつけられたその衝撃を、完成しきっていない薄い盾で受けたテレサリサは大きく弾かれ、鉄柵の手すりへと背中をぶつけた。

そしてその鉄柵をひしゃげて壊し、そのまま塔の内壁へ――ステンドグラスへと突っ込む。

塔内部に、けたたましい破砕音が響き渡った。

螺旋（らせん）階段の下方で二人の戦いを見上げていたヴァーシア人たちから、声が上がった。頭上より、煌めくガラスの破片と、氷の欠片（かけら）が降り注ぐ。

「っ……」

ステンドグラスを突き破り、塔の外へ弾かれたテレサリサは外気を肌で感じていた。雪が風に踊る空中――厚い雲と白い城壁――そして眼下に見える地面。身体が落下し始めたその刹那（せつな）――テレサリサは胸中に唱えた。

――〝鏡よ……〟

盾として使用した銀色の液体だけでは、羽を作るには少なすぎる。着地に備えて、大きな翼を形作ろうとしたのだが――赤や青、緑色の飛び散るガラス片の向こうに、テレサリサは真っ白なドレスが翻るのを見た。

「……なっ――」

ファンネルは自らも追撃のため、塔の外へと飛び跳ねていた。

落下してゆくテレサリサの身体へ、剣を振り下ろす。テレサリサは宙で身を捻（ひね）り、それをすんでのところでかわす――が、すでに羽を形成する間などなかった。今ある分の銀の液体を地面と衝突する寸前にぶつけ、衝撃を可能な限り相殺する。

「つあッ……！」

着地と同時に地面を転がったテレサリサは、それでも受け身を取りながら立ち上がった。

その直後、全身に魔力を帯びたファンネルもまた、転がって衝撃を逃がしつつ、下庭へと着地する。パラパラと色鮮やかなガラス片が降ってくる。

同じ魔法使いでも、タイプの違う二人では、魔力の使い方も違っている。魔力を身体にまとう変質型のファンネルは、その魔力をバリアとして、あるいは緩衝材として使用することに長けていた。

一方で〝手鏡〟というアトリビュートを介して、魔力を〝精霊〟に変える操作型のテレサリサは、その魔力を直接身体にまとう使い方は不得手である。ファンネルのような変質型がやるように、咄嗟に魔力を全身にまといクッション代わりにしたものの、落下のダメージはファンネル以上に大きい。息を吸うたびに、身体のどこかが痛んだ。

「はあ……はあ……」

二人が着地した場所は、下庭だった。

見上げた空では強風に厚い雲が流れ、雪が暴れるように乱れ散っている。城と城壁に囲まれた下庭に吹く風は、遮蔽物のない氷上に比べれば、まだ穏やかなほうだ。それでも肌を刺す冷風に、凍えるような寒さを感じる。テレサリサの鼻先は赤らんでいた。

雪の積もったグラウンドは、真っ白だ。城壁に沿って、蓋がされた井戸や家畜小屋、工房などが並んでいる。人気のない建物の上に、雪は降り続く。城壁の一角にある火刑台――杭の一本立てられた組木の上にも。

「……何なの？　あいつ。戦闘狂かよ」

テレサリサは正面のファンネルを睨みつけながら、ローブの中で手鏡をなぞり、その状態を確認する。幸いにも、鏡面は割れていない。

「……きひっ」

ファンネルは口の端を歪めて笑った。凶悪な顔もまた、絵に描いたように美しかった。

「戦、闘、狂。悪くない響きだ」

「別に褒めてないんだけど……って、待って？　あなたトランスマーレ語しゃべれるの!?」

「しゃべれるが？」

ファンネルは、当然だと言わんばかりに小首を傾げる。

「だがトランスマーレと会話するのは、初めてだな。発音は、これで合っているのか？」

「はぁ……!?」

テレサリサは愕然とした。言葉が交わせるのなら、交渉できるではないか。わざわざ魔法戦を繰り広げる必要などなかったのだ。

「じゃあ話を聞いて、雪の魔女！　私は戦いに来たわけじゃない」

「ほぉん……。さっきの〝ヴァーシアじゃないヤツ〟と同じことを言う」

「ん？　あいつと会ったの？」

「さっき見たぞ、黒い男だ。戦うのではなく、話したいと言っていたな」

「会ってるんなら、話が早いわ。彼は魔女を集めてるんだって。だからあなたを倒しにじゃなく、仲間にするために来たの」

「仲間に……？」

テレサリサが構えるのをやめたからか、ファンネルもまた、剣先を下げている。

「そう。あなたの力が必要なんだってさ。だからこの城から出て、一緒に来て」

「……ふうん。断る」

と、ファンネルは素気なく交渉を打ち切った。腰を落として剣を構える。

「ちょっと待ってよ！　断るの早くない？　話を聞きなさい」

「聞いたぞ。早くない。断る」

「早いってば！　じゃあ、あなたが聞かせて。どうして断るわけ？　理由を教えて」

「……長い間この城でヴァーシアを迎え撃っているが、戦士たちが私を殺すため、魔術師(ウィザード)や異国の者を連れて来たのは初めてだ。せっかく彼らがしつらえてくれた魔法戦じゃないか、最後まで楽しみたい。……それに」

ファンネルは目を伏せて、ぽつりと付け加えた。

「冒険なんて、もう無理だ。私は死に体だからな。あとは死に方を選ぶだけ」

「……？　あなた、死にたいわけ？」

「いいや？　戦いたい。死ぬまで、そして死んでからもなっ！」

ファンネルは剣を握り、足を踏み込んだ。話している時間さえ惜しい――そんな顔をしている。その嬉しそうな表情は、心底戦いを楽しんでいるように見える。

「……ああもう。これだから魔女ってのは」

テレサリサは、自分が魔女であることを棚に上げてつぶやく。言葉が通じたところで、相手は魔女。一筋縄ではいかない。

「それじゃあお望みどおり、死なせてあげようか、エイプリルッ！」

テレサリサは腕を振り上げた。話しながら、さり気なく雪上に這わせていた銀色の液体が、駆けてくるファンネルの足元で、渦を巻きながら上昇する。

「ぎゃっ……!?」

液体は一瞬にして巨大な卵のように形を変えて、ファンネルの全身を包み込んだ。

5

〝卑怯な〟メルクは一人、城の出口を捜してさまよっていた。

〈氷の玉座〉に辿り着く前に、突如降って現れた〝雪の魔女〟によって、討伐隊はばらばらにされてしまった。だが、それはまだ問題ではない。戦士たちは彼女と戦うためにやって来たのだ。奇襲を受けて面食らっただけ。戦闘が少し早まっただけ。想定外の脅威は、絵画の並ぶあの廊下で遭遇した、謎の魔術師(ウイザード)である。そして彼女の従えるモンスターだ。

『……この世のものじゃねぇよなあ、あれ』

隊長フィヨルドが、首を捻(ひね)られて死ぬのを見た。〝死にたがりの〟スヴィンは無事魔女に斬(き)られたが、〝女の敵〟アッペルシーンは驢馬(ろば)に惨殺(ざんさつ)され、〝母なる〟ビルベリーは猫から吐き出されて棺桶の中に消えた。おそらく彼女も死んだのだろう。カイやゲルダの姿は見ていないが、さすがにあの客間に残ったままということはあるまい。

他のヴァーシア人たちともはぐれ、メルクはたった一人ぼっち。やけに静かな冷たい城を徘(はい)徊(かい)していた。

時折、遠くで悲鳴が聞こえる。もしかしたら、仲間の誰かがあのモンスターと遭遇し、襲われているのかもしれない。だからメルクは、その声のする方向へは近づかない。そこに脅威があるのなら、当然そこに背を向けて歩く。遠くに聞こえる仲間の悲鳴が、モンスターの居場所を知らせてくれる。

——聞いてない。この遠征に〝雪の魔女〟以外の戦う相手がいるなんてこと。

『隊長だって死んだんだ。討伐はもう中止だろ……』

魔女に天界へ送ってもらうことも難しそうだ。ならばメルクは城を出て、湖畔の先にある森の中の拠点へと戻りたかった。だが客間から出てがむしゃらに走り、悲鳴が上がる方向とは反対に進むうち、城内で迷子になってしまっていた。モーニングスターを構えて辺りを警戒しながら、薄暗い廊下を勘で進む。だが外への出口が見つからない。

やがてメルクは、開けた空間へ出た。その部屋は廊下よりも一段低くなっており、床に敷かれた石畳の目が粗い。天井は高く、壁際に暖炉があり、いくつものかまどが並んでいた。石壁には無数のフライパンや鍋、鉄板などがぶら下がっている。

壁際には食器棚もあり、重ねられた平皿の他に、花柄の飾り皿が立てられていた。

ここは城の調理場――キッチンだ。しめたとメルクはほくそ笑む。キッチンには、食材を運び入れるための裏戸がある。そこから外に出られるはず。

メルクは、中央に並ぶロングテーブルを迂回する。どのテーブルの上にも、調理道具や食材が無造作に置かれていた。ただそのどれもが、カチコチに凍りついてしまっている。バスケットに山盛りのパンには霜が降り、鍋に残されたスープの中では、沈んだジャガイモが氷漬けとなっている。

――いったい、いつの食材なのかねぇ。

メルクが生まれるよりも前に氷漬けとなったスープなのかもしれない。

テーブルのそばには、首の落とされた豚の丸焼きが、ハンドル付きの器具に突き刺さっていた。ハンドルをぐるぐる回して下から火で炙る調理器具だ。皮に焦げ目の付いた豚は、凍ってさえなければ、香ばしい匂いを放っていたに違いない。凍っていては当然、かじりつくことさえできないが。

出口を捜してキッチンの奥へと進む。ふとメルクは、ピチャピチャという不可解な音を聞いて足を止めた。あるロングテーブルの向こうで、影が動いている。何かがいる。

息を殺し、恐る恐る覗いてみると、丸っこい黒猫が石畳の上で肉を舐めていた。耳の先の毛がくるりとカーブし、首には白いリボンを巻いている。ビルベリーを吐き出した、あの黒猫である。舐めていた肉塊は、豚のように凍ったものではなく、真っ赤な鮮血に濡れたものだった。

『っ……!』

その先端が人の手の形をしていることに気づき、メルクは息を呑んだ。

あれは死体だ。猫が食べている肉塊は、ヴァーシア人の腕。メルクは後退りする。最悪だ。悲鳴とは逆に進んできたはずなのに、モンスターと遭遇してしまうとは。早くキッチンから抜け出さないと――今歩いてきた石畳の上を、音を立てないようゆっくりと下がっていく。

幸いにも猫は食事に夢中だ。今なら気づかれずにキッチンを離れられる――と、足を下げるメルクは、背後に聞き覚えのある音を聞いた。

――コッ。コッ。コッ。

あの白い魔術師の女が、舌を口内で弾く音だ。メルクは振り返る。キッチンの出入り口は、薄暗い廊下へと続いている。その廊下から聞こえる音が、徐々に近づいてくる。

メルクは咄嗟に、壁際の暖炉の中へと飛び込んだ。モーニングスターを抱いたまま身体を丸め、脅威が通りすぎていくのを待つ。廊下に人の気配があった。

――コッ。コッ。コッ。

女は棺桶を牽いている。ガタン、ガタンと棺桶が段差でけたたましく跳ねる。最悪は続く。女はキッチンへと入ってきたようだ。メルクの隠れる暖炉のすぐそばを歩いていく。メルクからは、その白いスカートのスリットから覗く褐色の太ももとブーツ、そして牽かれていく棺桶が見える。

「にゃぁぁあん。にゃあああん」

猫の鳴き声がして、女が足を止め、棺桶を立てた。

「おや。こんなところにいたんだね。何をしていたのかな？」

「にゃあ」と応えた黒猫が、女の前に歩み寄ってくるのが見えた。

もっと向こうで足を止めてくれればいいのに。女の足はまだ、暖炉に隠れるメルクの視界に入っている。振り返り暖炉を覗き込まれれば、見つかってしまうかもしれない――。

寒さか、あるは恐怖のためか、震えが止まらない。メルクは小さく身を縮め、モーニングスターを抱いて固く目を閉じた。この特殊な武器は、持ち手とトゲの付いた鉄球を、鎖で繋いだものだ。その鎖が、震えるメルクの腕の中からこぼれた。

――チャラリ。

ほんの、微かな音だった。それでもメルクはギョッとして目を開ける。

黒猫が音に反応し、こちらを凝視していた。その目の焦点は合っていない。だが鼻先は確実に暖炉へと向いている。確実にこちらを意識している——次の瞬間。

猫の頭部がパカッと割れて、うごめく触手があふれ出した。

『……あぁぁぁぁアッ！』

あまりの恐怖に、メルクは暖炉を飛び出した。

振り返ったココルコのそばに、すがるようにして膝(ひざ)をつく。

「スミマセン、ゴメンナサイッ！　ドウカ、ゴ慈悲ヲッ……」

叫んだ言葉は、片言のトランスマーレ語だった。

きょとんとするココルコに、メルクは祈るように訴える。今、ここでモンスターなどに喰(く)われれば天界へは行けない。命を繋(つな)ぎ止めるために、伝わってくれと願いながら懇願する。

「ドウカ僕を、ルーシー(ルシアン)教徒にして、いただけないでショウカ……！」

「……ルシアン、と言ったのかい？」

「ええそう、ルシアン！　ヴァーシアは嫌デス！」

通じた。これほどまでに、トランスマーレ語をかじっていて良かったと思ったことはない。

メルクの知る限り、ルーシー教は王国アメリアを拠点にしているものの、その信者をアメリア国民に限定してはいない。人種も肌の色も様々だ。現にこの魔術師(ウィザード)の肌は褐色である。南の生まれであることの証だった。ならばヴァーシア人である自分が、ルーシー教に改宗することもまた、あり得ないことではないはずだ。

メルクは横目に黒猫を見る。自分がココルコと話し始めたことでエサではないと思ってくれたのか、その頭部は閉じている。命を繋いだ。メルクはそう直感する。今はこの魔術師に取り入る。そして――とメルクは、ローブで隠れたその手で、腰に提げたダガーナイフを握った。

振り回して敵の骨を粉砕するモーニングスターは、人目を引く派手な武器だ。だがそれは囮。メルクの本当の武器は、腰に提げたダガーナイフだった。刃にたっぷりとトリカブトの毒を塗した、一撃必殺こそが本命。相手を油断させ、毒の刃を突き立てる。卑怯でもヴァーシアだ。これが彼の戦い方――。

魔術師は腕を組み、小首を傾げてメルクを見下ろす。考えている様子。もう一押しだ。

「後悔シテマス。ヴァーシアとして生キテ。コレカラ悔い改めます。ダカラどうか――」

ルーシー教は、竜を絶対的な存在として崇める宗教だ。この世界は竜の所有物で、人々は竜に赦されて存在しているのだと説く。彼らが〝奇跡〟と称する魔法もまた、竜からの賜り物であるらしい。

「僕を、竜様ノ治メル世界に連れてってくださいッ……！」

聞きかじりでしか知らない情報だが、メルクはその宗教観に則って訴えた。これは言わば入信テストだ。全力でこの白い魔術師に取り入る。

「どうか僕ニ、救いを与えてくださいッ……！」

「……救いを？」

ココルコは、メルクの言葉を黙って聞いていた。メルクは必死に訴え続ける。いかにルーシー教を敬っているか、どれほど野蛮なヴァーシアが嫌いか。叶うのなら、ヴァーシアとしてのこの血を抜きたいとまで言った。だが――。

――彼はいったい、何を訴えているんだ……？

その言葉は単語しか伝わっていなかった。ココルコはふと、似たような状況があったことを思い返す。ああ、あれは確か、と片言のトランスマーレ語を聞きながら回顧した。


コンコンと二度、ココルコはドアをノックした。

その館は、切り開かれた森の中に建っていた。豪勢な門があり、よく手入れのされた庭があった。大きな町を治める領主の家だ。だが扉を叩いて出てきたのは、この屋敷には似つかわしくない、薄汚れた男。彼は訪問したココルコを見て、歯抜けの前歯を晒して笑った。

部屋の中から「誰だ」と尋ねられ、ココルコを指差しながら振り返る。

〝女だ！　若い修道女だよ！　面白えコトに、棺桶を牽いていやがるッ！〟

十年近く前の話だ。

王国アメリアの属国となったばかりの豊かな町が、傭兵崩れの強盗団に襲われた。百人以上もの構成員により略奪の限りを尽くされた町は、彼らによって支配されていた。その鎮圧に派遣されたのは、〝召喚師（サマナー）〟ココルコ・ルカただ一人だった。

ココルコは群れない。修道女ではなく歴（れっき）とした魔術師（ウイザード）だが、弟子や仲間を引き連れない。召喚した魔獣が見境なく攻撃してしまうからだ。だから常に単独で行動する。

強盗団は町からほど近い森の中にある領主の館を占拠して、気ままに町へ繰り出しては、乱暴狼藉（ろうぜき）を働いていた。人々から金目のものをかき集め、食料をあるだけ館に運ばせていた。悪党だった。不快なほどに。

「コッ。コッ。コッ……」

掃討はまたたく間に終わった。ココルコは強盗団たちの、首の骨が折れた遺体をブーツで踏みつけながら、館の居間を悠々（ゆうゆう）と歩いた。

「にゃあぁぁあん」と、テーブルの上で黒猫が、千切れた腕を舐（な）めている。

「わふ、わふッ」と頭が二つある黒い犬が、遺体の内臓を噛（か）み千切っている。

居間の一角に隠れていた生き残りが、恐怖に耐えかね悲鳴を上げて、館の窓から逃げ出そうとした。だがその背後には、頭蓋骨を剝（む）き出しにした、黒い驢馬（ろば）がいる。

「ヒィアァアァぁあぁんっ……!!」

驢馬がいななくと、逃げた男の首が曲がる。ゴキリと半回転して捻（ねじ）れ、窓の外に倒れた。

「コッ。コッ。コッ……」

ココルコは舌を弾きながら、二階へと上がった。

中に人の気配を感じる部屋を見つけ、ドアを開ける。

すえた臭いが鼻を突いた。そこには、見るに堪えない光景が広がっていた。

部屋にいたのは、若い女たちだ。大きなベッドが二つ並んでいて、その上に全裸の女たちが三人、ベッド脇には五人が身を寄せ合っている。他にも、タンスに張りつけにされた女が一人。こちらはすでに動かない。床にうつ伏せに倒れている女もいた。こちらも事切れているのか、生気を感じられない。

「…………」

ドアが開いたことに驚いたのか、女たちは短い悲鳴を上げた。みな髪はボサボサで、頬がこけて青白く、誰も彼もやつれていた。その目に光はない。疲れ切っていて老いて見える。

この館の奥方や娘、それから町から連れ去られ、悪徳の限りを尽くされた哀れな娘たちだった。彼女たちの理性はもう壊れてしまったのか、ココルコが館から出るよう言っても、喜びの声や快哉を上げなかった。部屋へ入ってきたココルコを、睨みつけるように見るだけだ。ココルコの登場は、彼女たちにとってはもう、救いではなくなっていたのだ。

一人の女が這うようにベッドから下りてきて、ココルコの前に膝を立てた。純白のスカートへすがるようにしがみつき、そしてかすれた声で、何かをしゃべった。

しかしその土地は、トランスマーレ語の圏内ではなかった。王国アメリアの属国となったばかりの、王都から遠く離れた辺境の地。涙ながらに何かを訴える女の言葉は、ココルコにはわからない。だが、彼女の訴える屈辱や激情は伝わった。

「うん……わかるよ。こんな汚い世界に、もう生きていたくはないよね」

穢（けが）されて。傷つけられて。どうしてこれからまた以前のように、笑って過ごせるようになれるだろう。女はココルコを見上げて泣いた。

――どうしてもっと早く助けてくれなかったの。

――どうしてこうなる前に来てくれなかったの。

「……ごめんね」

ココルコは膝を曲げ、女の頭を抱きしめた。女はココルコの腕の中で叫んだ。

――だったら、せめて私たちに――「救いを、与えてくださいッ……！」


冷たいキッチンに、メルクの悲痛な叫び声が響き渡る。

「……わかった。君のために祈ろう」

ココルコの優しい微笑（ほほえ）みを見上げ、メルクは想いが通じたのだと喜んだ。

もっと近づけと、懐に忍ばせたダガーナイフの柄を握る。

その望み通り、ココルコはメルクの前に膝をつき、彼の頭を抱きしめた。そうしてあの日と同じように、救済を求める哀れな弱者のために、慈愛の心をもって囁く。

「――どうか次生まれてくるときは、お幸せに」

『……え？』

――ボキ。次の瞬間、メルクは首を捻られ、絶命した。

美しき竜の治めるこの世界には、まだ存在するに値しない醜い人間たちが繁栄している。

彼らによって世界は日々、穢され続けている。不幸にも、その瘴気に触れて堕とされてしまった善良な者たちは、この世界で生きることに絶望している。ときに死が最良の救いとなる。ルーシー教は自死を認めていた。一方で自死を禁じるヴァーシア神話も、勇ましく死んだ戦士に限っては天界へ行ける。過酷な現実世界よりも、幸せな死後が待っている。

皮肉にも、死が救いである点においては、二つの宗教観は共通していたのだった。

6

ファンネルの足元から渦を巻き、その全身を包み込んだ銀色の卵は、すぐに彼女の凍てつく魔力に当てられ内側から凍り始めた。つるりとした表面に霜が降り、ミシミシと亀裂が入っていく。そして内部から振り上げられた剣によって、破砕した。中から飛び出したファンネルは、さながら生まれ立ての小鳥のようだ。凍って砕け散った銀色の欠片が、雪上に散る。

「くふっ！　大したことないな、お前の魔法はッ……！」

笑みをこぼしたファンネルは、すかさず足を踏み込んで、大鎌を構えたテレサリサへと距離を詰めた。テレサリサは後退りしながら、ファンネルの剣身を受け止める。

風に雪の舞い踊る中、剣と鎌の打ち合わされる音が、人気のない下庭に響く。

ファンネルの猛攻は止まらない。テレサリサに反撃の隙さえ与えない。グラウンドの中央辺りで繰り広げられる二人の剣戟を、本物のテレサリサは、グラウンドを臨む建物の壁際から眺めていた。その両手で、テレサリサに化けたエイプリルを操りながら。

「……やってらんな」

ファンネルを銀色の液体で包み込み、視界を奪ったその一瞬のうちに、テレサリサはまたエイプリルを鏡面から発現させて、自身の姿へと化けさせていたのだった。そして自分はその隙に、前線から離れていた。

この城は、魔力の源泉たるマナが溢れるマナスポットだ。城内での戦闘において、魔力の枯渇を気にせず何度もエイプリルを繰り出せるのは有り難いが、それはファンネルにも言えること。彼女は、凍てつく魔力を全力で発散させながら猛進してくる戦闘スタイルである。魔力のスタミナ切れが望めないなら、その戦いに付き合っていても終わりがない。

エイプリルは視界に入っていないと操作できないため、これ以上離れることはできないが、テレサリサはすでにファンネルと戦う意思はなかった。勧誘には応じてもらえず、かといって無傷で捕獲できるほど楽な相手でもない。ならば戦い続ける理由がない。

やれるだけのことはやった。タイミングを見計らってこの場から離れよう。そう考えていたところに、背後の大きな窓ガラスがノックされ、振り返る。

「魔女様っ……！」

窓の向こうにいるロロの声が、くぐもって聞こえる。

その手に〝母なる〟ビルベリーの戦斧を持っていた。また、オレンジ髪のアイテム士を連れている。テレサリサが背にしていたのは、ロロとゲルダが駆けていた廊下だった。

テレサリサは、ファンネルの相手をするエイプリルを操作しながら、器用に、ひとかたまりの銀色の液体を、ローブの中の鏡面から溢れさせる。

液体を人の半身ほどある長い棒状にして、窓に張りつかせた。片方の端を支点にして、ぐるりと円を描いて回転させる。支点とは反対側の先に尖らせた刃物が、窓ガラスを円状にくり抜く。ガコッ、と綺麗に空いた穴の向こうで、ロロとゲルダが驚いた顔を見せた。

「おお。すご……。何でもできますね、魔女様は」

「何でもできるわけじゃないよ。それよりどこ行ってたの、大変だったんだから」

ロロはテレサリサに、九使徒の一人と遭遇したことを伝えた。

「彼女は〝召喚師〟と名乗っていました。実際に魔獣を従えています。少なくとも二体……特に驢馬がヤバい。いななくたびに、近くにいる者たちの首が折れていくんです」

「……やっぱり。客間で感じた魔力は、あの子のものじゃなかった」

テレサリサの視線を追って、ロロもまた下庭で戦うファンネルを見据える。

ロロは手短にゲルダから聞いた〝雪の魔女〟の話をテレサリサへと伝えた。彼女は雪王ホーリオの姉であるということ。四十三年前、ルーシー教の竜を召喚し、当時の雪王の怒りを買って処刑されそうになったということ。ファンネルは生まれつき魔女だったわけではなかった。

〝火の女神〟は、その胸に槍（やり）を突き立てられた瞬間に、〝雪の魔女〟へと変わったのだ。

「……ルーシー教には、〝割礼術〟っていう魔術師（ウィザード）の作り方があるらしいわ」

テレサリサもまた、自分の知る話を手早く背後のロロに教えた。

「魔法は誰もが使えるわけじゃない。長らく修道院で修行しても、マナを取り込めない修道士（モンク）たちも結構いるみたい。そんな彼らに与えられる最後のチャンスが〝割礼術〟」

魔力の元となるマナは、自然界に溢れている。これを意図的に体内に取り入れ、魔力として使用するのが魔法だが、誰に言われるまでもなく、そのマナを自然に体内に溜め込んでいる生き物たちがいる。魔獣だ。割礼術とは、この魔獣から直接マナを注ぎ入れてもらうという荒療治だった。

ルーシー教において、最も神聖な魔獣は言わずもがな、竜だ。修道士たちは竜の爪によって身体（からだ）のどこかを裂かれるか、あるいはその牙（きば）に噛（か）まれることで、傷口からマナを強制的に注入され、マナを体内に取り込む感覚を開く。

魔力が使えず、落ちこぼれであったはずの修道士たちは、割礼術を経ることで、むしろ魔術の使用を竜に赦された〝割礼組〟として一目置かれるようになるという。だからこそ、すでに魔法を使える者が、さらなる魔力の向上を求めて割礼術に挑むという例もあるらしい。

「でもそれだって、全員が成功するわけじゃない。致命傷を負って死んでしまうことも多いんだって。けどあの子は、そうじゃなかった――」

召喚した竜によって裂かれた傷が、ファンネルに異教の力を授けたのだ。

「あの子は、わかりやすい変質型だよ。まとった魔力を、凍らせられるものに変質させている。あの魔力に触れたらすべてが凍る。発現したのが四十三年前。けどあの子、どう見ても四十三歳以上には見えない」

「〝雪の魔女〟は血を流さない。もしかして彼女自身、凍っているんですか……？」

「あの子の魔力は、たぶんあの子自身の時間さえも凍りつかせている。つまりこの四十三年間ずっと、あの子は魔法を発動させ続けているんだよ」

「……四十三年間も継続して魔法を使い続けるなんて、しんどくないんですか？」

「そりゃあしんどいわ。というか、普通は魔力が枯渇する。私だって、長くエイプリルを出し続けることなんてできないもの。時間を止めるなんてそんなの、どれだけの魔力が必要なのか見当もつかない。けどここなら……この場所だから、可能なんだ」

「マナスポット、ですね。じゃあここでなら、彼女は一生、時を止められるってこと……？」

「その一生だって終わりは来ない。あの子の時間は止まっているんだから」

「……途方もないですね」

エイプリルに剣を振り続けるファンネルは、戦いを心から楽しんでいるように見える。

ロロは、彼女の過ごしてきた四十三年間を想像した。誰もいない城でたった一人、凍りついた世界で彼女は何を思い、過ごしてきたのか。自分なら、とロロは考える。きっと魔法を解いて、城を捨てるに違いない。多くの者だってそうするだろう。魔法を使用できるのが、マナの湧き出るこの湖城に限られていて、孤独に過ごすしかないというのなら、永遠の若さを得ていても、何の意味もないように思える。

「……彼女はどうして、そこまでして城に住み続けるのでしょう？　何か目的があるのかな」

「さあね。それは本人に聞いてみなきゃ――」

テレサリサは不意に言葉を切った。何かを察したように振り返り、視線を廊下の向こうへと向ける。ロロとゲルダが走って来た方向だ。

「……うそでしょ。一体増えた」

「増えた……？　魔獣ですか？」

「禍々（まがまが）しい魔獣の魔力が三つ……それから、強力な魔術師（ウィザード）の魔力。こいつが〝召喚師（サマナー）〟だね。相手もこっちの魔力に気づいてるはず。すぐに現れると思うよ」

「急いでここから離れましょう。九使徒の参戦で、魔女の勧誘どころではなくなってしまいました。日を改めます」

ロロはゲルダへと振り返り、ヴァーシア語で伝える。

『ここに九使徒が迫っているそうです。俺たちは城を出ます。あなたも一緒に――』

『いや』と、ゲルダは首を振った。

『わたしは残る。最後まで戦うわ、九使徒が相手でも』

『……九使徒は魔術師（ウィザード）の最高位ですよ。彼女の連れていた驢馬（ろば）を見たでしょう。立ち向かった隊長も一瞬で殺されてしまいました。とても勝てる相手ではありません』

『あなたたちは逃げればいい。けどわたしたちヴァーシアは、相手を選ばないわっ』

ゲルダは青白くなった顔に、ふつふつと怒りを滲（にじ）ませる。

『カイは大切な人なの。大切な人をあんな目に遭わされて、仇（かたき）も取れずここで逃げたら、わたしはきっと、ヴァーシアじゃなくなるの！　だって悔しいんだもの。悔しいの。勝てるか勝てないかじゃない！　わたしはあいつを、許せないっ……！』

「…………」

「その子、逃げるのを嫌がってる？」

テレサリサはグラウンドを牽制（けんせい）しながら、背後を一瞥（いちべつ）した。

「なら私もその子に賛成。相手が九使徒なら、戦うわ。またとない復讐（ふくしゅう）のチャンスだもの」

「……魔女様まで」

「レーヴェンシュテイン城では、あなたたちに恩があったから、お姫様の脱出を優先させた。

その子。その魔術師に仲間を殺されて。私だって同じ。ヤツらアメリアに国を奪われて、怒ってる。そして何より――」

けどここは敵の城じゃない。今、追い詰められているのはヤツのほうだわ。怒ってるんでしょ、

テレサリサは振り返った。同時にローブの懐から溢れだした銀色の液体が、瞬時に大鎌を形成する。刃や柄に、蔓や葉の絡み合う細かなレリーフ。死神が胸に抱くような大鎌を、振り返ると同時に振り下ろした。尖った刃の先端が、降り積もった雪を撥ねさせ地面へと突き刺さる。

「〝鏡の魔女〟を相手に、追い回してるつもりなのが気に入らないわ」

テレサリサはロロを正面に見据える。グラウンドでは、戦っていたエイプリルが突然動きを止めたので、ファンネルがぎょっとして距離を取っていた。

「……勝てる見込みはあるのですか？」

「それはわからないけれど。ケンカって、相手を選んでするものではないでしょ」

奇しくもテレサリサは、ゲルダと似たようなことを言った。

「……暗殺者としては、リスクを考えて逃げるべきだと思います」

ロロはそう学んできた。九使徒とは、いずれどこかでぶつかることになるだろう。だがそれは今ではない。もっと戦力を集め、確実に勝てるときになってから――。

「そう。けど私は暗殺者じゃない。慈愛に満ちた聖職者でも、聞きわけのいい賢者でもない。私は、魔女だよ。そして大切な人を傷つけられたら当然のように怒る、一人の人間だよ」

ロロを見つめるその紅い瞳が、静かに燃えている。

「……私は今、怒っているんだ。だから今、闘うの」

あなたは？　違うの？　まるでそう、問い掛けるように。主を殺されて、国を奪われて、姫までああんな目に遭わされて。あなたは悔しくないの——と。

ロロは拳を握りしめた。悔しくない、はずがない。あの日の後悔は尽きることがない。けれど考えないようにしている。感情的にならないよう心がけている。それでも耐えられているのか、自分でもわからない時がある。テレサリサの瞳に灯る復讐の炎は、確かにロロの胸の内にも燃えているのだった。

「……わかりました。迎え撃ちましょう」

ロロは廊下から、テレサリサの背後へと視線を送った。ファンネルは、ようやくテレサリサが二人いることに気づいたようだ。こちらと、動きを止めたエイプリルを交互に見ている。

「彼女はどうしましょう。ここで戦えば、巻き込んでしまうことに……」

「巻き込んでしまえば？　そもそも、あの子を巻き込みたくてここに来たんじゃないの」

テレサリサもまた、ファンネルへと視線を移した。

「相手が九使徒なら、私たちが城から離れたところで、〝雪の魔女〟を放ってはおかないと思うよ？　すでに巻き込んでる」

「……確かに。そのとおりですね」

「それに案外喜ぶかも。あの戦闘狂、死んでからも戦いたいって言ってたくらいだし」

「死んでからも……？」

――そうか。その言葉を聞いて、合点がいった。〝雪の魔女〟ファンネルがなぜ四十三年もの間、自らの時間を止めてまで剣を振るい続けていたのか。彼女が何を、待ち続けているのか。

「……〝雪の魔女〟は城から出ないんじゃない。出られないんだ」

ロロはゲルダを正面に見据えた。

『召喚師（サマナー）は俺たちで倒します。カイさんの仇（かたき）は必ず取る。あなたはどこか安全な場所へ』

視界の端で、グラウンドのファンネルが剣を構え直し、駆けてくる姿を捉える。

ロロは客間で拾ったビルベリーの戦斧（せんふ）を握りしめ、窓に空いた穴から、下庭へと飛び出した。冷たい外気に身震いを一つ。その背にゲルダの声を聞く。

『待って、安全な場所って何⁉　いやです。わたしも戦うっ……！』

『アイテム士がアイテムもなしに？　足手まといですよ』

言ってロロは、テレサリサとすれ違った。

「……魔女様二人が共闘すれば、きっと九使徒も倒せますよね」

「できるの？　あの戦闘狂を仲間になんて」

「やってみます。それが主の望みとあらば」

ロロは戦斧を手に駆け出して、ファンネルの剣を迎え撃つ――。

振り下ろされた剣身を、戦斧の刃で受け止める。直後、ロロは斧の湾曲した刃の根元でファンネルの剣身を搦め捕り、剣先を下げさせた。そうして動きを抑え込む。二人の肩が、触れ合いそうになるほどに近づいた。

『再びお目にかかれて光栄です、雪の魔女様』

『……どけ〝ヴァーシアじゃないヤツ〟！　私はあの魔術師に用があるんだ』

ファンネルはロロの肩越しに、壁際で大鎌を持つテレサリサを睨む。

ロロは異様な空気の冷たさに気づいた。ファンネルの身体から発せられる魔力を、冷気として肌で感じている。あまりの冷たさに、手袋をした指先がかじかむ。息をするたびに、口元で吐息が白く滲んだ。

『彼女は魔術師ではありません。〝鏡の魔女〟様です』

『鏡の……？』

『そうです。あなたと同じ、ルーシー教の魔術師とは、違う経緯で魔力を得た方です』

ミシミシと、ファンネルの剣身や戦斧の刃に、霜が降り始める。このままでは凍らされてしまう――ロロは斧を引き、ファンネルの剣を解放した。

瞬間、ファンネルは剣先を切り返す。ロロはその軌道を斧で防ぎ、受け止める。ファンネルは剣を手元に引き、息つく間もなく次の手を繰り出した。突き、横に薙ぎ、振り上げ、振り下ろしてロロに迫る。ロロはその刃を弾き、踵を下げながら早口で訴えた。

早く決着を付けなければ、今にも相手の鬼気迫る冷気で凍ってしまいそうだ。

『ファンネル・ビェルケっ。あなたも偶然魔力を手にした魔女だ！　胸を槍で突き刺されたその瞬間に、あなたは、あなた自身の時間を止めた。それから四十三年もの間、絶えず魔法を使い続け、時間を止め続け、一人で城に住み続けている。こんな大きな城に、たった一人で……！　それはなぜですか』

『教えてやろうっ。私はこの城で一人孤独に過ごすのが、大好きだからだっ！』

『嘘です。あなたは城から出ないんじゃない、出られないんだっ。マナスポットであるここを離れると、魔法が解けてしまうから！　あなたの時間が動き出してしまうから！　そうするとあなたは、死んでしまうから……！』

『…………』

『あなたは、王に槍を突き刺されたその瞬間に、時を止めた。だから魔法を解いて時間を動かすと、心臓の傷が開いてしまうのではないですか？　だから魔法を解くことができずにいる。自ら魔法を解いてしまうことが、〝自死〟となってしまうから。それじゃあダメなんだ。だってあなたは、ヴァーシアだから！』

一際大きな金属のぶつかる音が鳴り響き、ファンネルは剣身を戦斧の刃に振り下ろしたまま、動きを止めた。その顔から笑みが消えている。

死ぬとわかっていながら、自ら魔法を解くのは自死だ。

マナの供給が及ばない城の外に、自ら出てしまうことも、自死。

年に一度やってくるヴァーシアの戦士たちに自ら首を差し出しても、もちろん自死。

それではいけなかった。どれだけ孤独でも、ファンネルには自死できない理由がある。

『ヴァーシアが自死を選んでしまうと、冥府に堕ちてしまうから！』

ミシミシ——とファンネルの魔力の冷たさに、打ち合わせた斧(おの)に霜が降りていく。ロロの頬(ほお)や髪の毛先が凍りついていく。しかしロロは、今度は離れようとしなかった。凍っていくままにファンネルを見返し、捨て身の覚悟で訴え続けた。

『雪王ホーリオは、あなたをヴァーシアではなく〝堕ちた魔女〟と称した。ヴァーシアでも何者でもないと、そう言い捨てた。けれど、自死を恐れるあなたの死生観はヴァーシアそのものだ。あなたは歴(れっき)としたヴァーシアの娘だ……』

ロロを見つめる、ファンネルの薄いブルーの瞳が揺れる。

『だからあなたは剣を振り続けるんだ。ヴァーシアであるために。ヴァーシアとして死ぬために。自分を倒せる戦士が現れるまで、戦い続けるんだ。これからもずっと、この城で——』

ファンネルは剣を切り返し、ロロの握る斧を下から弾いた。

ロロはすぐに斧を構え直そうとした。だが凍りついた腕はうまく動かない。かじかんだ手では斧を盾(たて)に防御することができない——しかし。ファンネルからの追撃はなかった。

数歩下がったファンネルは、ロロに剣を振る代わりに『ふふん』と鼻で笑ってみせた。

『私がヴァーシアだから何だ？　お前に関係があるか？』

『あります。ここからが本番。交渉です……』

ロロは肩で息をしながら応える。寒気に震えが止まらない。身体を折ってしまいそうなところを、必死に耐えて背筋を伸ばす。あごの震えを噛みしめて抑えた。

『……この私なら、あなたの願いを叶えて差し上げられる』

『ほう？　お前が私を殺してくれるのか？』

ファンネルはころころと笑った。

『この四十三年間。どれだけの戦士たちが私に挑み、散っていったかを知っているのか？　私は八百人以上もの戦士を斬っている。お前が私を倒せるとは思えんがな？』

『四十三年間で八百人……でしょう？　むしろ少なすぎる』

ロロは意図して不敵に笑った。

『……私の祖父は、一晩で三百人を殺したことがある』

その、どこかで聞いたことのあるような逸話に、ファンネルは目を見開いた。

一夜にして三百人もの兵を暗殺した〝三百人殺し〟――四獣戦争の最中、前線から帰ってきたヴァーシアの戦士たちが口々に語っていたその恐ろしさは、ファンネルもよく覚えている。

〝キャンパスフェローの猟犬〟は、アメリアの魔術師と並ぶ、戦場の脅威――。

『お前の祖父とは……まさか〝黒犬〟か?』

『はい。そして私はその正当なる後継者。約束しましょう、雪の魔女様。私と共に闘っていただけるのなら、必ずやこの〝黒犬〟ロロ・デュベルが、あなたに満足のいく死を差し上げます——』

7

「コッ。コッ。コッ……」

——来た。

暗く冷たい廊下の先から、近づいてくる気配がある。歩調もバラバラな獣たちの足音。荒々しい吐息と獣臭。そして口内で舌を弾く音——。

凍りついた静謐(せいひつ)な廊下が、今はかくも騒々しい。

テレサリサは大鎌を構え、廊下の真ん中でそれらを迎え撃つ。

「ガルルルルルッ……!!」

暗がりの中からまず真っ先に飛び出してきたのは、二つの頭を持つ犬だった。

その頭の高さが、人の腰ほどまである大型犬だ。毛並みは艶(つや)一つない墨色で、全身が真っ黒なのにその胸元だけが、血に濡れたように赤い。尻尾の先に驢馬(ろば)や猫と同じような、白いリボンが付いていた。

二つの首は牙を剝き、涎を散らしながらテレサリサへ飛び掛かる。

テレサリサは大鎌を縦や横へと振り回し、双頭の犬の身体を狙う。しかし獰猛な犬の動きは素早い。鎌の軌道を掻い潜り、テレサリサの懐へと迫った。片方の首がローブへと嚙みついたと思った次の瞬間、もう一方の首が、鎌を握るテレサリサの手首へと食らいつく。

「っ……！」

どれだけ振り回しても、犬はテレサリサの腕を離さない。

いよいよ廊下の先の暗がりから、ココルコと共に驢馬が姿を現した。

「ヒィアアアァぁああんっ……!!」

――ゴキリッ。とテレサリサの首は力任せに捻られて、半回転した。


その様子を、本物のテレサリサは、丸く空いた窓の向こうから――雪が風に舞い上がる下庭のグラウンドから、距離をおいて見ていた。テレサリサに化けた、エイプリルを操作しながら。

廊下で驢馬が、今一度いななく。途端、円い形にくり抜かれていた大きな窓が、一瞬にして砕け散る。ひしゃげた骨組みだけを残し、割れた窓ガラスの破片が、雪上に飛び散った。

「気持ち悪い鳴き声……」

ココルコが、割れた窓の向こうからこちらを見ている。テレサリサは後ろに下がる。

『……お前たちが城に来てから、窓ガラスが割れて割れてしょうがないんだが？　あれ直してくれるんだろうな？』

グラウンドの中央付近から廊下の窓が割られる様子を見ていたファンネルが、不機嫌に眉根を寄せる。ロロも彼女のそばで、廊下を見ている。テレサリサが小走りで駆けてくる。

『あの白い魔術師に言ってください。俺たちが彼女を倒す前に』

『あれお前たちの仲間じゃないのか？』

『違います。にっくき敵です』

二人に合流したテレサリサは、トランスマーレ語でロロに尋ねた。

「話はついたの？　その子、仲間にできた？」

「仲間だと？　そうかこいつ、私を仲間にしたいんだった。嫌だっ」

「ああ……もう少しだったんだけど、今、魔女様が台無しに……って、え？　雪の魔女様、トランスマーレ語しゃべれるんですか？」

廊下から割れて破砕した窓枠を跨ぎ、ココルコは下庭へと足を踏み入れる。

「……おやおや、魔女が二人も並び立って。世の乱れが著しいね」

腰に提げた装飾剣の柄に触れながら、雪の積もったグラウンドを、魔女たちに向かって歩き出した。その足元では黒猫が尻尾を立て、その少し前を、双頭の犬が先導する。頭蓋骨を剝き出した黒い驢馬が、ココルコの背後で窓枠を越え、雪の上に降り立った。

〝召喚師〟ココルコ・ルカの固有魔法〝音楽隊〟は、罪人を棺桶に捧げて魔獣を召喚する。

大量の魔力を消費する〝召喚〟は、普通は一人が一体を呼び出すのが限度だ。それを同時に三体も召喚し引き連れるココルコは、それだけ見ても、魔術師の最高位であることがわかる。

「――さあ構えなさい。いくよ、竜の御心のままに」

言葉にならないほどのプレッシャーを正面から受け、ロロは足を竦ませた。

ビリビリと肌で感じる圧倒的な力。魔力を感じ取ることはできないはずなのに、対峙する召喚師や魔獣たちが、異様なオーラをまとっていることはわかる。この場から離れたい。今すぐに逃げ出したい。危機に対する警鐘が、暗殺者としてのロロの中で打ち鳴らされる。

恐怖とはシグナルだ。命を脅かすものに対し、ここから先は行ってはいけないという生存本能だ。しかしロロは息を整えて、このシグナルに抵抗する。愚直なまでに心を怒りや憎しみで満たし、恐怖をねじ伏せる。目の前にいる女は、国を奪ったアメリアだ。主を殺し、その首を晒した者たちの仲間だ。倒す、倒す、ここで倒す……！

戦斧を手に奮起するロロのそばで、ファンネルが声を上げた。

「……バカな。なぜ双頭の犬がここにいる？」

「……？　知っているんですか？」

「あれは冥府で飼われているはずの犬だぞ。堕ちた死者の魂を弄ぶ、獰猛な犬だ。あいつが吠えて魂を呼び戻してしまうから、死者はいつまでも業火に焼かれ続けることになる」

「はんっ」と鼻を鳴らし、テレサリサが不快感を露わにする。

「異教の神話を従えるなんて。ルーシー教は傲慢が過ぎるね」

「少なくとも猫には、近づかないほうがいいと思います。頭部が割れて人を喰う。驢馬はいないた直後に、近くにいる者の首の骨が折れます。あれも何かの魔法なのでしょうか？」

「魔獣は魔法を使わん」

「魔獣は魔法を使わないわ」

ファンネルとテレサリサは、ロロの疑問に同時に応えた。続けたのはテレサリサだ。

「〝魔法〟は魔力を練ったり変えたりして、術としたもの。魔獣にそんな知識はない。彼らはただ、その身に取り込んだ余りある魔力を、力任せにぶつけてくるだけだよ。あの驢馬はなぜか執拗に首ばかり狙ってくるみたいだけど」

テレサリサは驢馬を睨みつける。

「ただ、首しか狙わないその魔力の流れが見えてはいても、あの驢馬の力は強力すぎて防ぎきれない。エイプリルを盾にする……？　どっちにしろ、厄介であることに違いないわ」

「殺すのは難儀だな。魔獣は確か、殺せない」

「うん。召喚獣の攻略法は、殺すことじゃない」

「じゃあ……どうするんですか？」

「「術者を狙う」」――と、これも二人の魔女が声を揃える。

「……勝てますか？」

恐る恐るつぶやかれたロロの問いに、テレサリサは邪悪な笑みを浮かべて応えた。

「なぜ彼らルーシー教が魔女を恐れるか、教えてあげるわ」

「……雪の魔女様も、戦っていただけるのですか？」

ロロは問いを重ねた。ファンネルはココルコを見据えたまま、剣を構える。

「この四十三年間。私を殺そうとする戦士たちは大勢いたが、私を城から連れ出そうとした物好きは……お前たちが初めてだ。お前の言うとおり、私は城から出るつもりなどないからムダな交渉だったがな。だがその努力に免じて、いいだろう。一度だけなら共闘を許す」

辺りの空気がまた冷えていく。ファンネルはちらりとロロを見た。

「約束だぞ？　〝黒犬〟。やつを倒したら、次は私と戦え。それが条件だ。私に勇敢な死をくれるのなら――〝雪の魔女〟は力を貸してやる」

「……もちろんです。約束しましょう」

ロロは身体の痛みを確かめる。右肩の傷と、肋骨のヒビ。大丈夫だ。痛みにはもう慣れた。ロロは戦斧をひょいと顔の前に放って、キャッチする。身体は動く。それに魔術師たちの恐れる魔女が、二人もそばに付いている。こんなにも心強いことはない。

双頭の犬が、左前方に飛び出した。涎を散らしながら、大口を開いて迫ってくる。

間を置かず右前方からは、黒猫が跳ねるように駆けてくる。どちらも左右に大きく膨らんだコースで、三人を挟み撃ちにするつもりだ——と、ファンネルが弾かれるように左前へ跳んだ。ならばロロは右前だ。黒猫を正面に見据える。

二人が走りだしたと同時に——「エイプリルッ!!」

テレサリサが背後で叫ぶ。瞬間、そのローブから溢れた銀色の液体が、顔のない裸婦を二体、形作り、それぞれファンネルとロロの横を走る。

「おおっ……！」

ロロは併走する銀色の裸婦を見て声を上げた。エイプリルは盾であり壁だ。

遠くで驢馬が高々といななく。男が号泣しているかのような、もの悲しい声を雪の舞う空へと響かせる。——「ヒィァァァぁああんっ……!!」

エイプリルがロロを護るように一歩、前に出た——瞬間。ゴキッとその首がへし折れる。

「ああ、エイプリルッ！」

ロロはその光景を目の当たりにして、思わず叫んだ。彼女は精霊だ。生きているわけではない。だが目の前で自分の盾となって崩れ落ちる献身的な姿に、胸が締め付けられた。

「ンにゃアアアあっ……!!」

頭部を割り、触手を広げた黒猫をロロは、駆けながら手を地面につけない側転——側宙でかわした。狙うは召喚獣ではなく、その術者――ココルコ。

ロロは着地と同時にチラと、ファンネルのほうを一瞥した。双頭の犬は猫以上に獰猛で、攻撃的。まとわりつかれたファンネルは足を止め、イラ立ちに舌を弾いている。

だが彼女が相手をしている限り、双頭の犬がこちらへ迫り来ることはない。ロロは戦斧を握り直しココルコへと迫る――が、ココルコの背後で、驢馬が鼻先をロロに向けた。

「待って黒犬っ。エイプリルはまだっ……！」

――首が折れたまま、復活していない。ロロに併走していたエイプリルは、触手を広げた黒猫のそばで倒れたまま。首をねじられた状態で雪上に横たわっている。

ロロには今、盾がない――。

だがロロは足を止めなかった。驢馬の頭蓋には目玉がないのに、ロロはその不可解な生き物が、じっとこちらを見ているような感覚を覚える。駆けながらぞくりと首筋が粟立つ。真っ直ぐに、正面から当てられる禍々しいオーラ。驢馬が鼻を高々と掲げ、いななく。

「ヒィアアアァああんっ……!!」

構わずにロロは走り続けた。首を捻られる――そう確信しているからこそ真っ直ぐに、驢馬に向かって駆け抜ける。ロロに魔力は見えない。だが、その驢馬が首を狙ってくることは知っている。何度も何度も目の前で、ヴァーシアの戦士たちが首を捻られたのを見ている。首は必ず左回りに半回転だけ捻られていた――ならば。

自身の首が超常的な力によって捻られ始めた、その刹那を見極め、ロロは駆けながら地面を蹴って飛び跳ねた。首は半回転だけ後ろに回される。ならばそれと同じ分だけ——身体を宙で半回転させる。

首を捻られたロロは、空中で捻られた分だけきりもみ回転し、そして何事もなく、着地した。首は繋がっている。足は動く。命はまだ、ここにある。

「……うそでしょ?」

ロロが驢馬の首捻りをかわした、その一部始終を見ていたテレサリサは、目を丸くしてつぶやいた。まさかそんな攻略法があったとは。

「ははッ。さすがだ〝黒犬〟」双頭の犬をあしらいながら、ロロの動きを見ていたファンネルもまた愉快そうに笑う。「私と闘う男は、そうでなくては」

ロロは走る勢いを止めない。戦斧を振り下ろす相手は、ココルコだ。

シャラッとココルコは腰の剣を抜いた。幾何学模様の施された美しい剣で、ロロの戦斧を受け止める。「……見事」そうロロの鼻先でつぶやいたココルコは、微笑みを湛えていた。

戦斧とは言うまでもなく重い武器だ。トメや切り返しよりも、振り続けて勢いを刃に乗せてこそ、その真価を発揮する。ロロはすかさず戦斧を引いて、腕を大きく振り回し、彼女の鳩尾から抉るようにして振り上げる。

ココルコは剣で戦斧を弾き、その刃の軌道を変えた。

ロロは止まらない。手首を返し、腕を回し、踊るようにして戦斧を振り続ける——が、ココルコは勢いづいた戦斧に刃を打ち合わせるのではなく、タイミング良く左手の甲をロロの手首に当てることで、攻撃の勢いを殺した。さらに返したその左手で、戦斧を握るロロの手首を摑み、捻り上げる。

「っ……！」

「左に比べ、右の可動域が少ないね。怪我でもしているのかな」

彼女との接触はこれで二度目。その短い戦闘で、右肩の傷がバレている。

ロロは摑まれた右手から、戦斧を手放す。落下する戦斧にココルコの視線が動く——瞬間を見計らい、摑まれていない左手でダガーナイフを抜き、突き出した。——が、やはりこんな小手先のフェイントで、彼女に攻撃は当たらない。ココルコはそのナイフを、装飾剣の根元で弾いていた。同時に、ロロの肩をぽんっと押し出す。

二人の間に距離が空く。

ダガーナイフの射程距離から、剣を振るうのに最適な距離となる。

攻守一転。今度はロロがココルコの剣を受け、弾いて防ぐ側となった。

——上手い。

ココルコの身体の使い方を見れば、明らかに白兵戦に長けた者だということがわかる。〝召喚師〟という、いかにも後衛らしい肩書きを冠しているくせに、前衛としての剣のスキルは申し分ない。

――速い。けど、目で追えないほどじゃない。

そのことが、ロロに自信を与える。ココルコの剣をダガーナイフで弾きながら、感覚が研ぎ澄まされていくのがわかる。首捻り(ひね)の死線をくぐり抜けた直後でハイになっているのか――身体(からだ)を動かし続けながらも、意識はちゃんと冷静だ。ココルコの剣を捌(さば)きながら、ロロは驢馬(ろば)の動きを注視している。その視線がこちらを向き、いななくような素振りがないかを警戒している。

「はっ……はっ。はっ……――」

同時に視界の端に、黒猫の姿を捉える。頭部を割った黒猫は、首の折れたエイプリルに抑え込まれ、身動きを封じられていた。そして別の方向では、ファンネルと併走していた、もう一体のエイプリルが、その銀色の身体を噛(か)み砕かれながら、身を挺(てい)して双頭の犬を止めていた。

そこにファンネルの姿はない。テレサリサが二体のエイプリルを操作し、犬と猫を足止めしたそのわずかの間に、彼女が向かった先は当然――。

「――きひッ」

ココルコの耳元で、ファンネルは弾けるように笑った。

彼女の姿は、ロロと剣を打ち合うココルコの、真後ろにあった。次の瞬間、異様な冷気がファンネルを中心に発生し――ミシミシ、とココルコの衣装や装飾剣に霜が降り始める。

ファンネルの固有魔法〝枯れない花〟は、彼女のまとう魔力に触れるものすべてを凍らせる。ファンネルはその手のひらを、ココルコの脇腹に添えていた。凝縮した、濃厚で冷たい魔力を、直接彼女の身体にぶつける。凍てつく冷気に、ココルコは息を詰まらせた。

「っ……！」

ほんの一瞬。ココルコは怯み、ファンネルを警戒して後退った。

ロロはその隙を見逃さなかった。ナイフを握りしめ、足を大きく踏み込む。

――いける。殺せるッ……！

〝鏡の魔女〟と〝雪の魔女〟――この二人が一緒なら、九使徒の身体にも刃が届く。

ロロはもう殺すことを躊躇わない。慟哭の痛みを知っているから。躊躇うことの愚かさを知っているから。ココルコが下がった分足を踏み出し、横一閃にダガーナイフを振るった。

その切っ先が、ココルコのノドを裂く。ダメ押しにもう一歩、足を踏み込み、伸ばした左手で彼女の肩を掴みつつ、右手のナイフをその身体に突き入れる。胸骨を避けてあばらの下から、確実に内臓を破り、心臓を狙う。

びくりと大きく、ココルコの身体が跳ねた。

裂かれた腹から溢れた鮮血が、足元の雪を赤く染める。

トクン、トクンと彼女の身体にナイフを突き入れたロロは、ナイフを握る右手でその鼓動が弱くなっていくのを感じていた。トクン、トクン、トクン――……。

やがて心音は掻き消えて、彼女の握っていた装飾剣が、手の中からこぼれ落ちる。

「はっ……。はっ……はっ……」

脱力したココルコの身体を、ロロは赤く塗れた雪の上に仰向けに寝かせた。

褐色の首から溢れた鮮血は、純白の衣装をも赤く染めている。首を裂かれ、心臓を刺されて彼女は死んだ。ロロはその心臓が止まったのを確かに感じていた。横たえたその顔に生気はない。白い瞳は意思もなく薄く開かれたまま、雪の降り続く虚空を見つめている。

「はっ……はっ、はっ。やった……──」

横たえたココルコのそばに立つロロは、自らの手を見下ろす。ダガーナイフを握っていた手袋は、ココルコの血で濡れている。喉を裂き、内臓を抉った感覚が指先に残っている。

「……やりましたね。九使徒を一人──」

テレサリサへと振り返ったロロは、言葉を止めた。

言い知れぬ違和感があった。ロロとテレサリサの間にはまだ例の黒猫がいて、エイプリルを飲み込まんと割れた頭部から触手をうごめかせている。またもう一方では、エイプリルを嚙み砕いた双頭の犬が、厚い雲に覆われた空へと鳴き声を響き渡らせていた。

「アォォォオオウ……！　アォォォオオオオウ……！」

「……?」

ロロはいつの間にか、下庭に吹き荒れていた風が静まっていることに気づいた。見上げた空に渦巻く雲。その中心から、透徹の青空が覗いている。その穴から、暖かな陽光が差し込んでいる。

異様な光景。風音が消え、静けさに満ちた下庭に双頭の犬の遠吠えが響く。

「オォォオオオウン……！　オォォォオオオオウン……！」

──こいつらは、どうやったら消えるんだ……？

戦いはまだ、終わっていなかった。

「……死ぬたびに喜び、生き返るたびに憂う──」

ココルコの声が背後に聞こえた。

「黒犬ッ……！」──と、危険を察知したテレサリサが叫ぶ。

振り返ったと同時にロロは、横薙ぎに振るわれた装飾剣で腹を横一文字に裂かれた。

ロロはよろよろと後退り、腹部を手で押さえる。耐えがたい鋭い痛み。押さえた手から溢れる鮮血が、雪の上に撥ねた。なぜだ──。痛み以上の衝撃に、ロロは顔を上げる。

「……私に救いは来ない。世が私を望む限り、世に悪逆がはびこる限り、私は生き返り続けるんだ。受け入れよう。これもルーシー様のお望みならば──」

そこには、血で衣装を赤く汚したココルコが立っていた。確実に絶命したのを、確認したはずなのに。何事もなかったかのような涼しい顔で、装飾剣を握って立っていた。

「──竜の、御心のままに」

「……どうして」

瞬間、耳をつんざく驢馬のいななきが聞こえた。

「ヒィァァァぁああんっ……‼」

驢馬の位置に最も近かったファンネルが、「ちっ」と舌を打った、その直後――ゴキリッとその首が捻られ、半回転する。

「エイプリルッ……‼」

テレサリサは、咄嗟に三体目のエイプリルを繰り出した。

目の前に立たせた銀色の裸婦が、両腕を前に伸ばす。腕は投げられたロープのように前へ伸びて、負傷したロロと、倒れたファンネルの身体に巻きついた。そして縮んだ両腕は、二人を吊り上げるようにして、テレサリサの前へと引っ張る。

「くっ……すみません、魔女様……俺、油断を」

膝をついたロロは、肩で息をしている。腹部に受けた傷はあまりに深い。ロロは今までの人生において、これほどの傷を受けたことはなかった。血が止まらない。強く押さえるこの手を離せば、腸が飛び出してしまうのではないか――そんな不安に駆られる。

「大丈夫なの？」

テレサリサに尋ねられ、ロロは頷きを返した。まったくもって大丈夫ではないが、自分以上にダメージを受けた者がそばに倒れている。首の骨を折られてしまったファンネルだ。

「俺はっ……俺よりも、雪の魔女様がっ……」

「……案ずるな、〝黒犬〟」

予想に反してファンネルは、首の骨が折れたまま、すくっと立ち上がった。そして自らの首を両手で掴み、ぐぐぐと力を込めたと思えば、ゴキッと強く捻り直して、方向を元に戻す。

「……ええええッ？」

ファンネルもまた、ココルコのように生き返った。混乱するばかりである。

「この程度で死ねるなら、四十三年間もヴァーシアを相手に戦い続けられはしない」

ファンネルはロロの前に膝をつき、その腹部に添えられた手をどかした。

服は切り裂かれ、溢れ出る血で濡れている。ファンネルはその傷口に手をかざし、魔力で包み込むようにして冷気を当てた。ミシミシ——と息の詰まるような冷気と共に、傷口やその周辺に霜が降り、ロロは冷たさに耐える。

やがて冷気で麻痺していくかのように、腹部の痛みが引いていく。

「……すごい。回復魔法ですか？」

「いや。凍らせて傷の進行を止めただけだ。魔法の効力が失われると死ぬ。私みたいにな」

ファンネルはロロに笑ってみせる。

ファンネルが傷を負わない理由も同じだ。自身に掛かる時の進行を止め続けているため、この四十三年間に食らった彼女のダメージは、食らった瞬間に止まっている。魔法を解けば、あるいはこの城を――マナスポットを出て、マナの供給が途絶え、魔法を使い続けられなくなれば、止まった時間は再び進み始め、身体に蓄積されたダメージが発生してしまう。四十三年間、ヴァーシアの戦士たちから負わされた傷が開き、燃えた槍で貫かれた胸が穿たれ、首の骨が折れて死ぬ。

「……え。じゃあもしかして俺、もう城から出られないんですか？」

「逆に言えば、この城に留まり続ける限り、やつと戦い続けられる」

ファンネルは剣を手に立ち上がった。見据える相手は、血に濡れたココルコだ。

駆け戻ってきた犬の、二つの首を撫でている。

「……あいつが生き返った理由は、あの双頭の犬だな。二つの咆哮が、消え行く魂を呼び戻したんだ」

ファンネルは空を見上げた。厚い雲に開いていた穴は、再び閉じていた。一時やんでいた風もまた吹き始め、雪が舞い踊る。先ほどの光景はまるで夢だったかのように、下庭は薄暗い吹雪の中に戻っている。

ファンネルは薄く笑って、ぽつりとヴァーシア語でつぶやいた。

『……私たち姉弟は異国の竜ではなく、犬を召喚すべきだったのか』

「取りあえず。あなたの傷をどうするかは、後で決めるとして」

テレサリサもまた、死の淵から蘇ったココルコを睨みつけている。

「まずはあいつを倒すのが先決だわ」

「改めて……勝てますか？　殺しても生き返るような人間を相手に」

「もちろん、勝てるわ」立ち上がったロロに、テレサリサは事もなげに言う。

「ああ、勝てるな」と、ファンネルもまた歯を覗(のぞ)かせて笑った。

「あんな容易(たやす)く蘇られると、ムカつくなあ、あいつ。楽しくなってきたッ！」

8

「ヒィアァァァぁぁあんっ……!!」

驢馬(ろば)のいななきが耳をつんざく。

駆けるファンネルの前に出た銀色の裸婦――エイプリルが首を捻(ひね)られ、崩れ落ちる。しかし今、エイプリルの数は一体ではなかった。マナを永続的に取り込み続けられる、マナスポットでの戦いだからこそできる荒技――テレサリサはエイプリルを、六体同時に走らせていた。残り、五体。

大鎌を振って戦わせるような複雑な動きはさせられないが、走らせて盾(たて)にすることくらいなら容易い。向かってきた双頭の犬を、テレサリサは三体のエイプリルで取り囲んだ。手と手を繋(つな)ぎ輪となったエイプリルたちは、お互いが溶け合い、合体して一つの檻(おり)となる。

同じく犬の後を走ってきた黒猫には、残り二体のエイプリルが身を挺して覆い被さった。そしてこれもまた、銀色の檻となる。

――せめてあの双頭の犬は何とかしなきゃ。

ファンネルがエイプリルと一緒に走りだす直前、テレサリサはロロにそう言った。

「犬が吠えるたび術者が蘇るんじゃあ、不毛過ぎる。けど倒すことはできない」

「じゃあ……いったいどうすれば」

「隔離する」

三体のエイプリルで、双頭の犬を閉じ込める檻を作り、残りの二体で黒猫を封じる檻を作る。しかし魔獣の魔力は計り知れない。そんな檻は、すぐに力尽くで破られてしまうだろう。

だが、それはそれで構わない――とテレサリサは言った。まずは召喚師ココルコへと近づく、わずかな時間さえ稼げれば。

「普通の召喚型の魔術師なら、術者が前に出ることはない。彼らが恐れるのは、術者自身が攻撃されて、魔獣への魔力の供給が途絶え、魔獣が消滅してしまうこと。魔獣は召喚型にとっての武器だからね――」

ただ、九使徒であるココルコに限っては、その法則が当てはまらない。魔獣が拘束されたところで、焦ってその姿を隠したりはしない。むしろ魔獣の動きを止められたからこそ、自分が前に出てくるはずだ。彼女は、魔獣なしでも充分に戦えるのだから。

「突くとしたらそこだね」

テレサリサは口の端を吊り上げた。


双頭の犬と黒猫が檻に閉じ込められた直後──予想通り、ココルコは装飾剣を手に動いた。テレサリサに向かって、一直線に迫る。ロロがダガーナイフを手に迎撃へと走った。

左側に吠える双頭の犬。右側に頭部を割った黒猫。そのどちらも銀の檻に入れられたまま、ロロに向かって大口を開け、暴れている。二つの檻の間で、ロロとココルコは刃を打ち合わせる。本日三度目の接近戦だ。ロロは後ろに下がりながら、装飾剣の刃を弾いた。

──「お前が召喚師とやり合っている間、驢馬は私が引き受けてやろう」

その言葉どおり、駆けたファンネルはココルコを通り越し、驢馬と対峙していた。

「ヒィアアアァぁあんっ……!!」

ロロとココルコの戦う背後で、驢馬がファンネルに鳴き声をぶつける。

──いいの？　とテレサリサはファンネルに確認していた。

「エイプリルたちは檻を作るのに使うから、盾となる分は作れないよ？」

「いらん」とファンネルは鼻を高くし、胸を張った。

「私は首を捻られても、すぐに死ぬわけではない。まァ当然、あんなもの食らいたくはないが……私もあれをやってみたいしなっ」

「……あれ？」

ファンネルは驢馬のいななきを正面に浴びた。その強力な魔力に首を捻られた刹那――地面を蹴って飛び跳ね、首を捻られたとのと同じ分だけ、きりもみ回転する。ロロと同じ回避方法をやってみせたのだった。

「……何でできんのよ」

テレサリサは、成功したとバンザイして跳ねるファンネルの戦闘狂っぷりに呆れる。

その直後、予期しないことが起こった。驢馬がその頭蓋の鼻先を、ファンネルから、ロロへと向けたのだ。そしてココルコと打ち合うロロに向かって、いななく。

「ンァァアアあああああッ……!!」

テレサリサは、咄嗟にエイプリルを操作した。

動かしたのは、一番初めにファンネルを庇い、首の骨を折られたエイプリルだ。幸運にもロロのそばに倒れていた彼女を立たせ、盾にする。すでに半分捻られていた頭が、さらに半回転して一周した。

そのほんの一瞬に、ロロは気を取られた。ダガーナイフを握っていた手の甲を、装飾剣の鍔で叩かれ、ナイフを落としてしまう。

「っ……！」

武器を失い、空手となったロロへ、ココルコの剣が迫った——と、そのとき。首の骨を二度も捻られ、再び雪上に倒れ込もうとしていたエイプリルが、その形を変える。

「黒犬っ……！」

エイプリルは、テレサリサがその目で見て記憶したものを映し、形作る。ロロが握ったのは、銀色に輝く剣だった。菱形のトゲが両刃に連なる歪な剣だ。テレサリサはその形を、王国レーヴェで見ている。ロロがその武器を使い、戦ったその姿を覚えている。腕を振ると同時に、剣身の伸びる片手剣。そのムカデのように禍々しい、変形武器の名は——。

「……〝ムカデクジラ〟！」

ロロは剣を握ったと同時に振り回した。

剣身が無数の節となって分かれ、縦横無尽に伸び縮みする。その駆動を操っているのはテレサリサだ。剣のからくりや内部構造を知っているわけではないが、ロロの腕の動きに合わせ、記憶にあるスコロペンドラの剣の軌道を再現する。

ロロは戦闘を再開する。ココルコの剣身をスコロペンドラで弾きながら、後退していく。彼女の意識を剣に逸らしながら、慎重にさり気なく、テレサリサが雪の下に隠したトラップのポイントまで誘導する——そして。

テレサリサが腕を振り上げた次の瞬間、ココルコの足元に広がっていた銀色の液体が、外側から大きく持ち上がり、銀色の檻を形作った。そのトラップを知っていたロロはすんでのところでバク転し、檻の外に逃げたが、ココルコはそのど真ん中。持ち上がった鉄格子に、前後左右を塞がれる。

「おやっ……」

だが、その鉄格子が天井を閉じる前に——巨大な銀の鳥かごが完成する直前に、ココルコは拘束を逃れるべく、膝を曲げた。脚に魔力を込めて、真上へと高く、ジャンプした。想定内だ。ロロが本当にココルコを誘導したかった場所は、そこ。鳥かごの上空——。

——「じゃあ、そのタイミングで魔女様が……」

作戦を確認している最中、ロロはファンネルを差してそう呼んだが、テレサリサもまた〝魔女様〟だ。二人の視線に当てられて、ファンネルは唇を尖らせた。「ええと〝雪の魔女〟様が——」と言い直す。すると「好かん」とファンネル。「魔女と呼ばれるのは本意ではない」

「では何とお呼びすればいいでしょう？」

尋ねるとファンネルは少しだけ考えて、寂しそうな顔をした。

「かつて私を慕っていた者たちは、私をネルと呼んだ」

——今です。

「ネル様っ……‼」

ネルはすでに空中に跳ねていた。ココルコのジャンプするタイミングで、そのすぐ脇に迫っていた。握った剣に魔力を凝縮させて、放つ準備をしながら。ネルを中心に空気が冷えていく。凍てついていく。螺旋階段でテレサリサに放った冷気の塊を、今度は空中でココルコにぶつける。

「……なるほどね、褒めてあげよう。〝雪の魔女〟」

「偉そうだな。私より弱いくせにか？　魔術師ッ！」

その一撃を、ココルコは装飾剣を立てて受けた。だが空中でくらったその衝撃は受け止められない。ココルコは凍てつく冷気に弾かれて、城の二階にある大きな窓へと突っ込んだ。

破砕音が響き渡り、ガラスの破片が下庭へと散る。

雪上へと着地したネルは、すぐさま魔力を脚に込め、追撃に走った。ココルコの突っ込んだ二階へとジャンプする。

双頭の犬が銀の檻を嚙み砕き、外に飛び出した。しかし檻の役目はすでに果たしている。術者と魔獣を隔離する――それが目的なのだ。テレサリサは魔獣たちを放って、ココルコへの追撃を優先する。ロロもまた、割れた窓の下でスコロペンドラの剣先を頭上に振るった。テレサリサの操作によって、その剣身は二階へと伸びた。

――〝召喚師〟は俺たちで倒します。

ゲルダにロロはそう言った。安全な場所に隠れていろ、と。

これより繰り広げられるのは、魔女対魔術師(ウィザード)の魔法戦だ。何の力も持たないゲルダは確かに、足手まといかもしれない。だがヴァーシアの女は護(まも)られていてはいけない。ヴァーシアの女にとって、足手まといと評価されるほど屈辱的なことはない。

『〝アイテム士がアイテムもなしに?〟ですって? バカにして!』

廊下の角柱に身を隠し、ココルコと魔獣たちが下庭へ出て行くのを見届けた後、ゲルダが走って向かったのは客間だった。

ゲルダはこの討伐遠征に向けて、たくさんのアイテムを持ってきている。だが、それらを詰め込んだ深緑色のリュックサックは、客間に置いてきてしまっていた。悔しいがロロの言うとおり、アイテムを持たないアイテム士など邪魔なだけ。だからアイテムを取りにいく。自分も戦いに参加するために。

ロロと二人で走ってきた廊下を、一人客間へと駆け戻る。赤い絨毯(じゅうたん)の敷かれた空間は、元の静寂を取り戻していた。臭い玉による煙は散っていたが、鼻を突く異臭はまだ少し残っている。ゲルダは顔をしかめた。

——ごめんね、カイ。こんなところに置いてっちゃって。

出入り口に置かれたリュックサックを担ぐ前に、ゲルダは、倒れているカイの元へと駆け寄った。カイは驢馬(ろば)に首を捻(ひね)られた痛々しい状態のまま、その手にロングボウを握り、赤い絨毯の上に横たわっていた。

ゲルダはその傍らに膝をついた。震える指で黒髪に触れ、無残に捻られた首を元の状態に戻す。薄く開かれた右の瞳の色は漆黒。死んで意思を失くしていてさえ、透き通った冬の夜のようなその色は美しい。ゲルダは彼女の顔に手のひらを添えて、そのまぶたを下ろした。

カイの頭を胸に抱き、愛しい黒髪をそっと撫でる。

折れた腕でロングボウを握りしめ、カイは最期まで勇敢に戦った。ゲルダはちゃんとそれを見ていた。彼女を殺したのは魔獣だったから、カイは天界へは行けないかも知れない。けれどあれほど勇ましく戦ったのだ。報われないはずがない。その戦いぶりを――どれだけ勇敢だったかを、ゲルダは〝雪の魔女〟に伝えるつもりだ。この戦いを生き残って戦女神に話し、カイを天界へと連れていってもらおう。

そうすればきっとまたカイに会える。天界でまたカイと幸せに暮らせる。

それを目的にしてこそ、ゲルダは戦えるのだ。この悲しみを乗り越えられるのだ。

――……わたしに力を与えて、カイ。

さよならではなく「またね」と言って、ゲルダはまだ柔らかなカイの唇に、お別れの口づけをした。

と、そのとき。ゲルダは、背後から駆けてくる足音を聞いて振り返った。

双頭の犬が廊下を駆け、客間へと入ってくる。ゲルダは慌てて身構えた。だが犬はゲルダに見向きもせず。涎を散らしながら、二階へと続く階段を一目散に駆け上がっていく。

「……何？　今の」

ゲルダは犬の去っていった階上を見上げ、つぶやいた。

9

「ここは……玉座か」

ココルコが突っ込んだ二階の部屋は〈氷の玉座〉だった。

人が五百人以上は入れそうな、だだっ広いフロアだ。数段高い王壇に、背もたれの大きな玉座が一つ、ぽつんと置かれている。割れたのは、玉座の背後にあった大きな窓だった。

ロロは、その割れた窓の縁に立っていた。玉座の前に出て、フロアを見渡す。

見上げた先の天井は高く、フロアをぐるりと取り囲む回廊がある。その手すりからは、細長い旗が三本垂れていた。黄色、緑、焦げ茶色の旗には霜が降りており、垂れた先端にはつららが見て取れる。描かれた紋章はどれも毛長鹿や木楯をモチーフにした、ビェルケを示す紋章だ。

剝き出しの石壁や石畳のフロアは、全体的に冷たい印象を抱かせた。

王壇に敷かれた赤い絨毯が、フロアの入り口まで真っ直ぐに伸びている。

玉座を囲むようにして、無数の本が散らばっていた。

割れた窓から吹き込む雪風に、本のページが一斉にパラパラとめくれる。

獣の革で装丁された厚手の本や、大きな絵本。地図や図鑑や、医学書や料理本のような専門書まで。ヴァーシア語だけでなく、様々な言語で書かれたたくさんの本が、玉座の周りや王壇に続く階段などに、無造作（むぞうさ）に置かれていた。

玉座のすぐそばには、重ねられた本が大小のタワーとなっていくつも並んでいる。

おそらく、ネルが城の書庫から持ち出したものだ。本来なら大柄なヴァーシアの王が座るであろう、その大きな玉座に腰掛け、あるいは足を肘（ひじ）置きに投げ出し、凍った城でたった一人、本を読みふける少女の姿を、ロロは容易に想像できた。この四十三年間、マナスポットである湖城から出ることのできない退屈な日々を、ネルはきっとこの場所で、読書して過ごしていたのだ。本に描かれた外の世界に、一人思いを馳せながら。

王壇から伸びる赤い絨毯の延長線上――フロアのほぼ真ん中で、ココルコとネルの戦いは続いていた。剣と剣の打ち合う音が、冷たいフロアに響いている。

「今のうちよっ。殺すなら、あの犬と離れているうちに」

ロロのそばに立ったテレサリサは、足早に王壇を駆け下りていく。走りながら銀色の大鎌を形成し、大きく振り回して肩に担いだ。正念場だ。短く「はいっ」と返事して、ロロもまたテレサリサに続く。

ネルの凍(い)てつく魔力に弾かれた衝撃で、ココルコの修道女(シスター)のような頭巾——ウィンプルは脱げていた。褐色肌にベリーショートの白髪。その頭の天辺がトサカのように、緩やかなモヒカンヘアとなっている。白い服は血で赤黒く汚れ、裾(すそ)や袖口(そでぐち)は窓ガラスに突っ込んだことで擦(す)り切れていた。だが恐ろしいことに、彼女の動きは鈍っていない。むしろ下庭で戦っていたときよりも、そのスピードを増しているようにさえ思える。

　ネルの剣をバックステップで避けたココルコの背後から、テレサリサが銀の大鎌を横薙(よこな)ぎに振るう。湾曲した刃をすんでのところで掻(か)い潜(くぐ)ったココルコは、すかさず装飾剣を床と平行に構え、テレサリサへと突きを放った。

　大鎌は大振りな武器だ。隙(すき)が生まれやすい。だがその剣先はテレサリサへと届く前に、スコロペンドラの歪(いびつ)な刃によって打ち落とされた。ロロが横から割って入ったのだ。テレサリサと入れ替わるようにして、前に出る。

　前線に立ったテレサリサに、スコロペンドラの剣身を操作する余裕はない。伸び縮みはもうしないが、両刃にトゲの付いた剣はそれだけで充分に脅威だ。ロロはココルコの装飾剣を絡め取り、剣先を下げさせる。

　そこにネルの突きが伸びるも、ココルコはその剣身を、ブーツで弾いて軌道を逸(そ)らした。ロロに押さえつけられていた装飾剣を引いて抜き取り、ロロへと横一閃(いっせん)。後ろに跳ねさせ、距離を取る。

三人に取り囲まれながらも、ココルコは善戦していた。この召喚師は、召喚獣なしでさえ戦える。だが加えて厄介なことに、「コッ。コッ。コッ――」。

ココルコは戦闘の最中、舌を口内で打ち鳴らしていた。ロロは直感する。

――呼んでる。

おそらく、召喚した魔獣たちを呼び寄せている。魔獣たちがこの〈氷の玉座〉へ現れる前に、早くこの術者を倒さなければ――。三人がかりで武器を振るうが、その切っ先はどれも紙一重でかわされてしまう。

「何だこいつ、何で当たんないッ!?」

ネルが焦れて声を上げた。

「あんたが遅いからでしょ！　回り込んでよ、邪魔ッ」

「動きを乱されてます。息を、合わせないとっ――」

付け焼き刃の連携が、掻き乱され始めている。そして、とうとう――。

「ニャァァァアアッ……！」

黒猫が割れた窓の向こうに現れた。その背中にコウモリのような羽を広げ、登っては来られないはずの城壁を飛んで攻略し、王壇へと着地したのだ。

「なッ……！　あいつ飛べんのかっ!?」

ネルが動く。王壇から一直線にこちらへと駆けてくる黒猫へ向けて、握った剣を振り上げる。剣の軌道に沿って放たれた魔力が瞬間的に凍りつき、赤い絨毯（じゅうたん）に無数のつららを発生させた。

黒猫は、それを高くジャンプして避けた。ネルは剣を切り返し、猫の反撃に備える——が、しかし。黒猫は、そのままネルを通り越した。再びジャンプし、頭部を開いた相手は——うごめく触手が飲み込もうとした相手は、ココルコだった。

「逃げる気だッ……！」

ロロは反射的に叫んだ。

黒猫が〝母なる〟ビルベリーを吐き出したのを見ている。あの小さな身体（からだ）には、その体積を超えたものさえ収納することができる。ならば——と直感が働く。黒猫はココルコの身体を飲み込み、この場を去ろうとしている——。

ここまで来て逃がしたくはない。が、ロロの伸ばした剣は届かない。それでも足を踏み込んだ次の瞬間、ロロの眼下から振り上げられた大鎌が、頭部の割れた猫の首を、宙で刎（は）ねた。

「フギャアアアアアッ……!!」

黒猫は血を流さなかった。が、絨毯の上に倒れた身体の、刈られた首の断面からは、血の代わりに大量の触手がうごめいていた。テレサリサは、すかさず腕を振り下ろす。大鎌を針の束に変え、黒猫へと降らせた。首のないその身体を絨毯へと押し付ける。

黒猫の身体はその拘束を逃れようと、触手をウネウネとうごめかせた。断面からニャア、ニヤアと声を上げ、足をジタバタとさせている。

「何こいつ気っ持ち、悪ッ……！」

テレサリサは苦々しく表情を歪め、取れた首のほうにも銀色の刃を突き立てた。

その直後――〈氷の玉座〉の開かれた出入り口から姿を現したのは、双頭の犬。

涎を散らし、うなり声を上げて、こちらも一直線にココルコへと駆けてくる。

――間に合わなかった……！

ロロは愕然とした。こんなにも苦労して隔離したのに、術者と魔獣の合流を許してしまった。召喚師はもう殺せない――せっかく、あと一歩だったのに。

瞬間、踵を返したネルが、犬の迎撃に走った。ロロとすれ違うと同時に叫ぶ。

「諦めるなっ……！　ヤツは止めるっ。私が凍らせる……!!」

ネルは凍てつく魔力を全身にまとい、双頭の犬に剣を振るう。打ち合わされる歯牙を避け、その黒い身体に剣を突き立てようと立ち回りながら、叫んだ。

「だからその魔術師は、お前がっ……！」

――お前が、殺せ。

その想いを受け取ったロロはスコロペンドラを握りしめ、瞬時にココルコへと距離を詰めた。目にも留まらぬ速さで連撃を繰り返す。ココルコの意識をこちらへ向けるため――その視線を逸らさないために。触手の黒猫はテレサリサが抑え、双頭の犬はネルが迎撃している。

術者であるココルコの相手ができるのは今、ロロしかいない。

視界の端で、ネルが横倒にした双頭の犬の胴体に、剣を突き立てたのが見えた。

ネルを中心に再び冷気が発生する。身体（からだ）にまとっていた魔力を、胴に突き刺した剣身を通して、犬の体内へと送り込む。その動きを封じるために。殺せなくとも、凍らせるために。

「くうぅうっ……！」

ネルは歯を食いしばり、深々と剣を突き入れていく。犬の黒毛に霜が降り、ミシミシと白く染まっていく――と、同時にココルコと剣を打ち合うロロは、裂かれていた腹部に痛みを感じた。

その傷は、ネルの魔法によって凍らされていたはずだった。だがここで双頭の犬を凍らせるため、大量の魔力が消費されたことにより、その他に割かれた魔法がその効力を失っていく。ロロの傷口に施されていた魔法が解け、止められていた時間が動き始める。傷口が開いていく。ロロは、ココルコにスコロペンドラを打ち込みながら、それを如実に感じていた。腹部を刺す鋭い痛み。右肩は上がらず、肋骨（ろっこつ）が軋（きし）む。息が詰まる。痛い。身体が重い。だが足は止めない。止められない。

――急げ、殺せ。

今、二人の魔女は動けない。ココルコを倒せるのは自分しかいない。そして倒すチャンスは、今しかない。なぜなら彼女は――召喚師（サマナー）ココルコは、逃げようとしたから。

──逃げようとしたんだ。さっき、この人は、この場を離れようとした……！

それは彼女が、この状況を不利だと判断したからに他ならない。

三人を相手に渡り合っているように見えていても、もしかしたら先ほど与えたネルの攻撃は、思いのほか彼女にダメージを与えていたのかもしれない。魔女二人を相手にしては、勝てないと判断したのかもしれない。ならば今が最大のチャンスだ。今、ここで彼女を討たなければ。今、今、今、今──。ロロは深く足を踏み込む。痛みを無視し、腹部の傷を無視して剣を振り続ける。

──俺が、今っ、やらなくてはッ……！

……が、ココルコがロロの眼前に剣を振り上げた直後、ロロの動きが止まった。

頭上にスコロペンドラが舞っている。くるくると回転し、赤い絨毯（じゅうたん）の上に落ちる。その剣には、肘（ひじ）から切り離されたロロの右腕が付いている。

「つぉあっ……」

ロロは唸（うな）り声を上げた。その腹部から大量の血がこぼれ、絨毯を濡らす。

「黒犬っ……！」

猫の身体を押さえつけながら、ロロの窮地に気づいたテレサリサは、落ちたスコロペンドラの剣身を操作して伸ばした。ロロが退避する時間を、ほんのひとときでも稼ぐために。

「下がって、黒犬ッ!!」

ココルコは、眼下から跳ね飛んできたその銀色の剣を、装飾剣で弾いた。

一瞬の間。だがその一瞬があれば、距離を取ることはできたはずだ。

テレサリサはロロの横顔を見た。腹を裂かれ、右腕を落とされ、血だらけになりながらもロロは、真っ直ぐにココルコを見つめていた。下がろうとしない。逃げようとしない。

だがそこに反撃の意志は感じられない。

ロロはまるで剣を振り下ろされるのを待ち構えているかのように、ただ見ていた。

瞬間、どうしてかテレサリサの脳裏に、ロロとの約束が思い出された。


――せめて死なないよう努力します。


あのとき。ロロは深緑色の瞳を細めて、困ったようにそう言った。その曖昧すぎる約束に、テレサリサは「何それ」と小さく笑って返した。その言葉の真意に、たった今気がついた。

テレサリサは、勘違いをしていた。

キャンパスフェローの暗殺者ロロを、強靭な心を持った、忠義に厚い暗殺者だと思っていた。

だからこそ国を奪われ、主を殺されても、強い精神力で現実に立ち向かい、〝七人の魔女を集める〟という主の最期の命令を、全うしようとしているのだと思っていた。

その厚い忠義心が故、少々無理をしてしまうこともあるが、それでも共に最後まで戦うという決意を口にしての〝死なないよう努力します〟だと思っていた。だが違った。

——本当の彼は、そんなに強くない。

深い悲しみは、人を強くすると彼は言った。慟哭を上げるほどの惨劇を乗り越えて、暗殺者が誕生したと言った。しかし彼は——乗り越えることなんてできていない。主や国を護れなかった悲しみを、拭うことができていない。

身を焼くような慟哭に苛まれ、自分を責め続けたロロの心はすでに、折れていたのだ。

辛うじて生きているのは命令があるから。「頼んだ」と、主が死の間際に発した命令が、まるで呪いのように、ロロに諦めることを許さない。

なぜならロロは犬だから。主の命令に背かないよう、育てられてきたから。だからどれだけ辛くとも、考えるのをやめて、死んだ主の命令を愚直なまでに遂行しようとする。

テレサリサはロロの横顔を見て、気がついた。そうか、あなたは。

——あなたはずっと、死にたがっていた。

〝せめて死なないよう努力します〟——それはふと気を抜いた瞬間に、自死してしまいそうな自分を諫めた言葉だったのだ。

武器を失ったロロには、振り下ろされたココルコの剣を受ける術がない。幾何学模様の施されたその美しい剣は、ロロの左肩を裂き、鎖骨を砕いて胸にまで食い込んだ。

ロロの口や鼻から血が溢れる。

「……摑まえた」

ロロは鮮血に濡れながらも、残された左腕を持ち上げ、ココルコの背中に回した。

その行動は、ココルコにとって不可解なものだ。今にも死にかけているというのに、ロロはココルコに抱きつき、拘束しようとしてくる。

「……摑まえたから、何だというんだい？」

捕らえられたところで、脅威はない。〝鏡の魔女〟テレサリサは黒猫を押さえ、〝雪の魔女〟ファンネルは双頭の犬を相手するのに手一杯。他に動ける者はいない。

「魔女たちは動けない。君の身を挺した拘束には、何の意味も――」

「……いいえ、まだいます。勇敢な戦士が、まだ」

ロロは、左腕で抱き締めたココルコの耳元に囁いた。

双頭の犬が〈氷の玉座〉へと入って来た直後、ロロは廊下にオレンジ色の髪を見つけていた。犬を追って近づいてくるゲルダが、カイのロングボウを担いでいるのを見た。

だからココルコがその存在に気づかないよう、剣を振り続けた。ココルコが視線を逸らさないように。ゲルダの位置が、常に彼女の背になるようにと。

「今だっ……！」――ロロは渾身の力を振るって叫んだ。

――ゲルダは弱いからな、ちゃんと戦えるか心配だ。

カイはよくそう言って、ゲルダを弓の練習に付き合わせた。ゲルダは弓など引きたくなかった。剣や戦斧など、荒々しい武器なんて使いたくなかった。だからアイテム士という職業を選んだのに。

だがカイは、ゲルダが武器を取ると喜んだ。矢を上手く的に命中させると、よくやったとオレンジ色の髪を撫でてくれた。上手いぞ、さすがヴァーシアの娘だ、と。

ゲルダはただ、カイの笑顔が見たくて、的を狙った。

――トンッ。

「あっ……」

血で濡れた純白の衣装に、矢が突き立った。ココルコは肩を跳ねさせる。

ゲルダは腰に提げた矢筒から、さらにもう一本、矢を取り出す。ロロの抱きつくその白い背中を見据え、ギリと歯を食いしばり、二の矢を放った。トン、とその矢は一の矢のそばに――ココルコの背中へと命中する。

「……教えていただけますか、ココルコ・ルカ。死んでも蘇るあなたなら、わかるでしょう」

ココルコから身体を離したロロは、彼女を正面に見て尋ねた。

「死んだ後、俺たちは、どこへ行くのですか……？」

「……決まっているさ。死後の世界は、とても――」

トンッ――。

ココルコが答えをくれる前に、三本目の矢が、そのトサカ頭を撃ち抜いた。

脱力した身体はロロの腕をすり抜けて、膝から崩れ落ちる。

ロロはぼんやりと辺りを見渡した。一秒、二秒と時が経つ。ネルが剣を突き刺す双頭の犬は、あごを何度か動かしていた。霜の降りた鼻先を振り、イラ立つように唸り声を上げる。

黒猫はテレサリサの銀の針に突き刺されたまま、うごめき続ける。

五秒、六秒と時が経つ。そして十秒ほど経った頃、双頭の犬と黒猫の身体の表面が、白く発光し始めた。やがてその黒い身体は無数の光の粒となり、空中へと掻き消えていく。

召喚獣が消えたのを確認してから、ロロは崩れるように膝をついた。裂かれた腹部からは、今まで見たこともないような大量の血が溢れ、流れている。左肩から胸部に掛けて、ココルコの装飾剣が食い込んでいて、重たい。

だが不思議と痛みは感じない。ただ、耐えがたいほどに寒かった。

――ああ。

やってしまったと、ロロは思った。キャンパスフェローの未来を――デリリウムを〝頼んだ〟と命令されたのに。暗殺者としては、またも失格の立ち回り方だ。死んでしまっては無意味だと、祖父からはそう学んだのに。リスクを考え、勝てない相手とは戦うなと、そう教え込まれてきたのに。

――けど勝った。力の限り戦った。

そうだ、悔いはない。自分は全力で戦って死ぬのだ。きっと主も許してくれるはず。

死んだバドがどこへ行ったのかはわからないが、ロロは玉座の天井を仰ぎ、一本残った左腕を伸ばした。広げた手の甲がぼやけている。視界が白く霞んでいく。

頑張った。七人の魔女は集められなかったが、デリリウムはちゃんと故郷へ連れ帰った。九使徒も一人倒した。これ以上は頑張れないよ。もういいだろう。もう許してくれるだろう。褒めてくださいい、どうか。

——ねえ、バド様。

終章　雪原の姉弟

1

キャンパスフェローの宰相(さいしょう)ブラッセリーは、とある館の前に立っていた。長らくそこに立っているため、頭のてっぺんや黒い口ひげ、その両肩にも雪が薄く積もっている。手には蛇の装飾が施された片手剣〝毒蛇のひと嚙み(バイパー・バイト)〟が握られていた。

ブラッセリーが背にするその館は、石の積み重ねられた厚い壁に、大きなかやぶき屋根の迎賓館だった。〈河岸(かがん)の集落ギオ〉において、雪王ホーリオの館に次ぐ立派な建物である。中には火の燃え続ける暖炉があり、毛皮の絨毯(じゅうたん)が敷かれ、そして温かいベッドがある。キャンパスフェローの姫デリリウム・グレースは、そのベッドに眠ることを許されていた。

――一応は、賓客(ひんきゃく)として迎え入れてもらえているのか。

今のところは、とブラッセリーは胸中に付け加える。デリリウムをまだ一国の姫としてもてなしてくれるのは有り難い。だが彼らとの同盟関係は風前の灯(ともしび)。吹き付ける北風に、いつ搔(か)き消えてもおかしくはない。

キャンパスフェローの未来は、〝雪の魔女〟討伐に同行したロロの活躍に掛かっていると言っても過言ではなかった。ロロが簡単に死亡し、何の活躍もできなければ……あるいは〝雪の魔女〟を仲間に引き入れるという、討伐隊にとっての裏切り行為が露呈し、敵対してしまえば同盟は終わりだ。最悪、ギオとの戦争も考えられる。

課せられたのは、難しいミッションだ。それをあの若い暗殺者がこなせるかどうか……。〝氷の城〟から遠く離れた集落にいるブラッセリーには、ただ祈ることしかできない。

「……頼むぞ、ロロ」

今朝から雪の降り続く空を見上げる。厚い雲に覆われており、昼前だというのに薄暗い。

ロロやテレサリサを含む三十九名の討伐隊が出発したのが、五日前の朝だ。討伐は最長で五日間行われた記録があるというから、移動時間も含めれば、彼らが集落に帰ってくるのはまだ先か——と、そう思っていたのだが。

雪の薄く降り積もった地面を、〈鉄火の騎士〉が一人、駆けてくるのが見えた。

「ヴィクトリアッ！　帰ってきたそうだっ」

ブラッセリーは勢いに任せ、部屋の入り口に垂れたカーテンをめくった。

メイドのイネディットとコナが、きゃあっと声を上げる。寝たきりのデリリウムのために、その身体を拭いてやっていたのだ。白い鎖骨や胸をあらわにしたデリリウムの身体にコナがシーツを被せ、イネディットが両腕を広げて主の操を守る。

「最っ低っ！　ブラッセリー様！　信じらんないっ」

イネディットにキツく睨みつけられ、ブラッセリーは後退りした。

「ああっ、失礼。すまない。他意はない！」

ブラッセリー夫人が湯の張った桶を手に、夫の非常識を咎める。

「あんた、まだ終わってないんだから、出て行きなさいな！」

「いやいやいや、待ってくれ。帰ってきたそうなんだ、ロロたちが」

ヴィクトリアは壁際に立っていた。ブラッセリーの言葉に爪先を向ける。

「いつですか？」

「たった今だ。今、生き残ったヴァーシア人たちと共にだ！」


ロフモフの牽くソリの一行が到着したのは、集落の中央にある広場だった。

討伐隊が出発する前夜、キャンプファイヤーが行われた場所だ。集まった者たちが、戦士たちの健闘を称え歓声を上げている。ソリを中心に人だかりが出来ていた。

ブラッセリーとヴィクトリアは彼らを押し退け、人垣を割って前列に出た。出発するときは十五台も連なっていたソリは、たった四台にまで減っていた。

とある一台のソリのそばに、フードを深く被ったテレサリサが立っている。

しかしどこを見回しても、ロロの姿がない。生き残った数少ないヴァーシア人たちが、人々から労いの言葉を掛けられ笑っていた。だが、テレサリサに祝福の雰囲気は感じられない。

「……〝鏡の魔女〟よ、ロロはどこだ」

歩み出たブラッセリーが尋ねた。テレサリサは黙ったまま。フードに陰っているせいか、その顔色は暗い。ヴィクトリアが質問を重ねた。

「任務は失敗したのでしょうか？」

「……〝雪の魔女〟は味方に付いた。彼女は〝氷の城〟をヴァーシアに明け渡すそうよ」

テレサリサは、人々の歓声に掻(か)き消されそうな、小さな声でそう告げた。

「おお……では、成功か」

ブラッセリーの目が喜びに開かれる。

「なら、ロロはどこだ……？」

テレサリサは何も言わないまま、踵(きびす)を返す。向かった先は、自身が乗っていたソリの後ろ側。荷物を牽引する荷台である。その幌(ほろ)を外して、めくった。ロロは確かにそこにいた。

そのあまりにも痛々しい姿に、ブラッセリーは「おお」と声を上げた。

ロロは、真っ青な顔で横たわっていた。黒髪や青白い肌には霜が降り、まるで人形のように凍りついている。薄く開いた深緑色の瞳に光はない。右腕は肘(ひじ)から先が斬(き)り落とされている。ただ眠っているわけではないということは、一目瞭然だ。

その左肩から胸にかけて、装飾された美しい剣身が、身体(からだ)に深く食い込んでいた。

「何と。何ということだ……ロロ」

ブラッセリーの表情が、悲痛に歪(ゆが)んでいく。ソリのそばに崩れ落ちてしまった彼に代わり、その背後に立ったヴィクトリアが尋ねた。

「彼は……〝雪の魔女〟に殺されたのですか？」

「いいえ、違う。そもそも彼はまだ死んでない」

答えたテレサリサの言葉に、ブラッセリーが顔を上げる。

テレサリサの答えは、意外なものだった。その表情はまだ、諦めてはいない。

「息はしていない。心臓も止まってる。でも死んでない。彼は凍らされているだけ。〝雪の魔女〟の魔法で、時間を止められているだけ。だからまだ、希望はあるわ」


あの時、湖城ビェルケの冷たい〈氷の玉座〉にて。

双頭の犬と触手をうごめかせる黒猫が、光の粒となって掻き消えた直後。剣身を胸に食い込ませたロロは赤い絨毯に両膝をつき、上半身を前に折るようにして倒れ込んだ。

黒猫の消滅を確認したテレサリサは、すぐにロロの元へ走った。

「黒犬っ……！」

そばに屈んだテレサリサが、その肩を支えて抱き起こす。ロロは応えない。テレサリサの腕を枕にして、薄く呼吸をするだけ。その深緑色の瞳は、ぼんやりと虚空を見つめている。

まだ生きている。だが間もなく死ぬ。それは明白に感じられる。

「黒犬……」

「どけ〝鏡の〟」

テレサリサの前に立ったのは、ネルだ。

膝を曲げ、テレサリサからロロの身体を奪うようにして抱き寄せる。

「息はあるんだろう。なら私が死なせない。こいつは私が凍らせる」

「凍らせる……？」

ネルはロロの頰に手を添えた。そしてその血に濡れた唇に、自らの唇を重ねる。

間もなく、ミシミシと――。ロロの唇や手を添えた頰に――その首や毛先や負傷した肩口に、霜が降り始める。触れるものすべてを凍てつかせる冷たい魔力を、ネルはロロの口から直接体内へと注いでいく。

「……待って。彼は……彼はもう……」

ロロが凍っていくそばで、膝をついたテレサリサは逡巡していた。ロロは死にたがっている。あれだけの辛い経験をして、その心は折れてしまっている。彼は、死んでやっと楽になれるのだ。無理に生き延びさせることを、彼は望んでいないのではないか――そう思ってしまったのだ。それに――。

ネルは彼の心臓を凍てつかせ、仮死状態にしようとしていた。自身の身体に起きているのと同じような状況を、ロロにも施そうとしていた。けど、それじゃあ――とテレサリサは怪訝に眉根を寄せた。

〝時間を凍りつかせる〟——その超自然的な現象を引き起こすのに、いったいどれだけの魔力が必要なのか。ネルはすでに自分自身にも魔法を施している。四十三年もの間、時間を止め続けている。そこにロロも加え、二人分の時間を止めるともなれば、それ相応の魔力が必要になるはずだ。いくらこの城がマナスポットであるとはいえ、必要となる魔力は計り知れない。

現に先の戦闘中、双頭の犬を一時的に凍らせたネルの魔力は限界に達し、ロロの傷口を凍らせていた魔法は効力を失っていた。時間を凍結させるという魔法は、マナスポットにいてさえも、まかなえないほどの魔力を必要とするはずなのだ。

「……あなたは大丈夫なの？　そんなに大量に魔力を消費したら——」

彼女自身に施した魔法が、効力を失うのではないか——テレサリサがそう懸念したとおり、ネルの心臓が、静かに燃焼し始めた。白いドレスをまとった胸元から煙が発生し、四十三年前の炎が再び燃え上がる。

「っ……」

ネルはその熱に顔をしかめ、上半身を起こした。その目はロロを見つめている。

「……これは私のわがままだ。勇敢に闘って天界へ行こうとするこいつを、無理やり引き留めることになる。だが黒犬、こいつは——約束したんだ。私と闘ってくれるって。なのに自分だけ天界に行こうとするなんて！」

炎は白いドレスを焼き、ネルの全身を包み込む。ゆっくりと時間が進み始めている。四十三年前、燃えた槍(やり)に胸を抉(えぐ)られた傷が、炎と共に開き始める。だがネルは、王の凶刃によって死ぬことを望まない。

「許さないっ……私は、闘って死ぬんだ！　私はまだ死んでない。死ねないッ。だからこいつも死なせない。こいつは約束を果たしていないっ。それにっ、私は――」

燃え始めた身体(からだ)でネルは、ロロを強く抱きしめた。

「私はもう二度とっ、私を〝ネル〟と呼んでくれる者を、失いたくないっ」

「………」

振り返ったネルは、ロングボウを手に呆然と立ち尽くすゲルダへ声を上げる。

『女！　こいつの右腕を持ってこい！　それも凍らせる』

それからネルは、テレサリサに思わぬことを言った。

「〝鏡の〟。お前の銀色のやつを喰(く)わせろ」

「……エイプリルを？　何でよ」

「知らんのか？　なら教えてやろうっ！　我が愚弟の隠し持っていたルーシー教の経典に書かれていたことだ」

ネルがちらと横目に見た玉座の周りには、たくさんの本が散らばっている。その中には、ルーシー教の魔術師(ウィザード)によってまとめられた、魔法に関する本もあった。

「他者の魔力は、喰うことができるっ！　喰うことで補うことができるッ……！　どうも禁忌らしいがな?」

「喰う……? 私の魔力を、あなたにあげられるってこと?」

そうさ、つまり――。言ってネルは口の端を吊り上げた。

「お前が魔力を供給し続けてくれるなら、私はこの城を出ることができる」

2

『帰還です! フィヨルドの討伐隊が…… 〝雪の魔女〟を連れて帰還しました!』

討伐隊到着の一報を、雪王ホーリオは家来たちの集う館の一室で、玉座に鎮座しながら聞いた。小間使いの報告に、思わず立ち上がる。

『帰還を果たしたヴァーシアの戦士たちは九名。それに加え、黒犬の連れた〝鏡の魔女〟も戻ってきております! ただし黒犬自身は、絶命して――』

『黙れッェい! そんなことよりも貴様ッ!』

王はその大声でもって小間使いの口を閉ざさせた。そして確認する。

『〝雪の魔女〟を連れてと、そう言ったか?』

『はっ。彼らは魔女を倒すのではなく……連れてきてしまったようで。負傷しているのか、拘束されているのかは未確認ですが――』

家来たちが驚きを口にし、お互いの顔を見合わせる。喧々諤々と室内がざわつき始めた。

〝雪の魔女〟がこの集落にいる——その事実に、ホーリオは目を剝いた。来ているだと？

三本残った右手の指先が震えている。あの城を奪った恐ろしい魔女が、ここに？

次いで入り口のカーテンをめくり上げ、入ってきた戦士が叫ぶように報告した。

『大変です、雪王ッ。ロングシップを奪われました！　魔女です……〝雪の魔女〟が現れました……!!』

『何をしている、引っ捕らえろっ。邪悪な魔女を逃がすな……！』

ホーリオはどかどかと王壇を下りた。家来たちを押し退けて、館の外へ出る。

『どけ、どけっ……どけェいッ！』

館の外にいた戦士たちを押し退け、集まっていた人々を押し退けて、いよいよ王は走りだした。砦に向かって。憎き魔女に向かって。堕ちてしまった、姉に向かって。

雪の降り続く砦の湖は、白く霞がかっていた。視界の悪い中を、ロングシップが一隻。離岸していく。沖へ向かって進み始めたその船を、多くのヴァーシア人たちが岸壁から見下ろしていた。村の人々や、戦士たちだ。

ホーリオは、岸壁に設けられた塀から眼下の湖を臨んだ。魔女はあの船に乗っているのか。そう思うと、居ても立っても居られずに駆けだす。船を横目に捉えながら、岸壁を下っていく。

『どけッ、どけェいッ……！』

周りにいる人々を退かしながら、波止場へと駆けて下りていく。人々は、雪王自ら砦へとやって来たことに驚いていた。王が全力で坂道を駆けていくのを、遠巻きに見る。

桟橋にまで辿り着いたホーリオは、船の船尾に人陰を見た。華奢な身体に、白いドレスの後ろ姿だ。あれは――あの人物こそが。右目を竜に傷つけられ、堕ちてしまった火の女神。

『〝雪の魔女〟……』

父である王を殺し、城を奪った魔女だ。討伐に向かった我が息子たちを殺した魔女だ。救いようのない、堕ちた魔女だ。なのにその姿は、氷の魔法によって時を止めたまま。

『なぜ……なぜだ……』

十五歳の姉が、そこにいた。

船尾の姉は、桟橋へと振り返った。

小さく見えるその顔が、ホーリオを見つけ、わずかに笑ったような気がした。

『申し訳ございませんっ。まさか、魔女がこんなところにいるとは微塵も思わずッ――』

ホーリオの背後に武装した戦士が立った。船を奪われまいと戦った、隊長格の男だ。

『……構わん』

波止場へと振り返ったホーリオは、他にも多くの戦士たちが集まっていることに気づいた。男たちは戦斧や剣を持ち、木楯を装備している。

『皆に伝えろ。あれは魔女ではなかった』

『……？　では、何だったというのです……？』

『あれは……』

ホーリオはふいに、姉との初めての記憶を思い出した。城内の白樺(しらかば)の木に垂れたブランコで、二人乗りをしたときの記憶だ。怖くて目を開けられないホーリオを、あのとき、姉は大口開けて笑い飛ばしたのだった。

——目を開けろ、弱虫。

ずっとこの集落から〝氷の城〟に戦士たちを送り出してきた。湖城を取り戻すため、ヴァーシアの誇りを取り戻すために。自分は王だからと前に出ることはせず、臆病な本性を隠して戦士たちを鼓舞し続けてきた。

姉の顔を見るのが怖かった。裏切り、傷つけ、見捨てたあの人は、自分を死ぬほど憎んでいることだろう。その憎悪に、正面からぶつかるのが怖かった。

討伐遠征から帰ってきた戦士から聞いた〝雪の魔女〟は、強くて、残酷で、よく笑う姉の面影は、どこにもなかった。だがこの目で見た魔女の姿は——。

——怖いのは、見えないからだ。見ようとしないから怖いんだ。

幼い頃から〝戦女神(いくさめがみ)スリエッダ〟として育てられた姉は、あの湖城から出るのにも王の許しが必要だった。海に出ることなどできなかった。冒険は諦めなくてはならなかった。

『そうか』と雪王ホーリオは、霞の中に消えていくロングシップを見送る。

――あの人はようやく、自由を得たのだ。


「……老いたな、弱虫」

栈橋に立つ雪王の姿は、霞の中に消えていった。波止場も岸壁もただの大きな影となり、辺りは水面にたゆたう、白い靄に包まれる。ネルのそばにテレサリサが立った。

「話さなくてよかったの？　あの王様、弟なんでしょ？　そうは見えないけど」

「今さら何を話すことがある」

ネルは踵を返し、帆柱に向かって歩きだす。

「ヤツは今やヴァーシア・ヘロイをまとめる雪王だ。かたや私は堕ちた魔女。多くのヴァーシアを殺した彼らの敵だ。顔を合わせたところで、剣を向け合うことになる」

帆柱の近くには、ゲルダがいる。ネルはヴァーシア語を使って指示を出した。

『船のスピードを上げさせろ。追っ手が掛かるかもしれん』

『はいっ。ネル様！』

ゲルダは背筋を伸ばし、額に手を添えて返事する。その声色には、緊張が混じっている。

湖城ビェルケから集落ギオへ戻る道中、ゲルダはネルに懐いていた。堕ちた魔女ではあるものの、ネルは彼女にとって生きた伝説。元〝戦女神スリエッダ〟として見れば、崇拝する対象でもあるのだろう。この子はそれを殺しに来たんじゃなかったのか……？　と、テレサリサは、目を輝かせるゲルダを見てそんなことを思う。やはり相手はヴァーシア。言葉も死生観もよくわからない。

だがゲルダのおかげで、船を出すことができた。丸い盾が縁に並べ掛けられたロングシップを漕ぐのは、ゲルダが集落で集めたヴァーシアの男たちだ。えっさ、ほいさと無数のオールを前後に動かし続けている。旅に必要な食材――塩漬け肉や干し肉、スープを作るための大釜や、革の袋に入れられたミルクや蜜酒なども、すべてゲルダが短時間で用意してくれたものだ。さすがはアイテム士である。

向かう先は南。船はこのまま〈北の国〉を抜け、〝血塗れ川〟を下る予定だ。

帆柱の根元には、凍りついたロロが寝かされている。幌で全身を包み込んではいるが、胸にまで食い込んだココルコの装飾剣は抜けなかったので、そのままにしてある。剣の突き刺さったミイラのような、不気味な荷物である。

その傍らには、〈鉄火の騎士団〉副団長のヴィクトリアが座っていた。

――「ご心配なく。ブラッセリー様の許可は得ていますので」

ヴィクトリアは乗船時、テレサリサにそう言って、当たり前のように船へと乗り込んできた。宰相ブラッセリーや姫のデリリウム、また他の騎士たちはギオに留まるとのことだったが、ヴィクトリアだけは旅に付いてくると言って聞かない。

「信用されていないようね？　心配しなくても、魔女は集めるわ、ちゃんと」

テレサリサは、ロロの魔女集めを引き継ぐつもりでいた。――というか、魔女を探さなくてはならない状況に陥っていた。ロロの命を繋げるには、ネルが固有魔法〝枯れない花〟を使い続けなくてはならない。だがそれには莫大な魔力がいる。そのためネルには、テレサリサが定期的に魔力を供給してやらなくてはならなかった。

つまり、ネルかテレサリサのどちらか一人でも欠ければ、ロロが死ぬ。

死を望むロロを蘇らせることが、彼のためになるのか……それは未だわからない。だがロロはテレサリサにとって、王国レーヴェを取り戻すための大切な足掛かりでもある。ロロがテレサリサを必要としていたように、テレサリサもまた、ロロを必要としている。

ファンネルと同じで、これはエゴだ……テレサリサはそう、自覚する。

――それに私も、まだ約束を守ってもらっていない。

カヌレ食べ放題という、ネルの約束と比べれば、とても小さな約束ではあるが。

ロロを回復させるための当てはある。海賊王ジョン・ボーンコレクターに代わり、イナテラの海を支配したと言われている〝ブルハ〟だ。南の言葉で〝魔女〟を意味する彼女は、大切なものと引き換えに、どんな願いをも叶えてくれるという。死にかけた男を蘇らせたという話もあった。

「信用、しておりますとも」

ヴィクトリアはテレサリサを真っ直ぐに見て言った。

「ですがロロ・デュベル――彼は我々キャンパスフェローの誇る暗殺者です。彼の命と国の未来を、魔女様お一人に預けてばかりでは、亡きバド様に叱られてしまいますから」

ヴィクトリアは慇懃にそう続けたが、その目は魔女の動向を見逃すまいと、警戒心たっぷりに開かれていた。要は監視だ。そのためにブラッセリーから遣わされたのだろう。

ふとテレサリサは、霞の中に声を聞いた。ロングシップを漕ぐ男たちのものではない。それはたゆたう濃い霧の中から――背後から聞こえる。テレサリサは振り返った。

――オッ、オッ、オッ……。オッ、オッ、オッ……。

見上げた先には、岸壁の影がまだそびえている。男たちの声は、その岸壁から聞こえた。戦斧と盾を打ち鳴らし、声を上げて足を踏み鳴らす。そのリズムに水面が波立ち、大地が揺れる。

ダン、ダン、ダン。ダン、ダン、ダン――。

ヴァーシアの男たちが、野太いを声を湖に轟かせていた。

――オッ、オッ、オッ……！　オッ、オッ、オッ……！

その声はどんどん大きくなっていく。ロングシップを漕ぐ男たちもまた、感化されて声を上げた。辺りは熱気に包まれていく。まるで〝灼熱の夜〟のように。

「何なの……？」

テレサリサは、怪訝に眉根を寄せた。一方でネルは嬉しそうに笑う。

「あはははっ！　いいぞ、ヴァーシアの門出は派手でなくてはなっ！」

ご機嫌である。ネルはテレサリサに手を差し出した。

「腹が減った。エイプリルをくれ」

「また……？　さっき食べたばっかじゃない」

「ほぉん？　じゃいいのか？　私の腹が減ったままだと、黒犬が死んでしまうぞ？」

「……はぁ」

テレサリサは手鏡から、銀色の液体を発生させる。大きなシャボン玉を宙に放つように、ふわりとそれをネルのほうへ飛ばした。人の頭ほどの大きさの、銀色のボールだ。それを両手で受け取ったネルは、大口開けてその表面にかぶりつく。

そして――ずぞぞぞぞ。吸うほどにボールは小さくなっていく。ある程度飲んでから、ネルはちゅぽんと唇を離した。

「くぅっ！　まっず。もっと美味く作ってくれん？」

「作れるわけないでしょ。エイプリルは食べものじゃないんだから……！」

〝雪の魔女〟ファンネル・ビエルケは歳を取らない。精神年齢は高くとも、その身体（からだ）は十五歳のまま。髪や爪は伸びず、普通の食事を必要としない。代わりに、テレサリサから定期的に配給される魔力を――エイプリルを食べて命を繋（つな）ぐ。

「……はあ」

テレサリサはため息を繰り返し、肩を落とした。まるでロロを人質に取られているかのようである。妙な状況になってしまった。一刻も早く、この依存関係を解消したい。

ヴァーシアのロングシップは戦士たちの声を聞きながら、湖を出ていく。三人目の魔女を探し求め〝血塗れ川(ブラッディ・リバー)〟を下っていく。ロロを蘇(よみがえ)らせる、そのために。雪原の大地から、美しきイナテラの海を目指して。

あとがき

一巻刊行から、たくさんの感想ツイートやレビュー、応援のお手紙などありがとうございます。ちゃんとエゴサいたしました。いいね、もいたしました。こうして無事二巻を刊行できたのも、読者の皆さまのおかげです。ありがとうございます。

『こうして彼は屋上を燃やすことにした』で第5回小学館ライトノベル大賞を受賞し、初めて本を刊行させていただいたのが二〇一一年五月のことですから、二〇二一年の今年は、デビューしてから十年目となります。刊行した文庫本は共著も含め、十六冊となりました。作品数は、シリーズまとめて八本です。

〝屋上〟の、名前ある主な登場人物がたぶん十一名。ワンシーンにおける最多登場人物が六名なのに対し、今刊の主な登場人物は、ざっと数えて三十七名。プラス一頭と二匹の魔獣、それからへレレレと鳴く竜が一匹……ルーシーの膝(ひざ)に乗る仔竜は彼女とワンセットなので除いたとしても、確かではないけどそれくらい……？　ワンシーンに登場する最多人数は、十一名にも及びます。十一人同時にだなんて、どうやって文章で書けばいいのだ。しかもそのうち十名が初登場。必要な描写量がえぐい。あのシーンだけで四日はかかってるのです。プロット組んだ自分を恨みました。

〝屋上〟のページ数が二八〇ページ、今刊は今まででも最長の四〇六ページ。何とまあ成長したことでしょう。あとがきで面白いこと言おう、言おうとするとだいたいスベる、というのも、この十年で学んだことでございます。口数少なく参りましょう。

端的に申し上げたいのは長い間、腐らずにやって来られたのは、多くの人が読んでくれたからということ。感謝を！　おかげさまで魔女たちと猟犬の冒険は、まだ続いていきそうです。ＬＡＭ（ラム）さんの描く新たな魔女と出会えるのを、僕も皆と一緒に楽しみにしております。

巻末に、もう一つの冒険の始まりを用意しました。もうしばらく、お付き合いを。

カミツキレイニー

〈騎士（ナイト）の国レーヴェ〉にそびえる〝獅子（しし）の根城〟レーヴェンシュテイン城は、忙しい朝を迎えていた。まだ夜の明け切らない朝靄（もや）の中、十台近い荷馬車がキッチンの搬入口に集められている。炊夫や小間使いたちによってキッチンから運ばれ、次々と荷台へと載せられているのは、干し肉の入った木箱やエールビールの酒樽（さかだる）など、大量の食料だ。

そのうち一台の荷馬車の後方に、三人のメイドが立っていた。

「多くの物資が、キャンパスフェローへ運ばれてってるらしいわ。アメリアの要請に応えてね。何でレーヴェが、アメリア兵なんかのために食料を送んなきゃなんないのかしら」

まだ十代の若いメイドが、不満げに唇を尖（とが）らせる。眼が大きく、まつげの長い美少女で、栗色の髪を肩の上で内巻きにカールさせていた。丈の長い灰色の給仕服は、レーヴェンシュテイン城で働くメイドであることの証だ。その名をカナレアといった。

「そりゃお前、レーヴェはアメリアの同盟となったからだろ。相変わらずバカだな」

カナレアのそばで、ぶっきらぼうに応える少女はウィラ。ドレッドヘアの黒髪に、厚ぼったい唇。とろんとした眠たそうな眼をした褐色肌のメイドは、カナレアと同じ灰色の給仕服を着ている。

「バカとは何よ！　私はっ、どうして同盟なんか組んだのかしらって言ってんの！」

「はいはい、うるさい。静かにしろ、見つかっちまうだろうが」

カナレアを適当にあしらうウィラ。二人の背後には、酒樽のように大柄なメイド・ダイラが立っている。二十代後半の彼女は、この若いメイドたちの教育係でもある。三人は、テントのように幌を被せられた荷台の後方を正面にしていた。

「物資が必要ってことは……侵略はまだ続いているのかもしれないわね」

ダイラは眉根を寄せ、心配そうな顔をする。荷台に載せられた木箱を見つめた。

「それでも行くの？　……カプチノ」

「……ご心配ありがとうございます」

木箱の中には、一人の少女が膝を曲げて座っている。

肩の上で切り揃えられた黒髪に、少しつり上がった目尻。頬にはそばかすがある。カナレアから私服を借り、ちょっといいところの町娘に見えなくもないが、その正体はキャンパスフェロー城の辺境伯・グレース家に仕えるメイド、カプチノ・メローだ。

燃えた礼拝堂での惨劇――三人の魔術師や、金獅子の騎士たちによる殺戮を生き残ったカプチノは、レーヴェンシュテイン城のメイドであるダイラたちに命を救われていた。

あの日。中庭を囲む回廊で全身を炎に包まれ、瞬時に消火されたものの気を失ってしまったカプチノは、城のメイドたちによって発見され、金獅子の騎士や兵たちの目を盗んでメイドルームへと運ばれた。

キャンパスフェローの人々は、危険な魔女崇拝者たちだと言われていた。だからレーヴェは王国アメリアと手を組み、彼らを城におびき寄せて討伐した。だがダイラたちメイドが見つけた敵国の少女は、とても危険な人物には見えなかった。気を失いながらも、姫の身を案じてうなされているこの子は、私たちと同じだ――。ボロボロの給仕服を着た敵国のメイドを、ダイラたちが見捨てることなどできなかった。

惨劇(さんげき)の翌日、目を覚ましたカプチノは、領主バドの処刑や、キャンパスフェロー城が陥落したことを知った。レーヴェを訪れた他の仲間たちは、そのほとんどが殺されてしまったようだ。ただキャンパスフェローの姫だけは、暗殺者(アサシン)によって城外へと連れ出されたらしい。

カプチノにとって、それはほとんど唯一の光。デリリウムもロロもまだ生きている。ならば彼女たちを追い掛ける。カプチノは、デリリウムに仕えるメイドなのだから。

だから体力の回復を待って、キャンパスフェローに戻ることを決めた。

「どんなに危なくても、行きます。……姫が私を待っているかもしれませんから」

その手には、ロロから貰(もら)ったダイアウルフの爪が握られている。カプチノは不安を潰すように、その大切なお守りを両手できゅっと握りしめた。

その不安げな表情にいたたまれなくなったダイラが、前に出て木箱の中のカプチノを抱き締めた。豊満な胸に包まれて、カプチノが「ぐぅ」と唸(うな)り声を上げる。

「キャンパスフェローは、これからとても寒くなるでしょう?　身体(からだ)を冷やさないように気を付けなさいね、カプチノ」

「元気でな」と褐色肌のウィラが言うと、栗毛のカナレアもまた前に出る。

「姫様を見つけらんなかったら、またこの城に戻ってくればいいわ。雇ってあげるから」

「縁起でもないこと言うなよ……。ってか何様なんだ、お前は」

呆れた視線を向けるウィラに、「カナレア様よっ」とカナレアは胸を張る。二人は口を開くたびにケンカをしている。カプチノは思わず顔を綻ばせた。

「ありがとうございます。短い間だったけど、皆さんには本当にお世話になりました。必ずまた会いに来ます。できれば……姫も一緒に」

今や敵国となってしまったキャンパスフェローの姫が、レーヴェに足を踏み入れることは難しいだろう。だがいつかそんな日が来ればいいと願い、ダイラは強く頷いた。

「ええ、待ってるわ」

「出発するぞッ！」——御者を束ねる兵の声を聞いて、三人は慌ててカプチノの木箱に蓋をする。十台近い荷馬車は列を作り、やがて城を出ていった。

パカラッ、パカラッと朝焼けの空に響く蹄の音が、遠く小さくなっていく。

「……行っちゃったな。たった一人で戦争中の国に戻るなんて、大した勇気だぜ」

ウィラが言うと、カナレアもまた寂しそうにつぶやく。

「いい子だったわ。私のメイドにしてあげてもいいくらい」

「自分もメイドだってこと忘れてんのか、こいつは……」

「さて、私たちは朝の準備よ。急ぎましょう」

　ダイラは二人を引き連れて、城へと戻ろうとした。しかしその時、使用人たちに向かって執事(しつじ)が手を叩き、思わぬことを叫んだので足を止める。

「さあ！　次はキャンパスフェロー行きの馬車が来るぞ、準備しろッ！」

「……え？　じゃあ今のは？」

　ダイラはすれ違った炊夫を呼び止め、尋ねてみた。

「さっきの荷馬車ですか？　いえ、あれはキャンパスフェローには向かいませんよ」

「おい、バカレアッ！」

　ウィラが声を上げ、カナレアへと摑(つか)みかかる。

「お前、あれがキャンパスフェロー行きの荷馬車だって言ったよな？」

「わわわ私じゃないわ！　私にそう教えてくれたどっかの炊夫が悪いんじゃなくて？」

「……それじゃあ、あの荷馬車の一行はどこへ？」

「イナテラ共和国ですが」

　炊夫の言葉にダイラは青ざめた。それは、キャンパスフェローとは反対側に位置する国。

身体(からだ)を冷やさないように、と送り出したはずなのに。

　イナテラは美しい海に面した、南国であった。

魔女と猟犬

Witch and Hound

– Preserved flower –

GAGAGA

ガガガ文庫

魔女と猟犬2

カミツキレイニー

発行	2021年6月23日　初版第1刷発行
発行人	鳥光 裕
編集人	星野博規
編集	濱田廣幸
発行所	株式会社小学館 〒101-8001 東京都千代田区一ツ橋2-3-1 [編集]03-3230-9343　[販売]03-5281-3556
カバー印刷	株式会社美松堂
印刷・製本	図書印刷株式会社

Printed in Japan　ISBN978-4-09-453009-4